しか
飲まない
3
丸深まろやか
イラスト
Nagu
Illustrated by
Nagu
Presented by
Marcyaka Maromi

御影冴華
Saeka Mikage
鷹村 煌
Ko Takamura
瀬名光莉
Hikari Sena

日浦亜貴
Aki Hiura
藤宮詩帆
Shiho Fujimiya
柚月　湊
Minato Yuzuki

Contents

Design=arcoinc

天使は炭酸しか飲まない

3

丸深まろやか

イラスト Nagu

Tenshi wa tansan shiko nomanai

Presented by Maroyaka Marumi
Illustrated by Nagu

明石伊緒
Io Akashi
久世高の天使。
顔に触れた相手の想い人がわかる。

柚月　湊
Minato Yuzuki
学内でも有数の美少女。
「惚れ癖」をきっかけに天使の正体を知る。

日浦亜貴
Aki Hiura
男勝りなハイスペック美少女。
ガサツでドライだが、なぜか伊緒とは仲がいい。

御影冴華
Saeka Mikage
優れた容姿とカリスマ性を兼ね備えた美少女。
天使の相談を通して友達ができる。

藤宮詩帆
Shiho Fujimiya
湊の親友で、穏やかな雰囲気の女の子。
ひそかに男子から人気がある。

三輪玲児
Reiji Miwa
伊緒の友人。
派手な見た目で自由なプレイボーイ。

――プロローグ――

「伊緒《いお》くんは、エプロンがよく似合うね」

夏休み初日。バイトの休憩《きゆうけい》時間に入るなり、目の前に座る少女が言った。

「それに、接客をしている伊緒《いお》くんはなんだか、普段《ふだん》と少し雰囲気《ふんいき》が違《ちが》って、素敵《すてき》だ」

「……そりゃどうも」

少女、もとい御影冴華《みかげさえか》は、頬杖《ほおづえ》を突《つ》いて、綺麗《きれい》すぎる顔で嬉《うれ》しそうに笑う。

全体が三つ編みになった、長くて艶《つや》のある明るい髪《かみ》。それにいつかと同じ、涼《すず》しげなブラウスと落ち着いた色のフレアスカート。

御影《みかげ》の華《はな》やかさは、やっぱり留まるところを知らない。

吸い込まれるような色の深い瞳《ひとみ》が、恥《は》ずかしげもなくこっちを見つめる。

自分の顔が熱くなるのを感じて、俺は思わず、目の前のサイダーをストローで多めに吸った。

近いんだよ、距離《きより》が……。

「お疲《つか》れ様《さま》。お店、忙《いそが》しそうだね」

「まあ、夏休みだしな。それに最近、ちょっとネットの評判いいんだよ、この店」

俺の従兄弟《いとこ》、有希人《ゆきと》が経営するこの喫茶《きつさ》プルーフは、近頃徐々《ちかごろじよじよ》に知名度を伸《の》ばしつつあった。

店のホームページとかインスタを、有希人《ゆきと》はこまめに、そして丁寧《ていねい》に更新《こうしん》している。おそらく、その成果が出始めているんだろう。

「今はネット戦略が大事だからね」と、以前有希人《ゆきと》が得意げに語っていた。たしかにその通りだと思うし、ちゃんと実行できるのはあいつのすごいところだろう。

悔《くや》しいが、有希人《ゆきと》は昔から、こういうセンスと嗅覚《きゅうかく》が抜群《ばつぐん》なのだ。

「それにしても、お前いつまでいるんだ」

そう尋《たず》ねると、向かいの御影《みかげ》はまたにっこり笑った。

ここに来てから、もうすぐ二時間。

御影《みかげ》はそのあいだ、ひとりでずっと本を読んでいた。静かに、そして優雅《ゆうが》に。

「小説がいいところだから、お邪魔《じゃま》じゃなければもう少し。そうだ、夜もここで食べようかな」

「長いな、おい」

「いけない？」

「……いや、べつにいいけどさ」

俺や湊《みなと》たちがいつも使っている、最奥《さいおう》のテーブル席。

有希人《ゆきと》によれば、ここならどれだけ居座《いすわ》っても構わないらしい。さっき御影《みかげ》と挨拶《あいさつ》したときに、軽い口調でそう言っていた。

そしてついでに俺にも、休憩中《きゅうけいちゅう》は御影《みかげ》のところに行く許可、というか指示が出ている。いつもは裏で休んでいるが、友達が来たときは特別なんだとか。

身内贔屓《びいき》はどうかと思うけども、まあ店長が決めたことだ。俺から文句は言うまい。

それに——。

「ありがとうね、伊緒《いお》くん。招待してくれて」

「……おう」

それに、そもそも御影《みかげ》を呼んだの、俺だからな。

招待なんていうと、ちょっと大袈裟《おおげさ》だけどさ。

「でも、覚えていてくれて嬉《うれ》しいな。実は、楽しみだったから」

「まあたまたまな。なぜか記憶《きおく》の隅《すみ》に残ってた」

このあいだの御影《みかげ》とのいざこざ、その最中。俺と御影《みかげ》は何日か、学校で一緒《いっしょ》に昼食を摂《と》った。

そのときの会話で、御影《みかげ》は「プルーフに遊びに行きたい」と言っていた。そして、俺はそれを受け入れた。

冗談《じょうだん》、だったのかもしれない。だが誘《さそ》ってみると、御影《みかげ》は意外なほど喜んで、すぐに頷《うなず》いた。

「けど、悪いな。呼んだくせに、放置してて」

「ううん。働いている伊緒《いお》くんが見られて、むしろ得をした気分だよ」

「なんだそれ……」

そんなことに、いったいなんの得があるのやら。

「こちらミルクティーのアイスと、抹茶《まっちゃ》ラテでございます」

休憩《きゅうけい》が終わると、また仕事に戻《もど》った。

当たり前だが、今日みたいな長時間労働は好きじゃない。ずっと動き回って声を出していると、体力も気力もだんだん尽《つ》きてくる。

愛想《あいそ》の良さは保ちつつ、俺はほぼ無心で注文を取って、配膳《はいぜん》をして、お客を誘導《ゆうどう》した。

閉店まで耐《た》えるには、適度なペース配分が重要だ。仕事には慣れたとはいえ、さすがにシフト八時間はキツいからな。

それにしても、夏休み一日目からバイト入れるとは、有希人《ゆきと》め、意地の悪いやつ……。

そんな恨《うら》み言《ごと》を脳内で唱えていると、チャラリンと鐘《かね》が鳴り、店のドアが開いた。

反射的に「いらっしゃいませ」と声が出る。テーブルを拭《ふ》きながら、チラッと入り口の方に目を向けた。

「……えっ」

ひとりだった。

小柄《こがら》な女の子で、肩口《かたぐち》まで伸《の》びた金に近い茶髪《ちゃぱつ》を、サイドポニーにしていた。

半袖《はんそで》のシャツに、見慣れすぎた赤と紺《こん》のネクタイと、短いスカート。

ぱっちりとして、それでいて鋭《するど》い猫《ねこ》のような目が、俺を見ている。

客じゃないな、と思った。

普通《ふつう》の客は、こんなふうに店員の顔を見たりしない。けれど、もっと決定的だったのは……。

「お久しぶりです、明石《あかし》先輩《せんぱい》」

踊《おど》るような軽い足取りで、こちらに駆《か》け寄《よ》って。

手のひらを口《くち》の端《はし》に添《そ》えて、そいつは俺の耳元でそう言った。

吐息《といき》もセリフもくすぐったくて、不覚にもドキッとしてしまった。

「……なんの用だ」

「ちょっとお願いがあって、お店まで来ちゃいました」

えへっ、とわざとらしく笑って、そいつが続ける。

瀬名《せな》光莉《ひかり》。

俺と同じ久世《くぜ》高生《こうせい》で、ひとつ下の後輩《こうはい》。そして——。

「好きな人がいます。助けてください。ね、久世高《くぜこう》の天使さん？」

ああ、また厄介《やっかい》なことになる。

心の中でため息をついて、俺は瀬名《せな》を睨《にら》みながら言った。

「人違《ひとちが》いです、お客様」

――第一章――

瀬名光莉はもう知っている

俺たち高校生にとって、今ほど大切な時期はないかもしれない。

ある程度学校にも慣れて、まだ受験生でもない高校二年。その夏休みなのだから、まさに青春ど真ん中だろう。

部活、趣味《しゅみ》、遊び、それに恋《こい》。好きなことが、思う存分できる期間。

もちろん俺、明石《あかし》伊緒《いお》にとっても、それは同じで。

つまり、そんな夏休みの朝から学校に来るというのは、普通《ふつう》にかなりいやだった。

まあ、テストがダメダメだった自分のせいなんだけども。

「伊勢物語《いせものがたり》では、『男』は業平《なりひら》。とりあえず、そう思ってて大丈夫《だいじょうぶ》だから……って、これも授業で言いましたよ、ちゃんと」

たしかに、言ってた気がする。でも言ってなかった気もする。どうだっけな。

黒板の前に立つ女性教師が、まばらに席の埋《う》まった教室を一度、ざっと見渡《みわた》す。

俺も釣《つ》られて同じようにすると、隣《となり》にいた御影《みかげ》と目が合った。

御影《みかげ》は薄《うす》く笑って首を傾《かし》げ、すぐに前に向き直る。

先生が額に手を当てて、つらそうに「うぅん」と唸《うな》った。

「古典は補習の人、少ない方なんですよ？　ちゃんと教科書読んで、授業聞いてれば、そんなにひどい点にはならないと思うんだけどなぁ……」

それは大変申し訳ない。でも、無理なものは無理なんです。

特に今回は、テスト直前にいろんなことがありすぎたからな。

現に、もうひとりの当事者だった御影《みかげ》も、こうしてしっかり補習になっているわけで。

その後、あまり頭に入らない講義は滞《とどこお》りなく進み、本日の授業は終了《しゅうりょう》した。

補習は面倒《めんどう》だが、座ってれば終わるというのもまた事実。

早いとこ、退散するか。

「明石《あかし》くん」

と、思ったのもつかの間、さっきまで教壇《きょうだん》にいた先生が、ご立腹の様子で声をかけてきた。

「なんでしょう」

「なんでしょう、じゃありません。もうっ……」

腰《こし》に両手を当てて、怒《いか》りをジェスチャーで表す先生。

なんというか、高校教師っぽくない仕草だな。

「これに懲《こ》りたら次回から、テスト頑張《がんば》ってくださいね。休みの日に、しかも一回受けた授業にまた出るの、明石《あかし》くんもいやでしょう？」

そりゃもう、いやです。それにたぶん、授業する側のこの人もいやなんだろうな。

「でも、なんで俺だけ名指しなんですか」

補習になっているのは、俺と御影《みかげ》を含《ふく》めても十人はいた。

少数精鋭《せいえい》のその同志たちは、あっさり帰っていったのに。

「担任だからです！　クラスから補習の子が出たら、先生だって怒《おこ》られるんですから」

「なるほど、運命共同体ってことですね」

「そうです！」

そうなのかよ。ちょっとふざけて言ったのに。

しかし、この人もいろいろ大変なんだな。そう思うと、さすがにちょっと申し訳ない。

二年の国語教師、加奈井睦美《かないむつみ》は、生徒からの人気も高い、いわゆる『アタリの先生』だ。

若くて美人、それでいて生徒との距離《きょり》も近く、『かなちゃん』『睦美《むつみ》ちゃん』と呼ばれて親しまれている。おまけに、授業もわかりやすい。

そんな先生が担任だと聞いたときの、特に男子連中の喜びようはすごかった。

気持ちはわかるが、女子が引いてたことには気づいたほうがいい。

「まあ、次回はたぶん大丈夫《だいじょうぶ》です。たぶん」

「たぶんかぁ……はぁ」

ため息をつかれてしまった。

でも、ホントに予測がつかないんだから仕方がない。

最近の天使の相談は、イレギュラーなことばっかりだしな。

昨日だってさっそく……。

「とにかく、補習も真面目に受けなきゃダメですよ？　明石《あかし》くんは古典以外もあるんだから」

「やめてくださいよ、俺はいつでも真面目です」

「いつも真面目な人はここには呼ばれません」

「たしかに」

ぐうの音も出ない正論だった。

俺に釘《くぎ》を刺《さ》してひとまず満足したのか、加奈井《かない》先生はそのまま教室をあとにした。

さて、あらためて帰るとするか。

「お疲《つか》れ様《さま》、伊緒《いお》くん」

今度は御影《みかげ》が、椅子《いす》からこちらを見上げながら言った。

「まだ帰ってなかったのか」

「もうっ、意地悪だね。駅まで一緒《いっしょ》に行こう。ね？」

「……はいはい」

まあ、そうなるとは思ってたけどさ。

「お前はなんか、楽しそうだな」

面倒《めんどう》な補習のはずなのに、妙《みょう》にワクワクしてるように見えるんだが。

「うん、楽しい。休日の学校なんて、普段《ふだん》は来ないからね。それに、伊緒《いお》くんも一緒《いっしょ》だから」

「……そうですか」

相変わらず、恥《は》ずかしいことをサラッと言うやつだな……。

もう教室には誰《だれ》もいないとはいえ、ちょっと危なっかしいぞ。

「そんじゃまあ……行くか」

「うん、行こう」

と、軽くふたりで頷《うなず》き合った、ちょうどそのとき。

「あっ、明石先輩《あかしせんぱい》みーつけた！」

「……お前」

金髪《きんぱつ》、サイドポニー、鋭《するど》くて大きな目。

昨日も見た制服姿で、一年女子、瀬名光莉《せなひかり》が立っていた。

こっちをビシッと指差して、瀬名《せな》は口元をニヤリと引き上げる。

「やっぱり、いると思いました」

「……なんでだよ」

「だって明石先輩《あかしせんぱい》、成績悪そうだし」

「おい」

「あはは、嘘《うそ》ですよぉ。来るとき、昇降口《しょうこうぐち》で見かけたんです」

そんな理由かよ……。

まあ、成績悪いのは当たってるけども。

「……そういうお前は、なんでいるんだ」

「私も補習でーす！」

「同レベルじゃねぇか」

と、そんな愉《ゆ》快《かい》な掛《か》け合《あ》いをしてる場合じゃない。

横目で隣《となり》を見ると、御《み》影《かげ》は難しそうに瀬《せ》名《な》の顔を眺《なが》めていた。まあ無理もない。

昨日、御《み》影《かげ》はプルーフで、俺と瀬《せ》名《な》のやり取りを見ているはずだ。たぶん、こっそりと。

が、特に瀬《せ》名《な》のことについては、御《み》影《かげ》には話していない。あのときはキッパリ追い返したし、その必要もないと思ったからだ。

なのに、まさか補習の教室まで押しかけてくるとは……。

これは……マズイな、いろいろと。

「……それで、なにしに来た」

無意味だろうなと思いつつも、そう尋《たず》ねた。

「だからぁ、昨日も言ったじゃないですか。ホントに困ってるんです」

「……昨日も言ったろ。俺に頼《たの》むのは筋《すじ》違《ちが》いだ」

「そんなことないじゃないですかーっ！」

瀬名《せな》はそう叫《さけ》びながら、俺の腕《うで》を掴《つか》んでぶんぶん振《ふ》り回《まわ》した。

あまりにも、状況《じょうきょう》がややこしすぎる。ここは、ひとまず……。

「瀬名《せな》、こっち来い」

「えっ？　ち、ちょっと明石先輩《あかしせんぱい》！」

俺は瀬名《せな》を引っ張って、教室の隅《すみ》へ移動した。同時に、不思議そうな顔をした御影《みかげ》にアイコンタクトを送る。込めた意志は「すまん、そこにいてくれ」だ。

不満げに頬《ほお》を膨《ふく》らませている瀬名《せな》に、俺はできる限りの小声で叫《さけ》んだ。

「だから、俺は天使じゃないって……！」

「嘘《うそ》だぁー。じゃあなんでコソコソしてるんですか？　普通《ふつう》に否定すればいいじゃないですか」

「ぐっ……それは……」

痛いところ突《つ》いてくるな、こいつは……。

なにを隠《かく》そう、この瀬名光莉《せなひかり》という女子は、俺のことを久世高《くぜこう》の天使だと疑っているのだ。

しかもどうやら、かなり強く。

きっかけはずばり、過去の天使の相談だ。それもこいつではなく、瀬名《せな》を好きだった男子からの。

たしかに、疑われる要素はあったかもしれない。だがそれでも、俺が認めさえしなければ、今までは特に問題もなかった。それに、瀬名《せな》も大して追及《ついきゅう》してこなかった。

それが、まさか今になって恋愛《れんあい》相談を、しかも明石伊緒《あかしいお》に直接持ちかけてくるなんて……。

「ホントに違《ちが》うなら、御影先輩《みかげせんぱい》の前でそう言えばいいんですよ。それができないってことは、やっぱり天使なんでしょ？」

「違《ちが》う……。ただ『あなたはスパイですか？』とかって、間違《まちが》いでも人前で聞かれたくないだろ。名誉《めいよ》の問題だ」

「スパイはそうですけど、天使はいいじゃないですか。人気者なんだし」

「よくない。的外れな疑いはかけられたくないんだよ」

「しつこ――い！」

しつこいのはお前だ……。

俺が天使だってことは、基本的には明かしたくない。その方が、仕事がやりやすいからだ。

そういう意味では、瀬名《せな》の恋愛《れんあい》相談自体は、べつに聞いてみてもいいんだが……。

「とにかく、お前の勘違《かんちが》いだ。久世高《くぜこう》の天使とやらから、連絡《れんらく》が来るのを期待するんだな」

ちょっと待っててくれ、瀬名《せな》。

すぐには無理だが、落ち着いたらまた下調べして、検討するからさ。もちろん、天使として。

「はぁ……もう、わかりましたよ。認めさせるのは諦《あきら》めます」

「……そうか。なら――」

「じゃあ、天使じゃなくてもいいので、相談に乗ってください」

「えっ……」

おいおい、なんだよそれ……。言ってることがめちゃくちゃだろ。

瀬名《せな》は不機嫌《ふきげん》そうに、けれどいたって真剣《しんけん》という表情で、俺を見据《みす》える。

「明石《あかし》先輩《せんぱい》に、個人的に恋愛《れんあい》相談をお願いします。それならいいですよね？」

「よくない……。っていうか、だったらなんで俺なんだよ」

「理由はいろいろです。でも、明石《あかし》先輩《せんぱい》が一番適役なんです」

ますますどういうことだよ……。

天使はともかく、明石伊緒《あかしいお》はただの地味な一般《いっぱん》生徒だぞ。

「もう、いいじゃないですかー。こんなに頼《たの》んでるのにっ。かわいい後輩《こうはい》のお願いですよ！」

「後輩《こうはい》って……べつに、普段《ふだん》関わりないだろ……」

「でもかわいいでしょ！」

なんなんだその『かわいい』押しは……。

「先輩《せんぱい》がその気なら、私にも考えがありますからね」

そう言うと、瀬名《せな》はくるりと向きを変え、黙《だま》って座っていた御影《みかげ》の方を見た。

「御影先輩《みかげせんぱい》！　明石先輩《あかしせんぱい》が私の悩《なや》み、聞いてもくれないんですよ！　すっごく困ってるのに！

冷たくないですか!?」

「お、おいっ！」

「え……えっと……？」

そう来たか、瀬名《せな》のやつ……。

たしかに天使に関係のない相談なら、俺以外を巻き込んだって問題はない。俺にだって、止める道理もない。こいつは本当に、俺に相談さえできればそれでいいんだろう。

御影《みかげ》が、何度か俺と瀬名《せな》の顔を見比べる。

俺の口からはなにも言えない。けど、こうなるとたぶん、御影《みかげ》は……。

「ふむ……そうだね。伊緒《いお》くんらしくもない。いいじゃないか、聞くだけなら」

……まあ、お前はそう言うよな。さすが、筋金入りの聖人め。

だけど十中八九、聞くだけじゃ済まないんだからな……。

「ですよね！　ほら、御影先輩《みかげせんぱい》もこう言ってくれてるんですし、ね！　明石《あかし》せんぱーい！」

これは……どうしたもんかな……。

俺が返答に詰《つ》まっていると、瀬名《せな》はまた昨日と同じく、耳元で囁《ささや》くように言った。

「聞いてくれなきゃ、明石先輩《あかしせんぱい》が天使だって、御影先輩《みかげせんぱい》に言っちゃいますよ？」

「……だから、違《ちが》う」

「違《ちが》っても、言っちゃいます。そう思った理由とかも、全部」

「お前……それ脅《おど》しだろ」

なんか、思いっきりデジャブなんだが……。

残念ながら、御影《みかげ》はもう俺の正体を知っている。この揺《ゆ》さぶりは不発だ。

けど……そこまでするのか、こいつ。

「まあ、さすがにそれは冗談《じょうだん》ですけど」

「冗談《じょうだん》かよ……」

「でも、それくらい本気ってことです。ね、いいじゃないですか。話聞くのもいやがるなんて、余計疑っちゃいますよ？」

……まあ、たしかにそれは一理ある。

はぁ……もういいか。ひとまず、聞くだけ聞こう。先のことは、あとで考えても遅《おそ》くない。

「わかったよ。聞くだけな、普通《ふつう》の先輩《せんぱい》として」

「やった──!!」

瀬名《せな》は両手を上げて、ぴょんぴょん飛《と》び跳《は》ねて喜んだ。普通《ふつう》に喧《やかま》しい。

それにしても、ペースを握《にぎ》られる、っていうのは、まさにこういうことなんだろうな……。

俺は念のため、もう一度声のボリュームを落としてから言った。

「けど、俺に恋愛《れんあい》相談なんて、たぶん役に立たないぞ」

「大丈夫《だいじょうぶ》ですよ。天使のちから、見せてください」

「……だから」

「あー、違《ちが》うんですね。はいはい」

どうやら、なにを言っても無駄《むだ》らしい。勝手なやつめ……。

「そーだ！　御影《みかげ》せんぱーい！」

突然《とつぜん》、瀬名《せな》は御影《みかげ》の方にトコトコと駆《か》け寄《よ》った。

そういえば、こいつら初対面じゃないのか？　瀬名《せな》のやつ、ずいぶん馴染《なじ》んでるな。

「ん、なにかな？　えっと、瀬名《せな》さん、だったね」

「はい、瀬名光莉《せなひかり》です！　よろしくお願いします！」

「うん、よろしくね。御影冴華《みかげさえか》だ」

やっぱり初対面かよ……。つまり、ただ瀬名《せな》のコミュ力が高いだけか。

「ってことで、御影先輩《みかげせんぱい》も聞いてくれませんか？　私の恋愛《れんあい》相談！」

「え……ああ、きみの相談というのは、恋《こい》の悩《なや》みだったんだね」

「はいっ。御影先輩《みかげせんぱい》、幼馴染《おさななじみ》の彼氏《かれし》ができたんですよね！　私にもアドバイスしてください！」

言って、瀬名《せな》は御影《みかげ》の手をぎゅっと握《にぎ》った。

そうか、そうなるのか……。

御影冴華《みかげさえか》が、長年片想《かたおも》いだった幼馴染《おさななじみ》と恋人《こいびと》になった。

それは前の一件で、すっかり久世高《くぜこう》中に広まった。そしてこの嘘《うそ》を、御影《みかげ》はしばらくつき続けるつもりでいる。ここで、ヘタなことは言えない。

ちらと様子を窺《うかが》うと、少し表情を硬《かた》くした御影《みかげ》と目が合った。

俺も御影《みかげ》も、自分の嘘《うそ》で首を絞《し》められてる、って感じだな……。

まあ、今はとにかく、臨機応変にやるしかないだろう。

「それは……うん、構わないけれど、期待はしないでほしいな。恋《こい》は、あまり得意ではないから」

「またまたぁ。三大美女で、イケメン彼氏《かれし》持ちじゃないですかー」

上機嫌《じょうきげん》にそう言って、瀬名《せな》は教室から出た。

こっちを向いて、ちょいちょいと手招きする。

強引《ごういん》なやつだな、まったく。

「ここだと誰《だれ》か来るかもですし、遠くの空き教室行きましょう！　ついてきてくださーい」

『もしかして、余計なことを言ったかな？』

瀬名《せな》の先導で廊下《ろうか》を移動する、その途中《とちゅう》。

スマホの通知を確認《かくにん》すると、隣《となり》にいる御影《みかげ》からＬＩＮＥが来ていた。

いい機会だ。最低限、情報共有はしておくべきだろう。

『俺の自業自得《じごうじとく》だ。気にしないでくれ』

『昨日、プルーフにも来ていた子だね。彼女は、伊緒《いお》くんが天使だと知っている？』

『いや、知らないよ。けど疑われてる。かなりな』

『なるほどね……。状況《じょうきょう》はあまりわからないけれど、今は伊緒《いお》くんに調子を合わせておくよ』

『悪いな、頼《たの》む』

さすが御影《みかげ》、話が早くて助かるな……。

「でも、まさか明石先輩《あかしせんぱい》が、あの御影先輩《みかげせんぱい》とお友達だったなんて、驚《おどろ》きましたよ」

前を歩いていた瀬名《せな》が、こちらを振《ふ》り向《む》きながら言った。

まあ、そりゃそうだろうな。自分でもまだ、あんまりしっくり来てない。

「私も同じだよ。伊緒《いお》くんに、こんなにかわいい後輩《こうはい》のお友達がいたんだね」

「えーっ！　私、かわいいですか！　いやぁ、そうですよねぇ。えへへ」

御影《みかげ》に褒《ほ》められて、瀬名《せな》はニヨニヨと頭をかいていた。

そうですよね、なんて言えるあたり、瀬名《せな》もけっこう自信家だな。美人なのは事実だけど。

「明石先輩《あかしせんぱい》とは、去年いろいろあったんです。ね？」

「友達、って感じじゃないけどな。特に顔も合わせてなかったし」

「なんでそんな冷たいこと言うんですか！　友達ですよ！」

友達か……？　どうやら、俺とは基準が違《ちが》うらしい。

「去年、というと……瀬名《せな》さんはまだ中学——」

と、俺たちが昇降口《しょうこうぐち》のそばに差しかかった、ちょうどそのとき。

「ん……おや、湊《みなと》」

腰《こし》まで伸《の》びた、夜空のような黒髪《くろかみ》。冷えた輝《かがや》きを放つ切長の目。新雪を思わせる白い肌《はだ》。

夏服を着こなした柚月湊《ゆづきみなと》が、怪訝《けげん》そうな表情で立っていた。

相変わらず、周囲の空気ごと冷やしてしまうような、しんとした美しさだった。

「うわっ、三大美女がもうひとり」

「……御影《みかげ》さん。それに……」

湊《みなと》は俺の方をチラリと見て、すぐに顔をそらした。

俺と湊《みなと》の仲は、まだ学校ではあまり知られたくない。それをわかってくれているからこその、この対応だろう。

ただ、それにしても少し、表情が険しいような気がしないでもない。

どうかしたのか、湊《みなと》のやつ。

「おはよう。たしか、今日からセミナー、だったかな?」

「ええ。御影《みかげ》さんは……」

「ふふっ、補習だよ。サボった分は、ちゃんとやらなきゃね」

「そう。……それじゃあね」

言って、湊《みなと》はさっさと階段を上がっていった。

セミナーというのは、夏休み中に学校で行われる、自由参加の特別授業のことだ。

そういや、湊《みなと》は受けるって言ってたな。さすが優等生、ストイックだ。

「御影先輩《みかげせんぱい》って、柚月先輩《ゆづきせんぱい》と仲よしなんですね」

「うん。友達になりたくて、私が声をかけたんだよ」

「へーぇ。一緒《いっしょ》にいたら、美女パワーヤバいですね……」

それには完全に同意だな。ふたり並んでると、もはや作り物みたいだし。


「もう、絶対に付き合いたいんです！」

目当ての空き教室にたどり着くなり、瀬名《せな》はバンッと机を叩《たた》きながら言った。

「……誰《だれ》と」

「煌先輩《こうせんぱい》と！」

いや、声デカいな。なんのためにここまで来たんだか。

笑顔《えがお》で耳を塞《ふさ》いでいる御影《みかげ》を横目で見つつ、俺はその名前を、頭の中で反芻《はんすう》する。

「煌《こう》って……鷹村《たかむら》か？」

「そうです」

なるほど。だから瀬名《せな》はさっき、俺が適役だって言ったのか。

とはいえ、それだけならべつに適役ってこともないだろうに。

「鷹村煌《たかむらこう》くん、というと……たしか伊緒《いお》くんと同じ、八組の男の子だね」

「ああ。ほとんど話したことないけどな」

つまり、ただクラスが同じなだけ、ってことだ。

「好きなのか、あいつが」

「はい。大好きです」

素直《すなお》でよろしい。

もし天使の相談者だったら、かなり優秀《ゆうしゅう》だな。

「かっこいいんですよ、煌先輩《こうせんぱい》は！　それにセクシーだし、頭もいいし、おまけにシャイでかわいいし。まあ、もちろんそれだけじゃないですけど。私、そんなに単純な女じゃないので」

「わかったわかった。それで、悩《なや》んでるってのは？」

「あ！　明石《あかし》先輩《せんぱい》やる気になってくれてますね！　えへへー」

「うぐっ……」

くそっ、つい仕事モードが……。恋愛《れんあい》の話になると、どうしても前のめりになるな……。

こら御影《みかげ》、ニコニコこっち見るな。

「脈なしっぽいんです、私」

「なんで得意げなんだよ……」

「ふふっ。瀬名《せな》さんはおもしろいね」

「このままじゃ彼女になれません。だから、助けてください」

瀬名《せな》の声には、少しもふざけた様子がなかった。

本気だ、と言ったのは、やっぱり嘘《うそ》じゃないってことだろう。

「……具体的には、どう困ってる？」

「全部です。今告白しても、絶対フラれちゃいます。もっと、意識してもらわなきゃ」

告白。

その言葉で、胸が締《し》めつけられた。

きっとなにより大切で、難しいものだ。

それを知っているからこそ、俺はこうして、天使をやっている。

そして、瀬名《せな》は言った。

今告白しても、フラれると。

「……告白自体は、する気があるってことか？」

「え……はい。だってそうしないと、彼女になれないじゃないですか」

キョトンとした表情で、瀬名《せな》が言う。

強いやつだ。俺がいつも相談を受けてる連中よりも、一歩先にいる。

だが、この口ぶりだと――。

「でも、まだダメです。ちゃんと、両想《おも》いになれたって思えてからじゃないと。だって告白は、好意の確認《かくにん》作業ですから」

……やっぱり、そういうタイプか。

「好意の確認《かくにん》作業、というと？」

ピンと来ていない様子の御影《みかげ》の問いに、瀬名《せな》が答える。

「告白って、両想《おも》いなのがわかってる人同士が、気持ちを確認《かくにん》するためのものじゃないですか。相手が自分のこと好きかどうかわからないうちに告白するなんて、賭《か》けですよ賭《か》け」

「ふむ……だけど、私は告白とは、そういうものだと思っていたよ」

「まあ、ホントはそうですけど……。でも、私はいやです、そういう告白」

言って、瀬名《せな》がまたこっちに向き直る。

「ってことで、明石《あかし》先輩《せんぱい》。私の恋《こい》、助けてください。お願いします」

口調は軽くとも、瀬名《せな》の声音《こわね》はやっぱり切実だった。

今まで何人も相談を受けてきたんだ、それくらいわかる。

目を閉じて、息を吐《は》く。

御影《みかげ》もいるのに、天使じゃないって言ったのに、もう完全に仕事モードだ。

でも、こいつの気持ちを前にすると、そうならずにはいられなかった。

「……」

告白は好意の確認《かくにん》作業。そう考えてるやつがいるってことは、俺にもわかっていた。

理解はできるし、そう思うようになったきっかけだって、きっとあるんだろう。

だが、同意はできない。絶対に。

「もし、鷹村《たかむら》と両想《おも》いになれなかったら？　あるいは、どうしても告白の成功率が低そうなら、お前はどうするんだ」

「……そのときは、うーん……」

瀬名《せな》は眉根《まゆね》を寄せて、それまでにない暗い表情で顔を伏《ふ》せた。心なしか、サイドポニーまでしょんぼりしているように見える。

大事な質問だ。俺にとっても、瀬名《せな》にとっても。

ただ、瀬名《せな》の顔が思ったより悲しく見えたことだけが、少し引っかかった。

「わかんないですよ……そんなの。っていうか、そうならないための相談じゃないですかー！」

「……まあ、お前にしてみれば、そりゃそうだな」

結局、ほしい答えは得られないまま、か。

……夏休みの予定、まだ余裕《よゆう》あったっけな。

「えっと……明石先輩《あかしせんぱい》？　なんか急に雰囲気《ふんいき》変わりました？　え、もしかして怒《おこ》ってます？」

「……伊緒《いお》くん？」

「瀬名《せな》」

「ふわっ！　……はい」

話を聞くだけ。

今思えば、俺に限ってそんなこと、できるわけなかったのかもしれないな。

「受けるよ、お前の恋愛《れんあい》相談」

「えっ……あ、ありがとうございます？」

……ああ、そういえばまだ、今の状況《じょうきょう》とか全然聞いてなかったな。

まあ、どうせ結論は変わらないだろうから、あとでいいか。

「それと、今まで隠《かく》してたけどな」

「……？」

もう、ここまで疑われてるんだ。引き受けるなら、そっちの方がなにかとやりやすい。

「久世高《くぜこう》の天使は、俺だよ」

「……いや、それは知ってますけど」

「嘘《うそ》でも驚《おどろ》けよっ」

けっこう、思い切って白状したのに。

◆◆◆

久世高《くぜこう》の天使として、正式に瀬名《せな》の相談を受ける。

そう決めたのはいいものの、今日は午後から、またバイトなわけで。

「お疲《つか》れ伊緒《いお》。もう上がっていいよ」

「へーい……」

相談はひとまず切り上げ、続きはまた明日。

瀬名《せな》にそう伝えてプルーフに移動したあと、俺は十九時までのシフトを黙々《もくもく》とこなした。

働いて、補習受けて、後輩《こうはい》に脅《おど》されて、またバイト。

なんだか、先が思いやられる夏休みだ。

虚《むな》しさをため息で吐《は》き出《だ》しながら、帰《かえ》り支度《じたく》をする。着替《きが》えを終えてバックヤードから出ると、いつものテーブル席にひとり、お客が座っていた。

「……湊《みなと》？」

「い、伊織《いお》……。バイト、お疲《つか》れ様《さま》」

うっすら頬《ほお》を赤く染めて、柚月湊《ゆづきみなと》は伏《ふ》し目《め》がちにそう言った。


「今日は藤宮《ふじみや》はいないのか。珍《めずら》しいな」

俺はそのまま湊《みなと》に合流し、夕飯を済ませることにした。

たらこパスタとコーラ、湊《みなと》もキッシュとアイスティーを注文した。

料理を運んできた有希人《ゆきと》がニヤついているように見えたが、ムカつくので無視しておいた。

「……べつに、いつも一緒《いっしょ》ってわけじゃないわよ。あの子はセミナーも来てないし」

「まあそうか。しかし精が出るな、セミナー組は」

「部活もないから、勉強ぐらいはね。でも伊織《いお》だって、しばらく補習でしょ？」

「残念ながらな。非常にめんどくさい」

「勉強しないからよ……。まさか、ホントに赤点取るなんて」

呆《あき》れたように、湊《みなと》がゆっくり首を振《ふ》る。

紛《まぎ》れもなくホントです。けど、俺だけじゃないんだからな。

「ところで、なにしに来たんだ？　帰り道でもないのに。メシか？」

「うっ……」

藤宮《ふじみや》と勉強、とかならわかるが、セミナーのあとにわざわざ、それもひとりで来るなんて。

今までの湊《みなと》にはない行動パターンだ。

「わ、悪い……!?　このお店好きだし、ご飯もおいしいから、食べに来ただけだもん！」

「い、いや、悪くはないって。ちょっと意外だっただけで……」

湊《みなと》はさっきよりもますます顔を赤くして、なぜか涙目《なみだめ》で俺を睨《にら》んだ。

なにもそんなに怒《おこ》らなくても……。

「まあ、でもちょうどよかった。ひとつ、報告したかったことがあるんだよ」

「えっ……報告？」

湊《みなと》が不思議そうに、鋭《するど》い目を丸くする。

長いまつ毛の奥で、青い瞳《ひとみ》が静かに光った。

「今日、学校で会ったろ。そのときに一緒《いっしょ》にいた、あの派手目の女子、覚えてるか？」

「え、ええ。セミナー前の昇降口《しょうこう》、よね？　初めて見る子だったけど……」

「そいつだ。一年の、瀬名光莉《せなひかり》。あのあと、恋愛《れんあい》相談を受けた。それで早い話、正体がバレた」

というか、自分から打ち明けたんだけど。まあ細かいとこはいいだろう。

「正体って……天使だって話したの？」

「ああ。前から疑われててな。いっそ、その方が楽かなって」

「……まあ、それはそうかもね」

湊《みなと》は形の綺麗《きれい》な顎《あご》に手を当てて、少しだけ鼻を鳴らした。

もしかすると、以前俺と琵琶湖《びわこ》沿いで話したときのことを、思い出しているのかもしれない。

天使はお前か、と湊《みなと》に問《と》い詰《つ》められて、俺はそれを認めた。

状況《じょうきょう》は違《ちが》うとはいえ、やっぱり共通する部分は少なくないからな。

「ってことで、あいつの前では俺との関係、隠《かく》してくれなくていい。まああんまり、顔合わせることもないかもしれないけどな」

「そ、そう……うん、わかった」

そこまで話した頃《ころ》、俺と湊《みなと》の皿の中身が、ほとんど同時になくなった。

コーラを少し飲んで、泡《あわ》の弾《はじ》ける音に耳を澄《す》ます。

それにしても、最近は久世高《くぜこう》の天使の正体も、だんだん広まってきたな。

人が増えれば、秘密は綻《ほころ》ぶ。頑《かたく》なに隠《かく》してるわけじゃないにしても、そろそろなにか、対策を考えるべきかもしれない。

「……ね、ねぇ、伊緒《いお》？」

「ん、どうした？」

「そ、その瀬名《せな》さんとは……どういう関係なわけ……？」

「えっ……」

見ると、湊《みなと》は肩《かた》をすぼめてそっぽを向いていた。視線を追っても、その先にはなにもない。気になるのかならないのか、どっちなんだこれ。

「……まあ、過去の天使の相談で、ちょっとな」

「な……なによ、ちょっとって」

どうやら、思いのほか興味はあるらしい。

なら、今日の帰りに御影《みかげ》に説明したことくらいは、湊《みなと》にも話しとくか。

そういえば、御影《みかげ》も俺と瀬名《せな》の関係は、やけに知りたがってたな。そんなにおもしろい話でもないんだが。

「去年の、秋頃《ごろ》かな。俺はいつも通り、天使としてひとりの久世《くぜ》高生《こうせい》に手紙を出した」

「いつも通り、って……まあいいわ」

なんだよ。いつも通りはいつも通りだろ。

「名前は伏《ふ》せるけど、一年……つまり、今は二年の男子だ。で、そいつの好きな相手が、当時はまだ中三の、瀬名光莉《せなひかり》だった。中学のとき、塾《じゅく》が一緒《いっしょ》だったらしい」

そして久世高《くぜこう》に進んでも、そいつは瀬名《せな》のことを忘れられなかった。

でも、もう塾《じゅく》はやめてしまって、瀬名《せな》と関わりもない。

「諦《あきら》めようと思ってもできない。なのに、状況《じょうきょう》的に告白する勇気も湧《わ》かない。そこで、天使の出番ってわけだ」

「そ、そういうこと……。だけど、それでどうして、伊緒《いお》が天使だって疑われるの？」

「相談の過程で、どうしても瀬名《せな》の事情について、調べる必要ができた。でも久世高生《くぜこうせい》ならともかく、中学生が相手じゃ調査が難しい。で、ちょっと明石伊緒《あかしいお》の状態で、出しゃばりすぎた」

その男子によれば、瀬名《せな》は久世高《くぜこう》志望らしかった。

ただ成績はイマイチで、受かるかどうかは正直怪《あや》しい。

瀬名《せな》が久世高《くぜこう》に受かれば、また繋《つな》がりができる。でも落ちれば、いよいよ完全に疎遠《そえん》だ。

かといって、今受験生の瀬名《せな》に告白するのは、勉強を邪魔《じゃま》するみたいで気が引ける。おまけに、成功率も高いとは思えない。

それが、あいつが動けずにいた理由だった。まあわかる。言い分も気持ちも、痛いほどな。

けど、それじゃダメだ。

俺は瀬名《せな》と話してみることにした。なにか、そいつを説得する材料がないかと思ったからだ。

リスキーだ、なんてのはわかってた。でも関係ない。それこそ、いつものことだ。

問題は、どうやって接触《せっしょく》するか、そこだった。

だけどその日、俺はツイてた。いや、ツイてなかったのかもな。

「えっ！　その制服、久世高《くぜこう》の人ですか！」

放課後にプルーフで作戦を練ってたら、見覚えのある、だけど喋《しゃべ》ったことはない女子に、声をかけられた。

制服に、あのあたりにある中学の校章がついてた。つまりその女子が、瀬名《せな》だったわけだ。

「私、久世高《くぜこう》行きたいんです！　でも成績ヤバくて、無理かもなんですよねー……」

本当に、偶然《ぐうぜん》だったんだろう。

たまたま入ったカフェに、久世高《くぜこう》の制服を着たやつがいた。

まあ、それだけで話しかけるってのは、瀬名《せな》のすごいところだな。

「明石先輩《あかしせんぱい》って、一般《いっぱん》入試ですか？　もしかして、論文入試だったりします？」

久世高《くぜこう》の入試って、一般《いっぱん》と論文、ふたつあるだろ。

要するに瀬名《せな》は、一般《いっぱん》入試は無理でも、論文ならいけるんじゃないか、って思ったわけだ。

論文試験には総合問題もあるけど、配点は論文の方がずっと大きい。だから、そっちに狙《ねら》いを絞《しぼ》れば、多少学力が足りなくてもチャンスはある。俺がいい例だ。

「……論文だけど？」

「えーっ！　やった！　私って超《ちょう》ラッキー！　小論文がどんな問題で、どんなふうに書いたか、教えてくださーい！」

そんな調子で、俺はそれからしばらく、瀬名《せな》に小論文の書き方を教えさせられた。

論文組は少数派だから、渡《わた》りに船だったんだろうな。

で、ちょうど貸しも作れたし、俺も瀬名《せな》に聞いてみた。

「瀬名《せな》。お前、もし受験期に誰《だれ》かに告白されたら、迷惑《めいわく》か？」

「え……え！　なんですかそれ！　もしかして私のこと狙《ねら》ってるんですか？　いや、たしかに私はかわいいし、冴《さ》えない先輩《せんぱい》がすぐ好きになっちゃうのはわかりますけど、えぇー。もっといい感じに口説いてくださいよー」

「バカ、違《ちが》う。単純に気になるんだ」

「ありゃ、意外に冷静。なーんだ、つまんない」

「いいから、答えてくれ。論文教えたろ」

湊《みなと》ももう気づいたかもしれないけど、これがマズかった。

この質問があとで……まあ、今はいい。

「えー。うーん、そうですね。普通《ふつう》は、ちょっと迷惑《めいわく》なんじゃないですか？　好きな人からならともかく。変に気まずくなったりしたら、勉強の邪魔《じゃま》になったりしそうですしね」

「……そうか。なら――」

「でも、私は気にしませんね。告白には慣れてますし。モテるので」

えへっと笑って、瀬名《せな》はあっさりそう言った。

冗談《じょうだん》みたいな口調だけど、きっと本音なんだろうなと思った。

「受験期とか関係なく、いつでも嬉《うれ》しいですよねー。フるのはちょっと、疲《つか》れますけど」

あのときは、かなりホッとしたのを覚えてる。

相談者を説得できるかどうかは、まだわからない。けど、ひとまずはよかった、ってな。

「でも、なんでそんなこと聞くんですか？　もしかして先輩《せんぱい》、恋《こい》してるんですか？」

「……まあ、そんなとこだ」

瀬名《せな》とはそこで別れて、しばらく会うこともなかった。

結局、それからあの男子はなんとか勇気を出して、瀬名《せな》に告白した。時間はかかったけどな。

瀬名《せな》の返事はまあ、一応秘密だ。想像に任せる。

問題はここからだ。

その数日後に、また瀬名《せな》がプルーフに来た。

「明石《あかし》先輩《せんぱい》って、天使なんですか？」

「……どういう意味だ？」

つまり「お前が天使だろう」って俺に言ってきたのは、湊《みなと》が初めてじゃないんだよ。

だからお前のときは、実はけっこう落ち着いてたんだ。

まあもちろん、そのあとちからまで見破られて、さすがに心臓止まりそうだったけどな。

「久世高《くぜこう》に行ってる塾《じゅく》の先輩《せんぱい》に聞いたんです。恋《こい》の悩《なや》みを解決する、天使がいるって」

「……まあ、そんな噂《うわさ》もあるらしいな」

「先輩《せんぱい》なんでしょ？　だって私、あのあと久世高《くぜこう》の人に告白されましたもん。急に」

要するに、俺が瀬名《せな》にした質問が、天使の相談の一環《いっかん》だったんじゃないか、ってのが、あいつの言い分だった。完全に、図星だな。

まあ、普通《ふつう》に俺のミスだ。瀬名《せな》が、そこまで鋭《するど》いと思ってなかった。

あとあの頃《ころ》は、まだ久世高《くぜこう》の天使の噂《うわさ》は、今ほど広まってなかったし。

だけど疑われたって、認めなけりゃいい話だ。

「いや、普通《ふつう》に違《ちが》う」

「嘘《うそ》だー！　わかってるんですよー、私には」

「そう言われても困る。わかったら、もう帰れ」

「うーん……往生際《おうじょうぎわ》が悪いですね。まあでも、秘密ですもんね。いいですいいです。そういうことにしといてあげますよ」

その日は、瀬名《せな》もそれで引き下がった。

けどそれからまたしばらくして、受験が終わった頃《ころ》……つまり、今年の三月だな。

「受かりましたーっ！　論文で！」

また、瀬名《せな》が現れた。

どうやら、わざわざ合格報告に来たらしかった。

「来月から後輩《こうはい》ですよー。嬉《うれ》しいでしょ！」

「嬉《うれ》しいかどうかはともかく、よかったな」

「こら――――っ！」

瀬名《せな》は、受かったのは先輩《せんぱい》のおかげだとか、でもやっぱり自分がすごいんだとか、ハイテンションにいろいろ話してた。

そして、最後にまた言った。

「大丈夫《だいじょうぶ》ですよ。秘密にしときますから」


「で、今になってまた、瀬名《せな》は俺のところに来たってことだ。今度は、自分の恋《こい》のためにな」

俺の話が終わったのは、店も閉店に近づいた頃《ころ》だった。

お客のいなくなった店内で、湊《みなと》ははぁっとひとつ、短い息を吐《は》いた。

「なんか……やっぱりいろいろあるのね、伊緒《いお》にも」

「湊《みなと》と知り合うまでに、丸一年あったからな。今年に負けず劣《おと》らず、去年も大変だったよ」

思い出すと、今でも気が遠くなるな。

「ってことで、俺は夏休みも、天使の相談で大忙《おおいそが》しだな。あと補習とバイトも」

「課題も、でしょ」

「ぐわっ……そうだった……忘れてた」

課題……そうか、まだそいつが……。憎《にく》むべき、夏休み最大の敵だ。

「今度、みんなで集まってやるんでしょ。それまでに、ちょっとは進めときなさいよね」

「……善処します」

「それ、なにもしないときの決まり文句だから」

はい、まさにそれです。

まあ夏休みはまだ長いからな。大丈夫《だいじょうぶ》大丈夫《だいじょうぶ》、たぶん。

「……そうだ。集まるといえば、たしか女子でやるんだったな、お泊《と》まり会」

言いながら、言葉の響《ひび》きにちょっと笑ってしまった。

『お泊《と》まり会』って、なんでほかに言い方がないんだろうな。『合宿』はちょっと違《ちが》うだろうし。

「うん。詩帆《しほ》と、あと御影《みかげ》さんが、すごく張り切ってたわ」

湊《みなと》が「場所、私の家なのに」と呆《あき》れたように続ける。

企画《きかく》者の藤宮《ふじみや》いわく、御影《みかげ》の歓迎《かんげい》会と、そもそもの四人娘《むすめ》の親睦《しんぼく》会を兼《か》ねているらしい。

たしかに言われてみれば、付き合いが短いのは御影《みかげ》だけじゃないからな。夏休みで周りの目もないし、いい機会だろう。

周囲に争いを産まないために、友達を作れずにいた御影《みかげ》。そんなあいつを仲間に引き入れたのは、ほかでもない俺だ。

なのに、藤宮《ふじみや》は面倒見《めんどう》がいいというか、さすがは湊《みなと》の親友だな。

「御影《みかげ》も俺なんかより、同性の友達の方が嬉《うれ》しいだろうからな。もちろん、俺もできる限りのことはするけどさ」

俺には、現状を変えるべきだって、あいつを焚《た》きつけた責任がある。

夏休みのあいだに、いろいろ今後の対策も考えなきゃな。

ただ、どっちかというと今心配なのは……。

「日浦《ひうら》……大丈夫《だいじょうぶ》だろうか」

日浦亜貴《ひうらあき》。俺の友人で、言わずと知れた問題児。

頭の中に、ジト目でピースサインを作るあいつの顔が浮《う》かんだ。

「……どうして、日浦《ひうら》さん？」

「あいつ顔は広いけど、ちゃんと仲いい同性の友達、いないからな。たぶんお前たちが、日浦《ひうら》が一番よく話す女子だよ」

「そ、そうなのね……。だけど、たしかにあんまり見たことないかも。日浦《ひうら》さんが、私たち以外の女の子と話してるの。私も人のことといえないけど……」

「だろ。しかもあいつは、わざと友達作ってなかった御影《みかげ》と違《ちが》って、『素』の結果がこれだからな。保護者としては、お泊《と》まり会なんて気が気じゃないよ」

あいつ、ホントに空気とか読まないからな……。

まあもちろん、一緒《いっしょ》にいるのは湊《みなと》たちだから、大丈夫《だいじょうぶ》だとは思うけど。

「保護者って……なによ、それ」

湊《みなと》が、アイスティーのストローをもてあそびながら呟《つぶや》く。

口を尖《とが》らせて、なぜだか不機嫌《ふきげん》そうに見えた。

保護者、ちょうどいい言葉だと思うけどなぁ。

「有希人《ゆきと》ー。お邪魔《じゃま》しまーす」

そのとき、店のドアが開いて、聞き覚えのある声がした。

気づけば、もう閉店時間を過ぎている。

いつかの日浦《ひうら》と同様、このタイミングで入ってくるのは、やっぱり身内だけだ。

「おや、梨玖《りく》か。どうしたんだ？　突然《とつぜん》だね」

中学の夏服、結び目の高いポニーテール、気の強さを象徴《しょうちょう》するような、キリッとした目。

正真正銘《しょうしんしょうめい》の身内、反抗《はんこう》期の妹、明石梨玖《あかしりく》が大きなテニスバッグを持って立っていた。

ちなみに、隠《かく》れた席にいる俺たちには、まだ気づいていない様子だ。

「部活の合同練習で、こっちまで来てたの。久しぶりに会いたくなったから、寄っちゃった」

「ああ、なるほどね。お疲《つか》れ様《さま》。なにか飲む？　まだレジ締《し》めてないから、奢《おご》るよ」

「えっ、いいの！　じゃあハニーカフェオレ……みゃっ⁉」

そこで、ついに梨玖《りく》が俺の方を見た。

変な声を上げて、恨《うら》めしそうに顔を歪《ゆが》める。兄に向かって、なんだその反応は。

「よお、梨玖《りく》」

「い、伊緒《いお》……っ！　なんでここに……この時間はバイトじゃないはずじゃ……！」

「いたら悪いか。喜べ」

俺は嬉《うれ》しいのに。逃《のが》さんぞ、妹め。

「うぐっ……。ゆ、有希人《ゆきと》！　やっぱり普通《ふつう》のカフェオレにして！」

「かしこまりましたよー、お嬢様《じょうさま》」

「べつに、飲みたいもの飲めばいいだろ」

「も、もう子どもじゃないから！」

「はあ、さいですか」

カフェオレは大人で、ハニーカフェオレは子どもっていう感覚が、余計子どもっぽい気がするけどな。ハニーの有無《うむ》がそんなに大事なのだろうか。

まあ、我が妹は複雑な年頃《としごろ》だからな。

「伊緒《いお》……？　この子が前に言ってた、サメ好きの妹さん？」

控《ひか》えめな様子で、湊《みなと》が聞いてくる。

「ああ、そうだよ。前に買ってやったサメスリッパも、愛用してる」

たぶん。ほぼ毎日履《は》いてるからな。

梨玖《りく》と目が合うと、湊《みなと》はペコリと綺麗《きれい》なお辞儀《じぎ》をした。

対して、梨玖《りく》は驚《おどろ》いたようにのけ反り、くちびるを震《ふる》わせる。

「お、おおお、女の人！　だ……！　しかもすごい綺麗《きれい》な……！」

おい、心の声がダダ漏《も》れだぞ。

まあ梨玖《りく》は湊《みなと》とは初対面だし、気持ちはわからないでもない。

「梨玖《りく》、友達の湊《みなと》だ。久世《くぜ》高生《こうせい》で、しかもテスト順位ひと桁《けた》」

「ち、ちょっと伊緒《いお》……余計なこと言わないでっ」

「いや、事実だろ。いいことだし」

俺がそう返しても、湊《みなと》は依然《いぜん》不機嫌《ふきげん》そうだった。

なんだ、湊《みなと》まで反抗《はんこう》期か。

「……柚月湊《ゆづきみなと》です。よろしくね、えっと……梨玖《りく》さん、でいい？」

「えっ！　は、はい！　明石梨玖《あかしりく》です！　よろしくお願いします！」

固い動きで礼をしてから、梨玖《りく》はそそくさとこっちに来て、俺の隣《となり》に腰《こし》を下ろした。

珍《めずら》しく、ガチガチに緊張《きんちょう》している。たぶん、湊《みなと》のオーラに押されているんだろう。

「あ、あの……伊緒《いお》のお友達なんですね……！　バカな兄が、いつもお世話になってますっ」

「こら。優《やさ》しい兄だろ」

「優《やさ》しくてバカな兄がお世話に」

「バカを取れ」

楽しいボケをするな。緊張《きんちょう》はどこ行った。

そして、せめて笑ってくれ、湊《みなと》。

「……優《やさ》しいのは否定しないのね」

「うっ……ま、まあ、たまには優《やさ》しいです」

「へいへい、ありがとよ、いつも素直《すなお》じゃない妹」

俺がそう返すと、梨玖《りく》はプクッと頬《ほお》を膨《ふく》らませていた。

こいつの俺への扱《あつか》いが雑なのは、今に始まったことじゃない。むしろ、今日はマシな方だな。

「梨玖《りく》、湊《みなと》はあれだぞ、久世高《くぜこう》三大美女」

「えぇっ⁉」

運ばれてきたカフェオレを飲んでいた梨玖《りく》が、ごほごほと咳《せき》をした。

梨玖《りく》の志望校も久世高《くぜこう》なので、こいつも三大美女の存在は知っている。

「す、すごい……っ！　でも納得《なっとく》……！」

「も、もうっ！　伊緒《いお》、やめてってば……！　怒《おこ》るわよ」

「隠《かく》しても仕方ないだろ。成績と違《ちが》って、美人なのは見ればわかるんだし」

「びっ⁉　び、びじ……」

突然《とつぜん》、湊《みなと》は壊《こわ》れたスピーカーみたいになって、赤い顔で俯《うつむ》いていた。
『美人』なんて、三大美女なら言われ慣れてそうだけどな。
「……ん？」
いつの間にか、梨玖《りく》が小さく口を開けて、こっちを見ていた。
だが、特になにを言うでもなく、すぐにまた湊《みなと》に視線を戻《もど》す。
梨玖《りく》も湊《みなと》も、よくわからん。
そんなことを思いながら、俺は残っていたコーラを、一気に飲み干した。
氷がすっかり溶《と》けていて、味が薄《うす》かった。

懐《なつ》かしいドアを開けて、屋上に出る。
「だーれだ！」
突然《とつぜん》後ろから声がして、目の前が真っ暗になる。
瞼《まぶた》に当たる、柔《やわ》らかい手の感触《かんしょく》。鼻腔《びこう》をつく、甘い匂《にお》い。後頭部にかかる息。
その全部にドキドキして、俺はすぐに答えられない。
こんなの、あいつに決まってるのに。

「はい、時間切れー。私です」

「……知ってるよ」

ひょいっと回り込んできて、彩羽《あやは》が、悪戯《いたずら》っぽく笑う。

黒いセミロングとスカートがふわりと揺《ゆ》れて、その動きにいちいち、目を奪《うば》われる。

ああ、これは夢だ。

だって、この子がいるんだから。

四季《しき》彩羽《あやは》。

先輩《せんぱい》で、もういなくて、俺がまだ、好きな人。

「伊緒《いお》くんさ、もしかしてわざとされてない？　だーれだ」

「なっ……そ、そんなわけないだろ」

「嘘《うそ》だぁー。毎日なんだから、さすがにそろそろ避《よ》けれるでしょ」

彩羽《あやは》の夢は、今でもときどき見る。

だけどいつも、目が覚めると忘れていて。

だからきっと、この夢も、すぐに忘れてしまうのだろう。

それが悲しくて、でも、やっぱりありがたかった。

「……こんなこと、毎日やる方がバカだし」

「うわ、今日はかわいくない伊緒《いお》くんの日だ。お姉さん悲しいなぁ」

芝居《しばい》がかった声で、そんなことを言って。

屋上の真ん中にすとんと座って、彩羽《あやは》は俺に手招きをする。

それでおとなしく隣《となり》に行くんだから、中二の俺は単純だ。

「今日はこれ、買ってみました」

「……キリンレモン」

「そうです。炭酸界の重鎮《じゅうちん》。はい、伊緒《いお》くんの分」

「……またか」

彩羽《あやは》はなぜか、よく俺に炭酸を飲ませた。

奢《おご》りだからべつにいいけれど、なんでわざわざ。

「でも、最近はちゃんと、全部飲むよね」

「まあ……せっかくだし、残すのもあれだろ。それに……ちょっと、うまくなってきたし」

「え、そうなの？　やった！　私の勝ちだねーこれは。じっくり布教した甲斐《かい》があった」

「彩羽《あやは》じゃなくて、炭酸の勝ちね」

「炭酸の勝ちは、私の勝ち」

意味がわからないことを言って、あいつはクスクスと笑う。

俺も釣《つ》られて笑ってしまって、楽しくて、どうでもよくなる。

揺《ゆ》れると肩《かた》が触《ふ》れ合《あ》って、それが恥《は》ずかしくて、でも嬉《うれ》しくて。

そんな自分を、たまに気持ち悪いなって、思ったりして。

「伊緒《いお》くんはさー」

「……なに？」

こうして、話を切り出されるたびに。

俺は緊張《きんちょう》して、すっかり身構えてしまう。なにを言われるんだろうって、不安になる。

もしかしたら、告白とか、大事なことかも。そんなふうに考えてしまう。

まあ、結局いつも、くだらないことだったけれど。

「卒業したらどうするの？」

……ああ、でもそうか。

たしかこの日は珍《めずら》しく、ちょっとだけ大事なことだったな。

「どうって……高校行くよ、普通《ふつう》に。たぶん」

「だからー、どこの？　なに高？　滋賀《しが》県？」

「それは……まだわかんないって。中二だし」

「そっかー。まあ、そうだよね」

彩羽《あやは》が、うぅんと唸《うな》る。

くちびるをつんと突《つ》き出《だ》して、まばらな雲を見上げている。

俺だって、ずっと気になっていた。卒業したら、どうするのか。俺たちが、どうなるのか。

だから、彩羽《あやは》も同じなのかもしれないとわかって、それが嬉《うれ》しかった。

「……彩羽《あやは》こそ、どこ行くの？」

「えー。私かぁ」

「やっぱ久世高《くぜこう》？　頭いいんでしょ、そんな感じなのに」

前に、自慢《じまん》げにテストを見せてくれた。数学と英語が、満点に近かった。

そのときは、頑張《がんば》らなきゃマズいな、と思った。

いやだし、めんどうだけど、頑張《がんば》らなきゃ。

「んー、決めてないっ。まあ、テキトーにね。どこでも受かるでしょ。優秀《ゆうしゅう》ですから」

「面接さえなければね」

「残念でした、普通《ふつう》の高校受験にはありませーん。……え、ないよね？」

「ないでしょ。っていうか、そこは怒《おこ》るとこじゃないの」

「……あ、ホントだ！　こら！　生意気！」

なんて言いながら、顔は笑ってる。

夢なのに、瞳《ひとみ》も頬《ほお》も、髪《かみ》も声も、どれも全部鮮明《せんめい》だ。

「あ。じゃあ、伊《い》緒《お》くんがもし行きたいところできたら、私もそこにしよっかな」

「……えっ」

それはきっと、覚えているから。

記憶《きおく》の底に染《し》み付《つ》いているあいつが、消えてしまわないように。

今でも大切に、守るように、抱《かか》えているから。

「だって、私はどこでもいいし。また同じ学校なら、楽しそうじゃない？」

「それは……まあね」

顔がニヤけないように、必死だった。

彩羽《あやは》が平然とニコニコしてるのが悔《くや》しくて、でも、たまらなく愛《いと》しかった。

「先に入って待ってるね。でも、もし受験期に志望校変わったら、迷わずそっちに行きなさい」

「……ちゃんと追っかけるよ。俺も、どこでもいいし」

「わお、ホント？　じゃあ、ちょっとレベル落とさなきゃ。伊緒《いお》くんがついてこられるように」

「う、うるさいな……。いいから、好きなとこ行ってよ。もったいないし」

「おぉーっ、頼《たの》もしいね。じゃあ、その男気を信じます」

彩羽《あやは》が、キリンレモンのペットボトルを差し出す。

カツンと音を立てて、俺たちはボトルのフタをぶつけ合った。

中の炭酸は同じくらい減っていて、水面が揺《ゆ》れるたび、細かな泡《あわ》がゆらゆらと浮《う》かんでいった。

俺は知らない。

彩羽《あやは》が結局、どこを受けようとしていたのか。どうするつもりだったのか。

その話をする前に、俺たちは会えなくなったから。

第二章　恋のためならどこへでも

次の日。また退屈《たいくつ》な補習を適当にこなした、そのあと。

「え、ここ屋上じゃないですか。立ち入り禁止ですよ」

階段を上がった扉《とびら》の前で、瀬名《せな》が怪訝《けげん》そうに言った。こっちを見て、目を丸くしている。

「そうだな」

「そうだな、って……。しかも、なんで鍵《かぎ》持ってるんですか。え、こわっ」

「まあ、いろいろあるんだよ」

貸しとか、伝手《つて》とか。

まだ若干《じゃっかん》引いている様子の瀬名《せな》を促《うなが》して、ドアを開けて屋上へ。

夏休みは使わないかと思ってたが、今日みたいな涼《すず》しめの日ならありだな。

「じゃ、話してくれ。できる限り詳細《しょうさい》に」

昨日はバイトのせいで、結局瀬名《せな》の詳《くわ》しい話は聞けなかった。

まずは状況《じょうきょう》と、問題の洗い出しをしなければならない。

「……いいですけど、その前に」

敷《し》いたハンカチの上に腰《こし》を下ろしながら、瀬名《せな》が言う。

意外と、そういうところはしっかりしているようだ。日浦《ひうら》にも見習ってほしいもんだな。

「やっぱり天使だったんですね、明石先輩《あかしせんぱい》」

「……そうだよ。昨日言ったろ」

なにを今さら。

「ってことは、一学期にあったあの放送も、先輩《せんぱい》なんですよね？」

「ん……あ、ああ。まあな」

瀬名《せな》が言っているのは、俺がボイチェンを通して湊《みなと》の噂《うわさ》を訂正《ていせい》した、例の放送のことだろう。

正直、まだちょっと恥《は》ずかしいので、あんまり追及《ついきゅう》されたくはない。

「ふぅ――――ん」

瀬名《せな》はずいっと身を乗り出して、俺の顔を覗《のぞ》き込んできた。

「……なんだよ」

「いえ。ただ、けっこうやりますね、明石先輩《あかしせんぱい》」

「え……」

「ヘタレなのかと思ってましたけど、うん、いいと思います、ああいうの」

そう言うと、瀬名《せな》はまたもとの姿勢に戻《もど》って、ニヤッと笑った。

どうやら、褒《ほ》められたらしい。

「でもそれなら、昨日会った柚月先輩《ゆづきせんぱい》、知り合いなんじゃないですか。知らんぷりしちゃって」

「ああ……あのときはまだ、お前に正体明かす予定じゃなかったからな。必要な演技だよ」

「はぁ、秘密ばっかり。なーんかムカつく。まあ、仕方ないですけど」

瀬名《せな》は不服そうに、口をへの字に曲げた。それからサイドポニーの毛先を、クルクルといじる。

「いいだろ、もうその話は。恋愛《れんあい》相談、やらないなら帰るぞ」

「もうっ、わかりましたってば。せっかちな男の子って、モテませんよ？」

「はいはい、そりゃ悪かったな」

生意気なやつめ。まあこういうところが、瀬名《せな》のコミュ力の源なんだろうけど。

「それで、鷹村《たかむら》とお前は、今どんな関係なんだ？」

鷹村煌《たかむらこう》。瀬名《せな》の好きな相手で、俺と同じクラスの男子。

イケメン……っていうより、美少年って言葉の方が似合うだろうか。口数の少ないやつで、外見はともかく、性格的には目立つタイプじゃない。

こっちから持ちかけた相談じゃない以上、まだわからないことだらけだな。

「部活が同じです。文芸部ですね」

「部活……。っていうか瀬名《せな》、文芸部なのか」

なんか、イメージと違《ちが》うな。

「そうですよー。意外でしょ。ギャップ萌《も》えしました？」

「あー、したした。で、仲は？」

「こらー！　流されるのやだ！　明石先輩《あかしせんぱい》のくせに！」

先輩《せんぱい》なんだから流させろ。相手してたらキリないだろうに。

「……実は、煌先輩《こうせんぱい》とは中学も同じなんです。っていうか、そもそも好きになったのは中二のときです。あの頃《ころ》も文芸部で一緒《いっしょ》でした」

「なるほど。……って、もしかしてお前……」

「はい。私、煌先輩《こうせんぱい》を追いかけるために、久世高《くぜこう》に入ったんです。もともと勉強できなかったのに、超頑張《ちょうがんば》ったんですから」

ふんっと胸を張って、瀬名《せな》は恥《は》ずかしげもなく言い放った。

そういうことだったのか。だから見ず知らずの俺に、受験のアドバイスなんて……。

根性《こんじょう》あるというか、たくましいというか。

「友達には、不純だね、なんて言われましたけどねー」

セリフとは裏腹に、瀬名《せな》の口調は軽かった。

不純……か。

それは、なんとも……。

「でも、べつによくないですか？　高校で特別やりたいこともなかったし、進路を決める理由になるくらい、好きだったんですもん。それのなにが――」

「なにが悪いんだ、それの」

「……えっ」

「恋《こい》のために人生を選ぶことの、なにが不純なんだ」

気づいたら、声が出ていた。

暑苦しいな、と思う。でも、言わずにはいられなかった。

「そのときの自分にとって、一番大事なもののために、進むべき道を決める。そして恋《こい》は、その理由になるには充分《じゅうぶん》すぎるくらい、深刻な問題だ。お前がちゃんと考えて出した結論なら、絶対に間違《まちが》ってない」

「……先輩《せんぱい》」

「俺が久世高《くぜこう》に来たのは、バイトができて、生徒数が多かったからだ。効率よく天使の相談をするために、俺は久世高《くぜこう》を選んだ。あの頃《ころ》の俺には、それが一番、やりたいことだった」

唯一《ゆいいつ》この話をした有希人《ゆきと》には、「バカだね」って言われた。

でも、間違《まちが》ってたとは思ってない。

まあ、「やめとけ」って言わないあたりは、あいつらしいけれど。

「周りがなんと言おうと、本人が真剣《しんけん》なら、それは純粋《じゅんすい》な気持ちだ。その友達には悪いが、考えを改めたほうがいい」

「……大丈夫《だいじょうぶ》です。その子、もう友達じゃないんで」

クスッと肩《かた》を震《ふる》わせて、瀬名《せな》が言った。

「っていうか、わかってますし。当たり前じゃないですか。なんで偉《えら》そうなんですか、先輩《せんぱい》」

「うっ……偉《えら》そうだったか？　すまん……」

「ふんっ、まあいいですけど。それに――」

瀬名《せな》が、今度はにっこり笑って、俺を見た。

「嬉《うれ》しかったです。お礼に今度、私の一番盛れてる写真を送ってあげます」

「……マジでいらん」

しかも、冗談《じょうだん》か本気かわからないぞ、それ。いや、こいつなら本気で言ってそうだな……。

「でも、天使のために久世高《くぜこう》って、ホントなんですか？」

「ホントだ。悪いか」

「悪くないですけど、おバカだなって」

「おい……」

くそっ、お前もかよ……。


「煌先輩《こうせんぱい》は、女の子が苦手なんですよ」

カバンから出したお茶のペットボトルに口をつけてから、瀬名《せな》が言った。

「ああ……そういや、そんな話も聞いた気がするな」

「はい。慣れるまでは、全然会話になりませんからね」

そのレベルか……。女子にトラウマでもあるのか？

「お前とはどうなんだ？」

「ふふんっ。私は努力しましたから、けっこう普通《ふつう》に喋《しゃべ》ってくれます！　あーん、かわいい」

ほお。どれくらいすごいことなのかは不明だが、さすがコミュ力の鬼《おに》だな。

「けどそれなら、なんで脈なしだと思うんだ？」

昨日、たしか瀬名《せな》はそう言っていた。

でも、ほかの女子よりも親しいんなら、けっこうチャンスはありそうだけどな。

「そんなの、見てたらわかるじゃないですか。私と話すときの煌先輩《こうせんぱい》は、緊張《きんちょう》してるだけで、ドキドキはしてません」

「……そういうもんか」

「そうですよ。まさか明石先輩《あかしせんぱい》、天使なのに、そんなこともわからないんですか？」

「ぐふっ……い、いや、なんとなくはわかる……つもりだぞ」

なんて言ってみたが、正直なところ、あんまり自信はなかった。

けど、たぶんわかるのが普通《ふつう》じゃないだろ。瀬名《せな》が特別鋭《するど》いだけっていう方が妥当《だとう》だ。

あとはもちろん、こいつが脈なしって思い込んでるだけ、って可能性も充分《じゅうぶん》ある。

「はぁ……なんか、心配になってきたんですけど」

「だ、大丈夫《だいじょうぶ》だよ……！　実績があるだろ、実績が」

まあ、実は天使の相談は、告白の成功率自体がいいわけじゃないんだけどな。もともと、そういう目的じゃないし。

ただ今回は瀬名《せな》のスタンス的に、成功率が高いと思えないと、告白には至れないだろう。

あらためて考えてみると、かなり難しい依頼《いらい》なのかもしれない。告白まで何ヶ月かかるか、読めないいな。焦《あせ》る必要は、当然ないけれど。

「それに女の子が苦手なんですから、彼女がほしいかどうかもわからないじゃないですか。煌《こう》先輩《せんぱい》、かわいい人に告白されても、今まで全部断ってますし」

「ふむ……それはそうだな。本人に聞いてみたりはしてないのか？」

「できませんよそんなの！　煌先輩《こうせんぱい》は繊細《せんさい》なんですから。あんまり踏《ふ》み込んで、警戒《けいかい》されちゃったらどうするんですか！　せっかく話してくれるようになったのに！」

言って、瀬名《せな》はキッと俺を睨《にら》んだ。

なるほど……こいつならそれくらい聞けそうだなと思ったが、相手側に問題があるわけか。

難儀《なんぎ》なやつだな、鷹村《たかむら》め。

「おっけー、わかった。まあそのへんは、俺に任せろ。調べとくよ」

「え、ホントですか！　やったー！　さすが天使、話が早い！」

「仕事だからな。いつものことだ」

にしても、褒《ほ》めたりディスったり、忙《いそが》しいな、お前は。

「ただ気になるのは、もっと根本的な部分だな」

「根本的……？　どういうことですか？」

瀬名《せな》がこてんと、細い首を傾《かし》げる。揺《ゆ》れるサイドポニーが、なんともかわいらしい。

「極端《きょくたん》な話、鷹村《たかむら》は恋人《こいびと》を作るのどころか、異性そのものに興味がないのかもしれない。瀬《せ》名《な》に限らず、どんな女子にもな」

「あー……まあ、そうですね」

少しトーンの落ちた声で、瀬名《せな》が言う。

可能性はあんまり高くないから、まだそんなに心配するなよ。

「一応確認《かくにん》だが、鷹村《たかむら》に好きな相手がいる、って話はないのか」

あとで正式に調査するだろうなと思いつつ、聞いてみる。

事実だけじゃなく、瀬名《せな》自身の認識《にんしき》だって、恋愛《れんあい》相談には重要だ。

「……いやー、聞いたことないですね」

「なら、お前から見て、怪《あや》しい相手は？」

「さあ、どうでしょう。わかんないです」

そう言った瀬名《せな》の声は、今度はやけにあっさり、というか、キッパリしていた。

「……見ればわかるんじゃなかったのか？」

「自分にはそうですけど、他人はちょっと違《ちが》いますから。それに、先輩《せんぱい》の交友関係なんて、全部知ってるわけじゃないですし。当たり前じゃないですか」

「……そうか」

まあ、瀬名《せな》の言う通りだな。部活が同じってだけじゃ、どうしても限界はあるだろうし。

「つまりまとめると、鷹村《たかむら》に今、好きな相手はいるのか。いないなら……いや、いたとしても、そもそも誰《だれ》かと付き合うつもりがあるのか。それを、俺が調べる」

「うんうんっ」

「並行《へいこう》して、瀬名《せな》は鷹村《たかむら》を攻略《こうりゃく》。具体的な方法があれば、俺も手伝う。ないなら、一緒《いっしょ》に考える。ついでに、鷹村《たかむら》の好みのタイプとかも、こっちで探《さぐ》ってみる。と、そんなとこか」

「おぉーっ！　明石《あかし》先輩《せんぱい》、なんか頼《たの》もしいです！　意外と！」

にわかにテンションが上がった様子で、瀬名《せな》がぱちぱちと拍手《はくしゅ》する。

意外と、ね。まあ満足そうならよかったけどさ。

「いやー、やっぱり久世《くぜ》高《こう》の天使ってすごいんですね。なんか、思ってたより本格的です」

「まだ、状況《じょうきょう》を整理しただけだ。大変なのはこれからだぞ」

それに、この作業は相談の初期段階で、いつもやってることだ。

恋愛《れんあい》は得てして複雑だが、しっかり分析《ぶんせき》すれば、構造と問題はちゃんと見えてくる。

そしてそれがはっきりすれば、自然とやることも決まる。

「だけど、調べるってどうするんですか？　私のときみたいに、また本人に直接？」

「さあな、これから考える」

なにせ、しばらく夏休みだからな。普段《ふだん》と違《ちが》って、調査もアプローチもやりにくい。

瀬名《せな》と鷹村《たかむら》の部活が同じっていうのが、せめてもの救いか。

「ただ、優秀《ゆうしゅう》な味方がいるからな。ひとまずは、そいつらに頼《たよ》ってみるよ」

「味方……あ、もしかして、昨日言ってた『協力者』ってやつですか？」

「まあな。昼メシでも奢《おご》って頼《たの》めば、動いてくれるはずだ」

と、なんとなくダサいセリフを吐《は》いてしまった。けど、事実なんだから仕方がない。

ちなみに、当然ながら瀬名《せな》にも、天使の相談を受ける条件は飲んでもらっている。

相談しているのを、他人に話さないこと。

協力者に、事情が伝わる可能性があること。

俺の正体を、絶対に秘密にすること。

そして……恋《こい》の成就《じょうじゅ》は保証しない、ということ。

「わかってますよーそんなの。もしダメでも、全部私の責任ですから」

昨日話したとき、瀬名《せな》は当然のようにそう言っていた。

生意気だけど、やっぱり強いやつだな、と思う。

「でも、その人たちって誰《だれ》なんですか？　御影先輩《みかげせんぱい》とか、柚月先輩《ゆづきせんぱい》じゃないんですよね？」

「ん、ああ、違《ちが》うよ。あいつらは、俺が天使だって知ってるだけだ」

「へーぇ。そうなんですね」

瀬名《せな》は「まあそこも気になりますけど」と続けてから、またお茶を飲んだ。

悪いが、そこは気にしないでくれ。ややこしいうえに、俺から話すことでもないしな。

「日浦亜貴《ひうらあき》と、三輪玲児《みわれいじ》。知ってるか？」

あいつらなら、後輩《こうはい》に名が知れててもおかしくない。

「え、知ってます！　一年生からも、かっこいいって人気ですもん。ふたりとも」

「ふたりともね……。まあわかる」

「日浦先輩《ひうらせんぱい》なんてプラスフォーですしね。三輪先輩《みわせんぱい》も、前に一年のかわいい子と付き合ってました し。すぐ別れちゃったけど」

「ずいぶん詳《くわ》しいんだな」

「友達多いですからねー、私」

ふふん、と鼻を鳴らして、瀬名《せな》は謎《なぞ》のドヤ顔を作る。

「でも、なんでそんな人たちと仲いいんですか？　明石先輩《あかしせんぱい》、地味なのに」

「なんでって、普通《ふつう》に友達だよ。きっかけも、大したもんじゃない」

「……地味っていうのには怒《おこ》らないんですね」

「あ……」

すっかり、聞き流してしまっていた。けどまあ、あんまり否定できないしな……。

「うーん、イジりにくい先輩《せんぱい》だなぁ」

「いや、そもそも先輩《せんぱい》をイジるなよ」

「ご褒美《ほうび》ですよ」

「ご褒美《ほうび》でたまるか」

◆
◆
◆

そして、その日の夜。

『鷹村《たかむら》ねぇ。また難しいとこ狙《ねら》うなぁ、その子』

調査対象の名前を聞くなり、通話相手の玲児《れいじ》がそんなことを言った。

もうひとり、グループ通話に混ざっている日浦《ひうら》は、特に反応なし。まあ、あいつの興味の薄《うす》さはいつものことだ。

「……べつに、誰《だれ》かが狙《ねら》ってるとは言ってないぞ」

『いやー、それくらいしかないだろ。普通《ふつう》に考えて』

くそっ……せっかく相談内容は伏《ふ》せてたのに。

けどまあ、さすがに勘付《かんづ》かれて当然か……。

「話したことあるか？　鷹村《たかむら》と」

『まあ、何度かはな。ご存じの通り、仲がいいわけじゃないけどさ』

「だよな。日浦《ひうら》はどうだ？」

ないだろうな、と思いながらも、聞いてみた。

鷹村《たかむら》と日浦《ひうら》なんて、向かい合ってる光景が全く想像できない。

『あるぞ、わりと』

「えっ……マジか」

しかも、わりとなのか。意外すぎるだろ。

「どこで？　それに、なんの話だよ」

『覚えてない。けど、中学同じだからな。会話した記憶《きおく》はある』

「あ、ああ……そういうことか。てっきり、実は仲いいのかと」

『んなわきゃない』

言って、日浦《ひうら》は電話越《ご》しにも聞こえるあくびをひとつ。

まあそりゃそうだ。なんか、ちょっと安心した。

日浦《ひうら》と玲児《れいじ》には、またターゲット、つまり鷹村《たかむら》の調査を依頼《いらい》することにした。

なにせ今回は、俺から持ちかけた恋愛《れんあい》相談じゃないからな。普段《ふだん》と違《ちが》って、情報が少なすぎる。

瀬名《せな》から聞いた話以外にも、鷹村《たかむら》の周りの印象とか、評判とか、そのあたりはこっちでも、ある程度調べておく必要があるだろう。

「まあそんなわけで、よろしく頼《たの》む。礼はまた、次に会ったときにでも――」

『焼肉』

俺の言葉を遮《さえぎ》るように、スマホから日浦《ひうら》の短い声がした。

「え……っと、なんだって？」

『報酬《ほうしゅう》、焼肉な』

「なっ……！」

なんでそんな……豪華《ごうか》な……今回に限って……！

『お、いいねー焼肉。んじゃ、俺も』

「ま、待て！　いつもいちごオレとか、コーヒーだろ！」

『だって、夏休みだぞ。聞き込みめんどいもん』

拗《す》ねたような、怒《おこ》ったような口調で、日浦《ひうら》が言った。

『そーそー。しかも、相手は鷹村《たかむら》だろ。友達多くなさそうだし、難易度高いぞ』

「そ、それにしたって……焼肉ってお前ら……」

ふたりじゃ、バイト代一日分じゃねぇか……足元見やがって……！

『そもそもなぁ伊緒《いお》。普段《ふだん》から俺も日浦《ひうら》も、安い報酬《ほうしゅう》のわりに貢献《こうけん》してるとは思わんかね？』

「うっ……それは……」

『おぉー、三輪《みわ》にしてはいいこと言うじゃん』

『だろ。で、俺たちとしても、今後もお前の頼《たの》みはできるだけ聞いてやりたいわけだよ。ん？』

「……」

『ただそのためにも、このへんでちょっとボーナスがあってもいいんじゃないかなーと、そんなふうに思ったりするのは、おかしなことか？』

「お……おかしくは……ないが」

ないが……！

『あー、やっぱあたし忙《いそが》しいわ。今回はパスしよっかな』

『うーん、俺も部活がなー。最近やる気出てきてなー』

…………。

「わかったよ……」

背に腹はかえられぬ……。こういうときのためのバイト代、だしな。

シフト、一日増やすか……。

「ただし、食べ放題三千円の店な。それ以上は譲《ゆず》らん」

『おー、さすが伊緒《いお》。期待を裏切らない男だ』

『カッケーぞ、明石《あかし》』

「はいはい、ありがとよ……」

くそぉ……ドリンクバーはつけないからな、絶対に。

「その代わり、頼《たの》むぞホントに……。今回だけじゃなく、これからもな」

『任せろ。鷹村《たかむら》と仲よさそうなやつらと、連絡《れんらく》取ってやる』

『あたしも超頑張《ちょうがんば》るぞ。特にあてはないけど』

「おいっ、得意げに言うなよ……」

玲児《れいじ》はともかく、大丈夫《だいじょうぶ》なのか、日浦《ひうら》のやつは……。

「……あ、そうだ。鷹村《たかむら》がもし、バイトとかしてたら、それも調べてきてほしい」

『んぁ？　なんで？』

「夏休みだと、鷹村《たかむら》と直接関わりにくいからな。部活に押しかけるわけにもいかないし」

『あー、鷹村《たかむら》に会える場所がほしいってことね。……って、男相手にちょっとキモいな、伊緒《いお》』

「うるさいな……。仕事なんだから、しょうがないだろ」

実際、鷹村《たかむら》とはクラスも同じだし、学校外でも声をかける理由は作れる。

友達……とまではいかなくても、ある程度話せる仲になってた方が、間違《まちが》いなく便利だ。

『それでいえば、鷹村《たかむら》ってセミナー出てるんじゃね？』

あ、と思いついたような声を上げてから、日浦《ひうら》が言った。

「え、そうなのか」

『うん。昨日部活してたら、セミナー始まる頃《ころ》に校舎入ってくの、見たぞ』

なるほど……セミナーね。

たしか、事前申し込みなしで、自由参加だったな。

「おっけー、ありがとな日浦《ひうら》」

『ありがとうって……伊緒《いお》、お前まさか……』

今度は玲児《れいじ》が、呆《あき》れたような、そして、引いたような声で言った。

「まさかもなにも、俺も明日出るんだよ、セミナー。鷹村《たかむら》に接触《せっしょく》するチャンスだからな」

『……はぁ。やっぱりお前って』

『アホだな、明石《あかし》』

えぇ……なんでだよ、ふたりして。

『補習はあんなにいやがってたくせに、ひとの恋愛《れんあい》相談になった途端《とたん》、セミナー出る、なんて、普通《ふつう》にアホじゃん』

『そうそう。自覚がないとこも含《ふく》めて、相変わらずおバカ天使だなぁ、伊緒《いお》は』

「やめろ。アホとかバカとか、失礼だぞ」

むしろ、授業出るだけでいいなんて楽な方だ。どっちかといえば、ナイスアイデアだろ。

『はぁ、やれやれ。じゃ、俺はもう切るぞ。彼女とも電話しなきゃならんので』

「彼女？　玲児《れいじ》、お前また誰《だれ》かと付き合ったのか」

相変わらず、サイクルの早いやつめ。

『今回は、フリー期間長かったくらいだろ。それに、夏は恋《こい》の季節だからなー』

それだけ言って、玲児《れいじ》はさっさとグループ通話を抜《ぬ》けていった。

なにが夏は恋《こい》の季節だ。お前はいつも通りだろうに。

『アホ二号だな』

「俺をしっかりカウントするな」

それにしても、こいつらは夏休みになっても、ブレないな。もはや安心感すらある。

『んじゃ、あたしも切る。風呂《ふろ》上がるし』

「えっ……お前、風呂《ふろ》で電話してたのか……？」

『ん？　うん』

そ、そんな……ちょっとドキドキすることを、平然と。

「……のぼせるなよ」

『今から出るって言ってんじゃん。ってゆーか、お前はあたしの保護者か』

そのツッコミを最後に、日浦《ひうら》もプツンと通話を切る。

残念ながら、わりとそのつもりだよ。

「ところで、わかったの？　湊《みなと》」

運ばれてきた形のいいオムライスを、スプーンで少しすくってから。

私の親友、藤宮詩帆《ふじみやしほ》が、出《だ》し抜《ぬ》けに言った。

ふわりとした栗色《くりいろ》の髪《かみ》も、赤縁《あかぶち》眼鏡の奥の、ぱっちりした垂れ目も。それから、のんびりおっとりした、この子独特の雰囲気《ふんいき》も。

どれもやっぱりかわいくて、見慣れているのに、ちょっと頬《ほお》が緩《ゆる》んでしまう。

ただ、この切り出し方は……。

「……またなにか、意地悪なこと聞こうとしてるでしょ」

前の電話といい、デリカフェのときといい、もうわかってるんだから。

「えぇー、なにそれ。そんなんじゃないよ。普通《ふつう》の質問だもん」

「……いいから、なんなのよ」

「結局、明石《あかし》くんのこと好きかどうか、わかった？」

「ほら！　やっぱりじゃない！　意地悪！」

もう騙《だま》されないんだからっ。

そもそも、顔にも声にも出てるのよ、私をいじめようっていう気持ちが。

「意地悪じゃないもーん。ただの恋《こい》バナです。それで、ねぇどうなの？」

途端《とたん》に表情をイキイキさせて、詩帆《しほ》が身を乗り出してくる。

初めて入る、ちょっとおしゃれで、でもお手頃《てごろ》な洋食屋さん。

気になってたから、と言う詩帆《しほ》に付き合って、夕飯を食べに来た。けれど今思えば、この子がこういうお店に私を誘《さそ》うのは、大抵《たいてい》少し大事な、というか、秘密の話をしたいときだ。

それにしても、どうしてこの子は、そんなにこの話題が好きなんだろう……。

ただこうなると、きっともう逃《に》げられない。

「……まだ」

「えぇ～～～」

「も、もう！　やめてよっ。ゆっくりでいい、って、詩帆《しほ》が言ってくれたんでしょ……！」

少し前に電話で、「伊緒《いお》のことが好きなのか」って、聞かれたあのとき。

「わからない」って答えることしかできなかった私を、詩帆《しほ》は優《やさ》しく肯定《こうてい》してくれた。それが嬉《うれ》しかった。

……なのに、もう急《せ》かしてるじゃないっ。

「えへへ。うそうそ、冗談《じょうだん》だってば。怒《おこ》んないでよぉ」

「……」

できるだけ恨《うら》めしさを込《こ》めて、私は詩帆《しほ》を睨《にら》んだ。

それでも、私の親友はニコニコふわふわと、楽しそうに笑っている。

「でも、急《せ》かしてるわけじゃなくてね。やっぱり定期的な確認《かくにん》は大事でしょ？」

「か、確認《かくにん》って……そんな、すぐには変わらないわよ」

「すぐっていっても、もう一ヶ月以上経《た》ってるよ？　いろいろあったし」

いろいろ。その言葉で、ここ数週間の出来事……特に、彼に関することを、私は自然、頭に思《おも》い浮《う》かべた。

一緒《いっしょ》に京都《きょうと》へ出かけて、天使の相談を手伝って、そして……。

「それに、今は冴華《さえか》ちゃんもいるしね」

……御影《みかげ》さん。ここ最近の、私たちの中心。

綺麗《きれい》すぎる顔と、あの引き込まれるような佇《たたず》まい。不思議で、だけどすごく素敵《すてき》な女の子。

どうして今、詩帆《しほ》があの人の名前を出したのか。その理由がきっと、私にはわかっていて。

「冴華《さえか》ちゃんはねぇ――。強力ですよ、ホントに」

「……なによ、強力って」

わかっているのに、それでも怖《こわ》くて、自分からは言い出せなかった。

「強力なライバル、になる、かも」

「……」

「わかんないけどね、いろんな意味で。湊《みなと》が明石《あかし》くんのこと好きじゃないなら、そもそもライバルにはなりっこないし」

詩帆《しほ》はグラスの紅茶を飲んでから、難しい顔で眼鏡の位置を直す。

ライバル。

繰《く》り返《かえ》してみると、やっぱりいやだな、と思う。

焦《あせ》りと不安を無理やり引っ張り出されるような、本当にいやな響《ひび》き。

「冴華《さえか》ちゃんから聞いたでしょ？　明石《あかし》くんとなにがあったのか」

「……うん」

自分の声が暗いことがわかって、また心が滅入《めい》る。

詩帆《しほ》がなぜか、スプーンを持って固まっていた私の手を、ゆっくり撫《な》でた。

天使の相談を通して、伊緒《いお》は御影《みかげ》さんの悩《なや》みを知った。

友達を作りたくても、周囲を守るためにそれができずにいた彼女。そんなあの人に伊緒《いお》は、自分が友達になる、助けてやると言った。

そんなことを言ってくれた人が、自分にとって特別にならないわけがない。

きっとそのことは、私が一番よく知っている。

「まあでも、ホントにわかんないけどね。それに冴華《さえか》ちゃんって、恋人《こいびと》がいるって嘘《うそ》、卒業までつき続けるみたいだし」

「……そうね」

「うん。実際のところは、やっぱり本人に聞かないとなぁ」

「こら……余計なことしないでって、前に言ったでしょ」

「あはは。わかってるよぉ。しばらくおとなしくしときます」

ホントにわかってるのかしら……それに、しばらくってなによ……。

普段はふわふわしてるのに、この子は放っておくと、なにをするかわからない。

「でも、冴華《さえか》ちゃんには聞けないなぁ。なんか迫力《はくりょく》あるし、まだちょっと緊張《きんちょう》するもん」

「それはまあ、わかる気もするけど……」

「あーあ、ひとの気持ちがわかる超能力とか、あればいいのに」

詩帆《しほ》は冗談《じょうだん》っぽくそう言って、またオムライスを口に運ぶ。

私も、ただ黙《だま》ってドリアを食べた。頷《うなず》くことも、笑うこともできなかった。

考える。もし伊緒《いお》が、御影《みかげ》さんの顔にまた、触《ふ》れてしまったら。

そうしたら、どうなるだろう。なにが見えるだろう。

やっぱり、わからない。けれど、そうなってほしくないと思う私は、歪《ゆが》んでいるのだろうか。

「まあでも、やっぱり当面の問題は、夏休みだよね」

「……なによ、問題って。詩帆《しほ》がちゃんと、課題を終わらせられるかどうかって話？」

「ち、違《ちが》うよぉ！　いいでしょ、それは！」

全然、よくないと思う。伊緒《いお》たちみたいに補習にはならなかったけれど、詩帆《しほ》だって充分《じゅうぶん》、
勉強方面はダメダメだもの。今年もしっかり、私が面倒《めんどう》を見ないと。

「だって、あんまり会う機会ないでしょ？　明石《あかし》くんと」

「っ……」

そ、それは……。

「学校もないし、一緒《いっしょ》に遊ぶ予定も少ないし。これじゃあせっかくの夏休みなのに、全然進展しないよ？」

「べ、べつに私はっ……そんな……会いたいとか、進展とか……」

「あー、はいはい。かわいいかわいい」

「も、もうっ！　詩帆《しほ》！」

なぜか呆《あき》れたように、詩帆《しほ》がやれやれと首を振《ふ》る。

呆《あき》れたいのはこっちだ。やっぱりこの子は、私をからかって遊んでいる。全部がそうじゃなかったとしても、半分くらいは、絶対にそうだ。

「はぁ。これはまた、私が連れ出さなきゃダメかなぁ。どうせ湊《みなと》は、ひとりで明石《あかし》くんに会いにいったりとか、しないんだろうし」

「……」

「……あれ？」

本当は、すぐにいつも通りの反応をするつもりだった。

けれど、嘘《うそ》をつくのが一瞬《いっしゅん》ためらわれて、言葉が出なかった。

私が黙《だま》っているのを不自然に思ったのだろう。詩帆《しほ》は目を丸くして、こちらをじっと見つめた。

思わず、逃《に》げるように顔をそらしてしまう。

「……もしかして、昨日の夜ご飯の誘《さそ》い、断ったのって」

「なっ……なによ。言ったでしょ、昨日はひとりの気分だったの」

「ひとりで、どこ行ってたの？」

「どこでもいいじゃない」

「どこでもいいけど、どこ？」

にんまりした詩帆《しほ》の笑顔《えがお》が、じわじわとこちらに近づいてくる。

そっちを絶対に見ないように、私はずっとお店の窓に顔を向けていた。

昨日の帰り、私は夕食を摂《と》るために……いや、本当はきっと、もっと別の理由で……。

「――まあいいでしょう。成長したということで、今回は見逃《みのが》します」

「……べつに、見逃《みのが》される筋合いないもの」

「うわ、生意気だー。ヘタレ乙女《おとめ》のくせに」

「へ、ヘタレ乙女《おとめ》……っ」

し、親友に変なあだ名をつけられてしまった……。今までこんなことなかったのに……。

私が軽い衝撃《しょうげき》をゆっくり受け入れていると、詩帆《しほ》がぽんっと手を打ち合わせて言った。

「そういえば、今年もあれあるよね。花火！」

「……ああ、そうね。琵琶湖《びわこ》の」

滋賀《しが》県の夏といえば、『びわ湖大花火大会』。

毎年八月にある花火大会で、すごくたくさん、人が来る。たしか去年、詩帆《しほ》にそう聞いた。

けど……それが？

「花火といえばお祭り！　お祭りといえば！」

「……わたがし？」

「かわいいかよ！　いやわたがし食べてる湊《みなと》！　絶対かわいいけど！」

「……元気ね、詩帆《しほ》」

特に最近は、前よりも賑《にぎ》やかになった気がする。新鮮《しんせん》で、ちょっとおもしろい。

「お祭りといえば、お祭りデートでしょ！」

「でっ……！」

……でーと。

「そっ……そうなの？　いや、でもそうかも……」

少女漫画《まんが》では、たしかに定番だ。夏は花火か海、大体そう決まっている。

浴衣《ゆかた》を着て、下駄《げた》も履《は》いて、普段《ふだん》より歩きにくいからって、手なんて繋《つな》いだりして……。

そして、花火を見る相手の横顔に見惚《みと》れたり、帰り道には……こ、告白を……したり。

「行きたくない？　明石《あかし》くんと花火」

「い……伊緒《いお》と……」

さっきまで、私が思《おも》い描《えが》いていた花火のイメージ。

そこにいるカップルの顔が、私と、そしてあの男の子に、だんだんと変わっていく。

伊緒《いお》と一緒《いっしょ》に、花火大会。それは……なんというか、とっても……。

「ってことで、頑張《がんば》ってね、湊《みなと》」

「な……なによ、頑張《がんば》るって……」

「だからー、私が誘《さそ》ったら、みんなで行く感じになっちゃうでしょ？　最悪それでもいいと思うけど、まずはやっぱり、ふたりきりチャンス！　だよね」

ふ、ふたりきりチャンス……。

それはつまり、私が個人的に伊緒《いお》を誘《さそ》って……そのまま、当日ふたりで……。

「そそ、そんな！　無理よ！　詩帆《しほ》も来て！」

「あ、行くのは満更《まんざら》でもないんだね」

「えっ……あ！　ち、違《ちが》う！　今のは……だって！」

「あー、はいはい。わかったから。とりあえず、私はしばらく引っ込んどくね。どうしても無理そうなら、そのときは私に任せとけっ。さすがにふたりは無理だろうけど、男女二対二くらいなら、なんとかするからさ」

詩帆《しほ》は右手の親指を突《つ》き立《た》てて、にっこり目を細めた。

この子がたまにする、けれどあまり似合わない、お馴染《なじ》みの仕草。

これをされると、なんだか反論する気力がなくなってしまう。頼《たの》もしいけれど、もう止められない。そんな感じだ。

「……考えとく」

「うん。よく考えてみて、いやなら誘《さそ》わなくてもいいから。ね？」

「……詩帆《しほ》」

「考えてもやっぱりわからないなら、それでもいいしね。だけど、自分に嘘《うそ》つくのはダメ。私の目は誤魔化《ごまか》せないから、そのつもりでよろしく」

そこまで言って、詩帆《しほ》がまた、私の手に触《ふ》れた。

意地悪だけど、なんだか今日はお姉さんみたいで、ちょっと悔《くや》しかった。

「……はぁ」

正直にいえば。

自分が本当に、伊緒《いお》のことを好きなのか。

やっぱり私には、まだ結論は出せない。

ヘタレ乙女《おとめ》なんて言われても、わからないものはわからない。強がってるわけでも、恥《は》ずかしがってるわけでもない。これが、心からの本音だ。

けれど……ただひとつ、間違《まち》いないことがあって。

——俺は、お前の味方だ。だから、のんびり頑張《がんば》れよ。

私は伊緒《いお》に……彼に、救われた。

今の私があるのは。罪悪感と自己嫌悪《けんお》から、抜《ぬ》け出《だ》すことができたのは。

紛《まぎ》れもなく、伊緒《いお》のおかげだ。

きっと御影《みかげ》さんがそうであるように、私は彼に、感謝している。心から、強く。

これが恋《こい》かどうかはともかく、私にとって彼は、やっぱり特別な人だ。それだけは、絶対に間違《まちが》いない。

だから、私は……。

「あれ、湊《みなと》ー。どうしたの？」

「……ううん。なんでもない」

「そう？　じゃあ、そろそろ帰ろっか。おいしかったね」

満足そうな詩帆《しほ》に続いて、私は会計を済ませて、お店を出た。

夏の夜空に浮《う》かぶ月を見て、思う。

私は伊緒《いお》に、ちゃんと恩返しがしたい。

助けてあげたい、なんて偉《えら》そうなことは言えない。だけど、なにか力になってあげたい。

なにをすればいいのか。彼がなにを求めているのか。

それはまだ、わからないけれど。

―第三章―　鷹村煌と瀬名光莉

週が明けて、月曜日。日浦《ひうら》たちに鷹村煌《たかむらこう》の調査を頼《たの》んで、今日で三日目。

この日、俺は恒例《こうれい》の補習をテキトーにこなしてから、予定通りセミナーに出席した。もちろん、鷹村《たかむら》との接点を作るためだ。

あらかじめ断っておくが、俺は講義の内容は全く、一切《いっさい》理解していない。必要もないし、その頭もない。目的は別にあるのだから、それでいいのだ。

ノートを開くだけ開き、中年教師の言葉を聞き流しながら、俺は窓際《まどぎわ》の席に座る、ひとりの男子生徒の姿を眺《なが》めた。

男にしては長めの、グレーに近い黒髪《くろかみ》。夏服から覗《のぞ》く首や腕《うで》はやたらと色白で、ほっそりしている。まつ毛の長い目が少し眠《ねむ》そうに見えるのは、もともとか、授業中だからか。

「……こうして見ると、あれだな」

数ヶ月同じ教室で過ごしたはずだが、あらためて見る鷹村《たかむら》は、記憶《きおく》にあるよりずっと整った顔をしていた。

髪《かみ》も肌《はだ》も、それに顔つきも、かなり中性的だ。それに、なんだか冷気をまとっているような、涼《すず》しげな雰囲気《ふんいき》がある。

クール系文学美少年、みたいなフレーズが似合うだろうか。実際、文芸部らしいからな。

まあ外見はいい。ひとまずは、会話ができる仲になろう。そのうちＬＩＮＥでも聞ければ、かなり瀬名《せな》のサポートの役に立つ。

それにしても、頑張《がんば》ってイケメンと仲よくなろうなんて、俺の方こそ恋《こい》する乙女《おとめ》みたいだな。

「……ん」

ふと、今度は自分が視線を感じ、俺は気配のする方に顔を向けた。

湊《みなと》だった。

一瞬《いっしゅん》目が合ったが、湊《みなと》はすぐに前に向き直って、板書に戻《もど》った。

当然ながら、湊《みなと》もこのセミナーには出席していた。が、たしかにあいつからすれば、なんで俺がいるんだ、って感じだろうな。

なにせこの前会ったときは、補習すらめんどくさがってたわけだし。


セミナーはその後、英語と古典が続き、三コマで終了《しゅうりょう》した。

さすがに三時間は暇《ひま》なので、途中《とちゅう》からはノートに、今受けている天使の相談の内容をまとめていた。目立たないし、わりと有意義だ。

しかし、ほかの連中は勉強目的で自主的にこれを受けてるんだから、恐《おそ》れ入《い》る。

途中《とちゅう》、休憩《きゅうけい》時間に生徒の増減があったが、鷹村《たかむら》は最初から最後まで講義を受け続けていた。

ちなみに、湊《みなと》も同じくだ。

セミナーはまだしばらくのあいだ、平日は毎日開かれている。その期間中に、できるだけ鷹《たか》村《むら》と親しくなろう。

とはいえ、今日のところは様子見だ。あんまりガツガツいって警戒《けいかい》されてもマズいからな。

「鷹村《たかむら》くーん」

と、帰《かえ》り支度《じたく》をしていた俺の耳に、そんな声が飛び込んできた。

見ると、知らない女子がふたり、机を片付けていた鷹村《たかむら》に声をかけたようだった。

「鷹村《たかむら》くんって、夏休みなにしてるの？　セミナー以外で！」

ふたりとも、華《はな》やかな印象だった。制服の着こなしを見るに、なにかの運動部だろうか。

ただ、喋《しゃべ》っているのは活発そうな方だけで、もう片方のおとなしそうな女子は、黙《だま》って鷹村《たかむら》を見つめていた。なんとなくだが、顔が赤いように見えないでもない。

さすがの俺にも、あれは……。

「な、なにって……べつに」

そう答えた鷹村《たかむら》の声は、思いのほか低かった。ちょっと意外だ。

だが、気になるのは声なんかよりも、顔の方だった。

「えー、べつにって？」

「……ほ、本読んで、課題やって……それくらいだ。……大したことはしてない」

鷹村《たかむら》は、そのおとなしそうな女子よりも余計に、顔を赤くしていた。

しかも、目の泳ぎ方がすごい。頬《ほお》をかいて、助けを求めるかのようにキョロキョロしている。普通《ふつう》に挙動不審《ふしん》だ。

さっきまで端整《たんせい》で儚《はかな》げだった表情も、今では見る影《かげ》もない。

鷹村《たかむら》は女子が苦手。そう聞いて、どんなもんかと思ってはいたが、なるほどな……。

「……伊緒《いお》?」

俺が鷹村《たかむら》の観察を続けていると、怪訝《けげん》そうな顔をした湊《みなと》が、こちらへやって来た。

周りの目を気にしてくれているのか、かなり小声だ。

「おう、セミナーお疲《つか》れ」

「お疲《つか》れって……なんでいるのよ」

やっぱりそれか。そりゃそうだ。

「ちょっと、勉強に目覚めたもんで」

「……嘘《うそ》ばっかり」

なぜかバレていた。でも、べつに嘘《うそ》ばっかりではない。これは嘘《うそ》だけど。

俺はもう一度椅子《いす》に腰《こし》を下ろして、湊《みなと》にも座るよう促《うなが》した。小さく手招きすると、一拍《ぱく》置いてから、湊《みなと》が顔を寄せてくる。ただどういうわけか、ツンと口を尖《とが》らせていた。

「天使のあれ関係だよ。ちょっと、セミナーに出てるやつに用があってな」

「……そんなことだろうと思った」

「まあ、俺の行動原理は大体、それだからな」

言いながら、自分でもちょっと苦笑《くしょう》してしまった。けれど、事実だ。

「……でも、大丈夫《だいじょうぶ》なの？　私と話してて」

心配そうに周りを見回しながら、湊《みなと》が言った。

俺と湊《みなと》が親しいことは、基本的にはまだ秘密だ。教室に残っているのももう数人とはいえ、湊《みなと》は人一倍目立つ。そのことに配慮《はいりょ》してくれているのだろう。

「いや、いいんだ。二学期からはもう、さすがにお前との関係は隠《かく》したくないからな。夏休み中に、友達になった。そう言っても疑われない程度には、人前で会話しておきたい」

「そ……そう。そっか……わかった」

「ああ。いろいろ振《ふ》り回《まわ》して、悪いな」

「いいってば。私もそのほうが……まあ、楽だし」

言って、湊《みなと》はコクンと頷《うなず》いた。ありがたい限りだ。

これ自体は、少し前から考えていたことだった。けれど方法だけが思いつかず、セミナーに出ると決めたときに、ちょうどいいなと思ったのだ。

「ってことで、セミナーの休憩《きゅうけい》中に、たまに話そう。もちろん、できれば小声でな」

「……うん、了解《りょうかい》」

さて、こっちが一段落したところで、鷹村《たかむら》は……。

「じゃあさー、花火大会、鷹村《たかむら》くんも行くの？」

「……いや……い、一応、そのつもりだが……」

引き続き、鷹村《たかむら》はふたりの女子に絡《から》まれてオロオロしていた。

あまりにも弱々しいので、なんとなく応援《おうえん》したくなる。

ちなみに、花火大会というのはおそらく、八月にある琵琶《びわ》湖《こ》の花火のことだろう。

滋賀《しが》県民にとっては大きなイベントだが、そうか、鷹村《たかむら》も行くのか。

「え、そうなんだ！　もう予定とか決まってるの？　よかったら、私たちと行かない？」

活発そうな方の女子が、間髪《かんぱつ》入れずにそう言った。

なるほど、そういうことか。恋《こい》を応援《おうえん》する、って意味じゃ、あいつもきっと天使なんだろう。

そんなおかしな親近感を覚えつつも、状況《じょうきょう》は少し厄介《やっかい》だ。あの名もなき天使は、要するに俺のライバルなのだから。

「いっ……な、いや……悪いが、部活の方で先約が……あるから」

「あー、そっかぁ……そうなんだね。ごめん、ありがと。じゃあね、鷹村《たかむら》くん」

「お、おう……」

ふたりの女子はくるりと向きを変え、そのまま教室を出て行った。

あとに残された鷹村《たかむら》は、胸に手を当てて、深い息を吐《は》いている。大袈裟《おおげさ》だな、と思ったが、本人の表情を見るに、どうやら真剣《しんけん》らしい。

しかし、部活で先約……ね。文芸部で花火に行く、ってことだろうか。

まあそれは、今度瀬名《せな》に確認《かくにん》しておこう。もしそうなら、アプローチにはいい機会だろうし。

それにしても、女子が苦手、か。

本人もわかってるだろうけど、こりゃ、瀬名《せな》の頑張《がんば》りがかなり重要だな。

◆◆◆

その後、俺は湊《みなと》と別れてから、学校前で人を待っていた。

そろそろ夕飯時で、部活も終わり。何人かのグループにまとまって、久世高生《くぜこうせい》たちがぽつぽつと校門を出ていく。

久世高《くぜこう》は進学校だが、部活もそれなりに盛《さか》んだ。強い部もいくつかあるらしく、それでも『文武両道』なんかを校訓に掲《かか》げていないところが、俺は密《ひそ》かに気に入っている。

まあ、帰宅部は任せろ。部長の俺が責任持って、全国へ連れて行く。

と、そんな脳内ボケをひとりでかましていると、とうとう待ち人たちが現れた。

「よっ、帰宅部員」

頭の後ろで手を組んで、玲児《れいじ》が言う。隣《となり》には、ジャージを着た日浦《ひうら》の姿もあった。

意外にも、約束の時間ぴったりだ。正直遅《おく》れて来るかと思ってた。

「ほい」

「うおっ」

突然《とつぜん》、日浦《ひうら》がテニスバッグを俺の方に投げた。反射的に受け取るが、重さはともかく、デカい。

おそらく「持て」ということだろう。まあ疲《つか》れてるだろうし、今日は使われてやろう。

「最近どうだ、部活」

「んぁ？　なんだよ。親みたいなこと聞くな」

「こら、わかってるだろ？　ちゃんと答えてくれ」

俺がそう言うと、日浦《ひうら》はますます顔をしかめた。

そんなに睨《にら》んだって、撤回《てっかい》はしないぞ。それに、いつもより目に迫力《はくりょく》がない。

「……けっ。ま、それなりだな。球打つのは嫌《きら》いじゃないし」

「そうか、よかった。無理はするなよ」

以前、御影《みかげ》とのいざこざがあったとき、日浦《ひうら》は俺に「心配してるんだぞ」と言った。

だがそれなら、俺だって日浦《ひうら》のことは心配だ。

なにせこいつは、俺のかわいい親友なのだから。

「ムカつくことあったら、俺に言え。一緒《いっしょ》に、アイス食べに行こう」

「ふんっ。そこは、全員ぶっ飛ばしてやる、とかだろ普通《ふつう》」

「いやいや、暴力はよくない」

べつに、度胸がないわけじゃないもんね。ホントだぞ。

「あれ？　明石《あかし》せんぱーい！」

と、急に校舎の方から、テンション高めの声がした。

見ると、友達らしき連中から抜《ぬ》け出《だ》した瀬名《せな》光莉《ひかり》が、こっちに走ってくるところだった。

「こんなとこでなにしてるんですか？　補習にしては遅《おそ》いですよね」

「……べつに、なにもしてない。そう言うお前は」

「私は部活です。今帰るところです」

言いながら、瀬名《せな》はやたらと愛想《あいそ》のいい笑顔《えがお》で、俺の後方にいる日浦《ひうら》と玲児《れいじ》を見た。

対して、日浦《ひうら》は興味なさそうに、玲児《れいじ》は驚《おどろ》いたような表情で、瀬名《せな》を眺《なが》めている。

「あっ」

短い声を上げて、瀬名《せな》がまた俺の耳元に口を寄せた。

「日浦先輩《ひうらせんぱい》と三輪《みわ》先輩《せんぱい》がいるってことは、もしかして天使関係のなにかですか？　まさか、これから作戦会議とか！　私の！」

にわかにテンションを上げて、瀬名《せな》がそんなことを言う。

「会議ってほどじゃない。鷹村《たかむら》について調べてもらったことを、あいつらから聞くだけだよ」

「やっぱり！　じゃあ、私も参加したいです！」

「……言うと思った。ダメだ」

「えぇ──、なんでですか！　私が一番関係あるのに！」

「ふたりには、鷹村《たかむら》を好きなのが瀬名《せな》だとは伝えてない。なのに、お前が来たらおかしいだろ」

頭の中にあった理屈《りくつ》を、俺はそのまま瀬名《せな》に話した。が、その直後に気づいた。

これは、失敗だ。

「じゃあ、言っちゃいます！」

「あ、おい！」

「日浦《ひうら》せんぱーい、三輪《みわ》せんぱーい！　実はですねぇ」

止める暇《ひま》もなく、瀬名《せな》はふたりの方にたたっと駆《か》け寄《よ》った。

小声で、けれど流暢《りゅうちょう》に事情を話す瀬名《せな》を見て、俺は自然と漏《も》れるため息を止められずにいた。

なんか、毎回主導権を握《にぎ》られてる気がするな、こいつには……。


結局、俺たちは瀬名《せな》を連れて、四人で県道沿いのマクドナルドに移動した。

ここに来るまでのあいだに、瀬名《せな》はやっぱり初対面とは思えない距離《きょり》感で、俺との関係や今回の相談の件について、ふたりに明かしてしまった。

御影《みかげ》相手のとき同様、瀬名《せな》にはやはり、この件を隠《かく》す気があまりないらしい。

「私、実は綾中《あやちゅう》なんですよ！　日浦先輩《ひうらせんぱい》の後輩《こうはい》です！」

それぞれが注文を終えて席に戻《もど》るなり、瀬名《せな》が言った。

綾中《あやちゅう》とは、日浦《ひうら》や瀬名《せな》、あとは鷹村《たかむら》が通っていた、綾里《あやさと》中学の略称《りゃくしょう》だ。

「へぇ、瀬名《せな》ちゃん、綾里《あやさと》なんだ。そんな繋《つな》がりがあったとはなー」

「はい！　中学の頃《ころ》、テニス部の友達が、超《ちょう》すごい先輩《せんぱい》がいるって話してました。あの頃《ころ》から有名でしたけど、久世《くぜ》高《こう》ではプラスフォーにもなってて、尊敬です！」

超《ちょう》すごい、ね。まあ否定はしない。恐《おそ》ろしいことに、日浦《ひうら》は成績もいいしな。

「明石《あかし》、本題」

「ああ、はいはい」

さっさとポテトをつまみ始めていた日浦《ひうら》が、俺の向かいで煩《わずら》わしそうに言った。

こういうふうに褒《ほ》められるのは、たぶんむず痒《がゆ》いんだろう。

「鷹村《たかむら》、今まで彼女いたことないっぽいぞ」

かじったハンバーガーを飲み込んでから、玲児《れいじ》が切り出した。

「久世《くぜ》高《こう》に入ってから、少なくとも五人には告られてる。けど、全部フってる。鷹村《たかむら》の友達いわく、中学でもそんな感じだったらしい」

「そ、そうですか……う――――ん」

「それより前のことは、わかんないけどねー」

玲児《れいじ》は今度は瀬名《せな》に向けて、少し柔《やわ》らかい口調で付け加えた。

まあ、小学生以前のことは、今は置いといていいだろう。なにせ調べるのが難しいからな。

「つまり、そもそも彼女を作る気がないか……」

「ほかに好きなやつがいるか、だろ」

俺のセリフを奪《うば》うように、日浦《ひうら》が言った。

少し気になって、隣《となり》の瀬名《せな》をチラッと見る。

瀬名《せな》はわりと落ち着いた様子で、うぅんと唸《うな》っていた。

「普通《ふつう》に考えれば、そのどっちかだろなー。でも、あいつ女の子苦手なわけだし、好きな子がいる可能性は低いんじゃね？」

「そうだな。けど低いだけで、全然あり得る」

まあそんなこと言いつつ、鷹村《たかむら》には今度、俺のちからを使ってみればいい。

セミナーに潜《もぐ》り込んでるのは、そのためでもあるわけだしな。

「もったいないやつめ。かわいい子に告られたら、俺なら全部オッケーするのに」

「お前、今彼女いるだろ」

「バーカ、フリーだったらの話ね。当たり前」

言って、玲児《れいじ》がやれやれと首を振《ふ》る。

お前の場合は当たり前でもないんだよ。まあ、浮気《うわき》とかはしないやつだけど。

「あと、女の子耐性《たいせい》のなさの原因は、聞き込みじゃわからなかったな。けど中学の頃《ころ》には、もうあんな感じだったんだと。むしろ悪化してるかも、とも聞いたな。もっと詳《くわ》しくわかったら教えるけど、期待はすんなよー」

最後に「俺からは以上」と付け足して、玲児《れいじ》は両手を小さく上げた。

「すご――――い！　三輪《みわ》先輩《せんぱい》、エリートスパイみたいです！　怖《こわ》い！」

「あんまり嬉《うれ》しくないなー、それは」

なんて言いながらも、玲児《れいじ》はドヤ顔だった。まあ、こいつが優秀《ゆうしゅう》なのはいつものことだ。

「で、日浦《ひうら》はどうだった？」

俺が尋《たず》ねると、もうひとりのスパイはくわえていたシェイクのストローを、ずずっと鳴らした。飲み切るの早いな、おい。

「めんどうだったから、直接鷹村《たかむら》と話してきた」

「えぇ……マジかよ」

さすがというか、らしいというか……。

「一昨日、偶然《ぐうぜん》見かけたからな。歩いてたとこに声かけたら、一瞬《いっしゅん》でおどおどし始めたぞ」

「やっぱりか……。俺も今日、セミナーで同じような光景を見たよ」

ただ、日浦《ひうら》は普通《ふつう》の女子より、八割増しで怖《こわ》いからな。

ちょっと同情するぞ、鷹村《たかむら》よ。

「話題もなかったし、さっさと切り上げたけどな。でもそれで、前に話したときもこんな感じだったなって、思い出した」

「あ、ああ。話したことあるって言ってたな」

「ん。で、あとは女子連中にも聞いてきたぞ。印象っていうか、評判な」

おお、なんと精力的な……。

玲児《れいじ》もそうだったが、いつにも増して張り切ってくれているらしい。

理由はまあ、なんとなくわかるけども。

「端的《たんてき》にいうと、モテるな。女子が苦手なギャップが、かえってファンを作ってる。イケメンだしな。女子でいう三大美女、ってほどじゃないにしても、競争率が高い」

「なるほど、ギャップね……。まあ、わからないでもない」

さっき教室で見たときは、俺も思わず応援《おうえん》しそうになったからな。

「今鷹村《いまたかむら》のことを好きってやつも、何人か見つけた。けど、さすがに名前は伏《ふ》せるぞ」

「ああ、いいよ。聞く必要ないしな」

俺もついさっき、それっぽい女子を見た。

が、日浦《ひうら》が言ってるのと同一人物かどうかは不明だし、どっちでもいいことだ。

「終わり。焼肉、忘れんなよ」

「わかってるって……ご苦労さん」

やっぱりそれのせいかよ……。

まあ頑張《がんば》ってくれたわけだし、俺も覚悟《かくご》を決めよう。もうバイトのシフトも増やしたしな。

「ま、鷹村《たかむら》はモテるわなー。需要《じゅよう》あるし、中性イケメン」

「モテます。ふんっ」

「なんで瀬名《せな》が威張《いば》ってるんだか」

ライバルが多いと、困るのはお前だろうに。

「まあ、総じて初めの印象通りだな。それが確認《かくにん》できたのは、もちろん大事だけど」

「これからはどうするんですか？」

瀬名《せな》がかわいらしく首を傾《かし》げて、そう聞いてくる。

玲児《れいじ》と日浦《ひうら》はもう出番は終了《しゅうりょう》と言わんばかりに、それぞれ食べ終わったゴミを捨てにいった。

「鷹村《たかむら》への周りの認識《にんしき》はわかった。あとは、本人だな」

「わぁ！　ついに煌先輩《こうせんぱい》に直撃《ちょくげき》ですか！」

「声、デカいって……。明日あたり、セミナーのあとで話しかけてみるよ。とりあえず、今日で様子見はできたからな」

「え、セミナー出たんですか？　おバカなのに？　こわっ。明石先輩《あかしせんぱい》こわっ」

「おバカでも参加は自由なんだよ、セミナーは」

進学校久世高《くぜこう》による、素晴《すば》らしい勉学サポート。教師も生徒もご苦労さんだ。

「いつになるかはわからないが、好みのタイプとか、好きな相手の有無《うむ》とか、いろいろ聞いてみるよ。ただ、もしダメなら諦《あきら》めろ。そのときは真っ向勝負しかない」

「はーい！　もちろんですよ」

えへへ、といつものように笑って、瀬名《せな》は俺のポテトを勝手につまんだ。

手癖《てぐせ》の悪いやつめ。

「そういえば、日浦先輩《ひうらせんぱい》！」

「……なんだ」

ちょうどテーブルに戻《もど》ってきた日浦《ひうら》に、瀬名《せな》が突然《とつぜん》声をかけた。

日浦《ひうら》のアホ毛が、警戒《けいかい》するようにピンと立つ。

「先輩《せんぱい》は、なにか恋愛《れんあい》テクニックとかないんですか？　モテますよね？　かわいいし！」

屈託《くったく》のない笑顔《えがお》で、瀬名《せな》が言う。

まあ、ないだろうな、そんなもの。

と思ったが、おもしろいので黙《だま》って聞いておくことにしよう。

「んなもんあるか」

やっぱりな。

それにしても、日浦《ひうら》の恋愛《れんあい》テクニックか……。なんともむずむずするフレーズだな。

「日浦《ひうら》はそんなにモテないよー。どっちかっていうと、ファンが多い感じだしね」

「うっさいぞ、三輪《みわ》」

「えーっ！　そうなんですか！　でも、かっこいいですもんね。わかるかも」

瀬名《せな》にまでそう言われ、日浦《ひうら》はついにプイッとそっぽを向いてしまった。

おいおい……あんまり機嫌損《きげんそこ》ねると、俺にしわ寄せが来るんだぞ。

「じゃあ、三輪先輩《みわせんぱい》もなにかアドバイスください！　こんな女の子にグッとくる、的な！」

「うーん、どうかな。俺、女の子は大体みんな好きだしなぁ」

あまりにも正直すぎる玲児《れいじ》の返答にも、瀬名《せな》はニコニコしたままだった。

今回は大丈夫《だいじょうぶ》そうだけど、あんまり女子に言うなよ、それ。

「俺が瀬名《せな》ちゃんに告白されたら、間違《まちが》いなくオッケーするしねー」

「え、ホントですか！　やったー！」

そこ、喜ぶとこか？　誰《だれ》でも好き、って言った直後だぞ。

「明石《あかし》、さてはこいつもアホか」

「まあ、そう思ってて差《さ》し支《つか》えないよ」

なにかと鋭《するど》いとはいえ、基本的に瀬名《せな》はこんな感じだからな。

「ただそういう意味じゃ、付き合うのと両想《おも》いになるってのは、厳密にはちょっと違《ちが》うかもね」

「お前は歪《ゆが》んでるからな、考え方が」

「いやー、普通《ふつう》だろ。瀬名《せな》ちゃんは鷹村《たかむら》と付き合いたいって言ってたけど、両想《おも》いになれたって、付き合えないって可能性もあるし」

「それは……まあたしかに、ないとはいえないが……」

でも、かなり限定的なパターンだ。

それこそ、惚《ほ》れ癖《ぐせ》があったときの湊《みなと》みたいな状況《じょうきょう》じゃなきゃ、な。

「ってことで、俺からのアドバイスは、がんばれ瀬名《せな》ちゃん、だな。かわいいんだし、自信持っていきなー」

と、最後は適当に締《し》めて、玲児《れいじ》はあははと笑う。

まあ、こいつはそんなもんだろう。

「でも、なんか納得《なっとく》いきませんね」

そろそろ店を出よう、というタイミングになったあたりで、瀬名《せな》が唐突《とうとつ》に言った。

「明石先輩《あかしせんぱい》って、どうしてこんなにかわいい女の子とばっかり、仲いいんですか？　柚月先輩《ゆづきせんぱい》と御影先輩《みかげせんぱい》、日浦先輩《ひうらせんぱい》も。ちょっと、いや、かなりムカつくんですけど」

「……ムカつかれても困る」

否定するわけにもいかず、苦《くる》し紛《まぎ》れにそれだけ返しておいた。

けど、これぱっかりは不可抗力《ふかこうりょく》だぞ。

「あー、わかる。ホント贅沢《ぜいたく》だよなー、日浦《ひうら》はともかく」

「三輪《みわ》、お前に二学期は来ないと思え」

「よかったな玲児《れいじ》。永遠に夏休みだぞ」

まさにエンドレスな八月だな。まだ七月だけど。

「っていうか明石《あかし》先輩《せんぱい》、もしかして誰《だれ》かと――」

と、そこまで言って、瀬名《せな》は不自然に言葉を切った。

それから、小さな手のひらを口に当てて、なにやら視線を泳がせている。

急にどうしたんだ、こいつ……。

「とにかく、先輩《せんぱい》は自分の幸運を自覚して、慎《つつ》ましく生きること。いいですね？」

「え……あ、ああ。今でも慎《つつ》ましくやってるぞ、俺は」

「じゃあ、もっと」

そう言って、瀬名《せな》は一足先に店を出ていった。

あいつがさっき、なにを言おうとしたのか。

気になったけれど、なんとなく、聞こうとは思えなかった。

◆　◆　◆

次の日も、俺はまたセミナーに出た。

鷹村《たかむら》が出席していることを確認《かくにん》して、三コマの講義をひたすら聞き流す。

セミナーは自由参加なぶん、提出物やテストもない。さすがに本を読んだりスマホを触《さわ》ったりはできないが、やり過ごすのは簡単だ。

最後の古典が終わり、解散になる。

俺は凝《こ》った身体《からだ》をほぐしてから、意を決して席を立った。

今日の目的は、鷹村《たかむら》に声をかけることだ。話せる程度の仲になる、その第一歩を踏《ふ》むために。

雑多な話題も、いくつか考えてある。あとはまあ、向こうの反応次第《しだい》でアドリブだな。

「鷹村《たかむら》……おっ」

声をかけてすぐに、鷹村《たかむら》のカバンの中に、意外なものがあるのが目に入った。

思わず、用意していた言葉が引っ込む。

これは……嬉《うれ》しい誤算だな。

「それ、このみ朽流《くちる》じゃん」

「……ん、明石《あかし》？」

鷹村《たかむら》は驚《おどろ》いたように、眠《ねむ》そうな目を少し開いた。こっちを見上げる顔が、やたらと端整《たんせい》だ。

このみ朽流《くちる》は、俺が一番好きな恋愛《れんあい》小説家だ。その作家の本を、鷹村《たかむら》も持っているとは。

おかげで、自然な話題ができた。っていうか、普通《ふつう》に話したい。

周りで読んでるやつ、全然いないからな。やれやれ、もったいない。

「しかも『もう一度だけ、初恋《はつこい》』の文庫版か。読んだのか？」

「……いや、まだ途中《とちゅう》だ」

「そうか、なるほどなるほど」

テンションが上がりそうになるのを抑《おさ》えながら、俺は鷹村《たかむら》の隣《となり》の席に腰《こし》を下ろした。

どうやら、会話してくれる意志はありそうだ。

「……知ってるのか、この作家」

「知ってるっていうか、バイブルだな。全作読んでる」

「全作……ということは、ハードカバーか。たしか、文庫はこの作品が初だろう？」

「そうそう。ついに文庫派の連中にも、このみ朽流《くちる》が知られるときが来たわけだ」

今月の頭に、デビュー作の『もう一度だけ、初恋《はつこい》』が文庫化された。

自由にタイムリープできる主人公の話。単行本が出た当時、たまたま本屋で見かけて、そのまま一晩で読み切った。今では懐《なつ》かしい思い出だ。

ところで、鷹村《たかむら》のやつ、めちゃくちゃ普通《ふつう》だな。淡々《たんたん》としてるけど、暗いってこともない。

相手が女子じゃないと、こんな感じなのか。

「鷹村《たかむら》は、このみ朽流《くちる》は初めてか？」

「ああ。前から知ってはいたが、文庫を待っていた。こんな作風なんだな」

「そんな作風だ。今どのへんなんだ？」

「……まだ中盤《ちゅうばん》だ。三章の頭」

「おぉ、そうかそうか」

マズい、喋《しゃべ》りたい欲が溢《あふ》れそうになっている。

しかし、思ってたより話が弾《はず》むな。さすが、共通の趣味《しゅみ》は便利だ。恋《こい》にも、恋《こい》の相談にも。

「……おい、明石《あかし》」

「ん？」

気づけば、鷹村《たかむら》は警戒《けいかい》しているような、なにかを恐《おそ》れているような、そんな顔をしていた。

両手のひらをこっちに向けて、宥《なだ》めるようなジェスチャーをする。

「ど、どうした……？」

「……大丈夫《だいじょうぶ》だとは、思うが」

慎重《しんちょう》に、一歩ずつ足場を確かめるような口調だった。

額に薄《うす》く、汗《あせ》が滲《にじ》んでいるような気さえする。

なんだ……？　今の流れで、そんな深刻な雰囲気《ふんいき》になるか……？

「ネタバレは……くれぐれも、なしで頼《たの》むぞ」

「……いや、わかってるよ。楽しみを奪《うば》うようなこと、しないって」

「……はぁ。そうか、悪かった」

言って、鷹村《たかむら》はひどく安心したように、胸を撫《な》で下《お》ろした。かすかに笑《え》みを浮《う》かべて、こっちに頷《うなず》きかけてくる。

ネタバレって……なんというか、こいつ。

「鷹村《たかむら》……お前かわいいな、なんか」

「かわっ……なんだ。気持ち悪いぞ、明石《あかし》」

今度はビクッと身を引いて、鷹村《たかむら》は顔を歪《ゆが》めた。

一見すると冷たそうなのに、このリアクションのよさ。

なるほど、こういうやつだったのか。

「じゃあ読み終わったら、また感想教えてくれ。ゆっくり味わえよ」

「ま、待て。そういう言い方もやめろ。先入観を持ちたくない」

「おお……徹底《てってい》してるな。なら、もう黙《だま》っとくよ」

「……頼《たの》む」

ふむ、どうやら鷹村《たかむら》は、読書にはかなり真剣《しんけん》らしい。

文芸部だって話だし、好きなんだろうな、本読むの。

「……ところで、お前はどうしてセミナーに来てるんだ」

「え……なんだよ、どうしてって」

べつに、おかしいことでもないだろうに。

「初日、いなかっただろう。それにたしか、お前は補習じゃなかったか」

「……よく見てるな、おい」

あんまり、他人に興味とかなさそうなのに……。そして、補習なのはほっとけ。

「心を入《い》れ替《か》えたのだ。これからは真面目に、勉学に励《はげ》む」

「そのわりには講義中、ぼぉっとしてるように見えたぞ」

「ぐぬっ……ま、まあ、最初はそんなもんだ。講義に出るってのが、まずは大事なんだよ」

「……そうか、たしかに」

くそっ……油断ならんな、鷹村《たかむら》のやつ。でも、素直《すなお》でよかった。

「じゃあ、俺はもう行く」

「あ、ああ、またな。明日も来るか？」

「それはこっちのセリフだ。明日はお前が来るようになって、三日目だからな」

「いや、三日坊主《みっかぼうず》じゃやねぇよ」

俺がそう返すと、鷹村《たかむら》はふんっと柔《やわ》らかく笑った。

教室を出ていく横顔と、佇《たたず》まいがあまりにも綺麗《きれい》で、俺は不覚にも見惚《みと》れてしまっていた。

「……ふぅ」

落ち着け、惑《まど》わされるなよ、明石伊緒《あかしいお》。

そういや、前に藤宮《ふじみや》が言ってたな。御影《みかげ》が同性なのに、話してるとドキッとするって。

なるほど、これがその感覚か……。

さて、まあ初日にしては上出来だろう。正直、予定してたより仲よくなれた、ような気がする。ありがとう、このみ朽流《くちる》よ。

最終目的は、恋《こい》バナができるくらいの仲になることだ。悪いが取り入らせてもらうぞ、鷹村《たかむら》。

……ただ問題は、あいつが普通《ふつう》に、いいやつなんだろうな、ってことか。

これは、罪悪感との戦いだな。まあ、そういうのはいつものことだけどさ。

それに、どこかでちからも使っておきたい。今はまだリスキーだが、時期を見て、だな。

いつもなら、顔に触《ふ》れさえすれば、怪《あや》しまれたって構わない。

が、今回は友達にならなきゃいけないからな。不自然な行動は、極力避《さ》けたい。

「……やること、多いな」

口に出してみると、余計に実感が増すような気分だった。

こりゃ、やっぱり課題なんて、やってられないな。

◆　◆　◆

それからしばらくは、補習、セミナー、バイト、相談の日々が続いた。

特に変わりはなく、けれど徐々《じょじょ》に進展はする。そんな感じの毎日で。

ただひとつ、夏休みの課題だけは、一切《いっさい》進んでいなかった。

だが、こんなこともあろうかと。

「わぁー。いいねぇ、貸し切りだ」

「贅沢《ぜいたく》だね。明石《あかし》さんには感謝しないと」

本日、喫茶《きっさ》プルーフ、臨時休業。

このタイミングで、俺の予定表には『みんなで課題やる会』の文字が刻まれていた。

主導は御影《みかげ》。前に屋上で昼メシを食べたのが楽しかったので、また六人で集まりたい、というのが、開催《かいさい》の理由だった。

ちなみに、店を使わせてほしいと有希人《ゆきと》に頼《たの》んだのも、御影《みかげ》だ。案の定、あっさりオッケーが出ていた。

外で誰《だれ》かに見られても面倒《めんどう》なので、正直かなり助かる。

こういうことがあるせいで、バイトに関してもあんまり、有希人《ゆきと》には逆らえないのだ。

「優《やさ》しいよねぇ、明石《あかし》さん。お店行っても、いつも歓迎《かんげい》してくれるし」

「そうだね。いいお兄さん、という感じで、素敵《すてき》だ」

「まあ、有希人《ゆきと》は話のわかるやつだからな」

と、なぜか偉《えら》そうに日浦《ひうら》が言う。あいつのことを『有希人《ゆきと》』って呼ぶのは、明石《あかし》家以外では日浦《ひうら》くらいだ。

それにしても、有希人《ゆきと》の評価が軒並《のきな》み高くて、なんともムカつく。

お前たちはまだ、あいつの本性《ほんしょう》を知らないのだ。外面に騙《だま》されているのだ。目覚めよ。

「伊緒《いお》、ちょっとは進めたの？」

「いや、全然。忙《いそが》しくてな」

「……セミナーなんか出てるからでしょ。聞いてないのに」

はぁ、とため息をついて、湊《みなと》が痛いところを突《つ》いてきた。

間違《まちが》いなく、それも原因の一端《いったん》だ。

ただ、課題ってホントにやる気出ないよな。特に最初。なんなんだあれ。

「お、じゃあ俺カウンターね。気分上がりそうだし」

バカっぽいことを言って、玲児《れいじ》がさっさと自分の席を確保した。それに釣《つ》られて、ほかの五人も席を決め始める。

誰《だれ》もいないのだから、べつにまとまって座る必要はない、はずなのだが。

「伊緒《いお》くん、いいかな、一緒《いっしょ》に」

「……なんでだよ、わざわざ」

「だって、寂《さび》しいじゃないか。せっかくだし、ね？」

言って、御影《みかげ》はそのまま俺の向かいに腰掛《こしか》けた。

せっかくだし、って言うなら、もっと広々使えよ……。

「おい、アホ御影《みかげ》。できないやつで固まってどうすんだ」

と、日浦《ひうら》から至極《しごく》真っ当な指摘《してき》が飛んできた。

意外に真面目、というか、効率悪いのが嫌《きら》いなのだろう。

それにしても『アホ御影《みかげ》』て。そんなふうに言えるのも、日浦《ひうら》くらいだろうな。

ただ、当の御影《みかげ》は不思議と嬉《うれ》しそうに笑っていた。こいつにとっては、雑に扱《あつか》われるのが新《しん》鮮《せん》なのかもしれない。

「じゃあ、湊《みなと》行ってあげてよ。私は、今日は日浦《ひうら》さんに助けてもらおっと」

「えっ……私？」

「ああ、そういや藤宮《ふじみや》もバカだったな」

「えへへ。お世話かけます」

そんなやり取りをしながら、日浦《ひうら》と藤宮《ふじみや》は俺たちの隣《となり》のテーブルについた。

珍《めずら》しい組み合わせだ。が、たぶん相性《あいしょう》はいいだろう。

「それじゃあ、よろしくね、湊《みなと》」

「え、ええ……」

こっちにやって来た湊《みなと》が、控《ひか》えめに答える。

何度か俺と御影《みかげ》を見比べてから、湊《みなと》は御影《みかげ》の隣《となり》にスッと座った。

「…………」

目の前に、三大美女がふたりいた。

なんという威圧《いあつ》感。そして、美少女がすぎる。

目の保養ならぬ、一周回って目の毒だぞ、これは……。

「……湊《みなと》。悪いけど、こっち来てくれないか」

「なっ……ど、どうしてよ」

「まあ、いろいろな。教えてもらうところも多いだろうし、頼《たの》む」

と、それっぽい理由をつけておいた。

湊《みなと》が隣《となり》にいれば、目の前には御影《みかげ》だけになる。

「……わかった」

そう言って、湊《みなと》は滑《すべ》るようにこっちに移動した。すぐそばに、湊《みなと》の肩《かた》が来る。

かすかにいい匂《にお》いがして、頭がクラッとした。が、それ以外はまあ、これで解決だ。

「……さて」

ノートを広げる日浦《ひうら》たちを横目で見つつ、俺はまず、課題一覧が書かれた紙を机に出した。

終わったものからチェックをつけられるようになっているが、当然全部空白だ。

「多いな……」

あらためて見ても、各科目かなりの量だった。本当に、夏休み中に終わるのか、これ……。

あ、なんか気が遠くなってきた……。

「……なんで始める前から、疲《つか》れた顔してるのよ」

「疲《つか》れ果《は》てたんだ、心が」

「伊《い》緒《お》くん、なんだか老《ふ》けたね」

それからは、各々《おのおの》自由に、好きな課題を進めることになった。

いや、好きな、というと語弊《ごへい》がある。全部嫌《きら》いだ。

まだマシなやつから、コツコツ倒《たお》していくとしよう……。

「せっかく湊《みなと》も日浦《ひうら》さんもいるんだし、レポートとか暗記ものより、ワークの方がいいよね」

と、藤宮《ふじみや》が真面目なことを言った。

たしかにその通りだろう。つまり、おもに数学と英語だな。

だが、ワークは気力も体力も使うから、できれば後回しにしたい。やりたくない。

「……ていうか、数学の問題集、ページ多くね？　これ一冊全部って、マジか……？」

「理系は数学、もっと多いんだよね？　あと理科も。よかったぁ、文系で」

「代わりに、こっちは国語と社会が多いでしょ。合計の量は同じじよ」

「湊《みなと》、今日はもう正論禁止ね」

「じゃあ詩帆《しほ》は、サボり禁止」

「え――――っ！　不公平だよ！」

不公平か？　いや、正論禁止の湊《みなと》の方がキツいから、逆に合ってるか。

「そういえば、私たちはみんな文系だね」

湊《みなと》と藤宮《ふじみや》のやり取りを楽しそうに見ながら、御影《みかげ》が言った。

久世高《くぜこう》では、二年に進級するときに全員が、文理選択《せんたく》をすることになっている。

そしてそれ以降、クラス分けは文理ごとに行われ、授業もそれぞれに合った内容になる。

ほかの学校がどうかは知らないが、少なくとも中学とは違《ちが》うシステムだな。

ちなみに文系は、七組から十組の四クラス。湊《みなと》と藤宮《ふじみや》は七組、俺と日浦《ひうら》、玲児《れいじ》は八組、御影《みかげ》は十組なので、たしかに全員が文系だ。

「文系って男の子少ないよね。クラスの男女比、一対二くらいだし」

「肩身狭《かたみせま》いよなー。まあ、女の子いっぱいなのは嬉《うれ》しいけど」

「あたしはやだ。女子、うるさいし」

不満げに眉根《まゆね》を寄せて、日浦《ひうら》が言う。

うるささに男女の区別は、あんまりないと思うけどな。っていうか、お前も女子だろ。

「文理選択《せんたく》のときは、どうしても将来のことを意識させられて、なんだか不安になったよ」

「いや、わかるぞ御影《みかげ》。あの、無理やり現実見せられてる感じだろ……」

「あー私も私も！　まだほっといてくださーい！　って思ったもん」

「ふふふ。ホントにね」

俺を含《ふく》むできない組三人が、口々に弱音を吐《は》く。落ちこぼれはすぐに徒党を組むのだ。

まあ藤宮《ふじみや》だけは補習じゃないので、ちょっと裏切られてるけども。

その後、俺たちは程々《ほどほど》に雑談を切り上げ、本格的に課題に移った。

特にこっちのテーブルには湊《みなと》がいるので、あまりサボってもいられない。

苦しみながらひたすら数学をやって、そして、けっこうな時間が経《た》ったころ。

「明石《あかし》、腹減った」

と、日浦《ひうら》が前触《まえぶ》れもなく言った。

「ん……ああ、もう六時か。でも、なんで俺に言うんだよ」

俺も腹は減ったけども。

「ご飯にしよー……私、もう疲《つか》れたよぉ……」

「私も、そろそろなにか食べたいな。お腹《なか》が鳴ってしまうと、恥《は》ずかしいからね」

「っしゃ、コンビニ行くぞー野郎《やろう》ども」

コンビニかよ。でもまあ、たまにはいいか。レンジもケトルもプルーフにあるし。

というわけで、俺たちは日浦《ひうら》と藤宮《ふじみや》について、ぞろぞろと近くのセブンイレブンに移動した。

「ねえ伊緒《いお》くん。ちょっとお願いがあるんだ」

俺が保冷庫を睨《にら》んでいると、ツンツンと肩《かた》をつついて、御影《みかげ》が声をかけてきた。

「お願い？」

「うん。この焼きおにぎりの出汁茶漬《だしちゃづ》けが食べたいんだけれど、ミックスサンドも捨てがたくて。ただ、食べ切れる自信がないから、よかったら一緒《いっしょ》に食べてくれないかな」

「出汁茶漬《だしちゃづ》け……お前、いいな、なんかそれ」

響《ひび》きがすでにうまそうだ。夏だし、ちょっと暑いけどな。

「ふふ、だろう？　だけど、分けるのはミックスサンドだよ」

「そっちか……いや、まあそりゃそうか」

残念。だが、汁物《しるもの》はさすがに分けられない。うちには、間接キス警察がふたりいるからな。

「でも、それじゃあ出汁茶漬《だしちゃづ》けも、ちょっとあげるね」

「……いや、やめとく」

怒《おこ》られるしな、湊《みなと》たちに。あと、日浦《ひうら》以外とは普通《ふつう》に、うん、抵抗《ていこう》と罪悪感があります。

ってていうか、お前も気にしろよ。


買い物を終えてプルーフに戻《もど》った俺たちは、今度はひとつのテーブルで夕食を摂《と》った。

サンドイッチを分けるので、隣《となり》に御影《みかげ》、向かいには日浦《ひうら》が座った。たぶん、こいつもちゃっかり、ひとつ貰《もら》おうとしている。

だが実は、俺も日浦《ひうら》の唐揚《からあ》げを狙《ねら》っているのだ。自分がターゲットにされているとは思うまい。油断したな、日浦《ひうら》め。

「湊《みなと》、はい、あーん」

「……自分で食べるってば」

「あ、もう！　かわいいのに」

差し出されていたスプーンを奪《うば》って、湊《みなと》が藤宮《ふじみや》のグラタンをパクリと食べる。頬《ほお》を膨《ふく》らませる藤宮《ふじみや》に対して、湊《みなと》はツンと仏頂面《ぶっちょうづら》だ。

なんと微笑《ほほえ》ましい光景。久世高《くぜこう》男子が見たら大騒《おおさわ》ぎだろうな。

ちなみに、湊《みなと》は野菜スティックとポタージュスープ、それに、藤宮《ふじみや》と分けるらしいクロワッサンを買っていた。

なんか、湊《みなと》って感じだ。特に野菜スティック。ハンバーガーと唐揚《からあ》げの日浦《ひうら》と、足して二で割ってやりたい。

「伊緒《いお》くんは、炭酸水なんだね」

御影《みかげ》が、俺の前にあるペットボトルを見て言った。

親子丼《どん》と、御影《みかげ》のミックスサンド半分、そして炭酸水。それが、今日の俺のメニューだ。

「ああ、ちょっと気まぐれに。普段《ふだん》はあんまり飲まないけどな」

なにせ、無糖の炭酸水は普通《ふつう》に苦い。

が、俺はけっこう嫌《きら》いじゃない。それに、健康と美容にもいいらしいし、さすが炭酸だ。

「伊緒《いお》くんは、よく炭酸のジュースを飲んでいるね。前にここで会ったときも、カルピスソーダだったし」

「よ、よく覚えてるな、そんなこと」

「……だけど、私も気になってたわ、それ。学校でご飯食べてるときも、炭酸、多いわよね」

「明石《あかし》は舌がお子ちゃまだからなー」

「違《ちが》う、大人だ。ビールだって、全部炭酸だろ。スパークリングワインとかもある」

ってていうかそもそも、日浦《ひうら》だっていちごオレよく飲んでるだろ。あっちの方が子どもだ。

「好きなんだね、炭酸」

「……まあな。うまいし」

なんて言いながら、理由はきっと、それだけじゃない。自覚は、もちろんある。

ただそんなのは、自分が知っていればいいことだ。

誰《だれ》にも、話す必要なんてない。

「でも、伊緒《いお》の炭酸好きは異常だぞー。地域限定のやつとか、地サイダーとか、たまに取り寄せてるって聞いたし、梨玖《りく》ちゃんから」

「なっ……あいつ、勝手に……」

いつも一本分けてやってるのに、恩を仇《あだ》で返すとは……。

そして、いつ話したんだよ、お前らは。

「梨玖《りく》ちゃん？　って誰《だれ》なの？」

「伊緒《いお》の妹。かわいいし、しっかりしてるよ、伊緒《いお》と違《ちが》って」

「俺と違《ちが》って、生意気だ」

「でも大好きじゃん、お前」

「当たり前だ、妹だぞ」

いや、まあもしかすると、当たり前ではないのかもしれない。

けれど煙《けむ》たがられようと、反抗期《はんこう》だろうと、かわいいものはかわいいのだ。


「そういえば、みんなはやっぱり大学行くの？」

全員の食事が終わった頃《ころ》、藤宮《ふじみや》がそんなことを言った。

おそらく、さっきの文理選択《せんたく》の話の続きだろう。

しかし、大学ね……。

もうそんなのが話題に上がるのか、高二の夏っていうのは……。

「行く」

と、最初に答えたのは意外にも、日浦《ひうら》だった。

「けど、それ以外のことは考えてない。まだ決めるには早いだろ」

あっさりした答えだ。正直、ちょっと安心した。

考えない、ということは、どうしても後ろめたさを伴《ともな》う。けれど頭のいい日浦《ひうら》がそうなら、それでもいいんだなと思えてくる。

「そっかぁ。でも、そうだよね。将来やりたいこととか、どんな大学があるかとか、まだ全然わからないし……」

言いながら、藤宮《ふじみや》は不安そうな顔で湊《みなと》を見た。

「友達がいるから、って理由で進路選ぶのって、あんまりよくないのかもしれないけど……でも、湊《みなと》と一緒《いっしょ》の大学、行きたいなぁ。それに、みんなと離《はな》れるのも寂《さび》しいよね……」

「そうね。私も、できれば詩帆《しほ》とは一緒《いっしょ》がいいわ。だけどそのためには、もっと勉強してもらわないとね」

「うっ……は、はい」

あーあ、墓穴《ぼけつ》掘《ほ》ったな、藤宮《ふじみや》のやつ。

「湊《みなと》は、行きたい学校はないのかな？　きみの成績なら、どこでも狙《ねら》えてしまいそうだけれど」

今度は御影《みかげ》が、みんなのゴミを集めながら尋《たず》ねた。袋《ふくろ》は俺が回収して、店のゴミ箱に捨てた。

「……まあ、今のところは特に、ね。自分の学力とそこまで差がなければ、それでいいわ。ただ、来年も成績キープできてるとは限らないし、まずはそっちね」

「相変わらず意識高いな、お前は……」

日浦《ひうら》のおかげで安心したのが、まるっと覆《くつがえ》されるような気分だ。

さすがストイック美少女だな……。

「でも……」

「ん？」

「また、一人暮らしはしたいかも。今もそうだし、慣れちゃったから」

うっすら笑って、湊《みなと》はそう言った。

隣《となり》にいる藤宮《ふじみや》の表情が、少し暗い気がした。だが、俺も同じような顔をしていたと思う。

湊《みなと》の家庭事情について詳《くわ》しく知っているのは、この中では俺と藤宮《ふじみや》だけだ。御影《みかげ》や日浦《ひうら》たちには、ざっとしか話していないらしい。

「俺も一人暮らしはしたいなー、自由がほしい」

「お前は今でも、充分《じゅうぶん》自由だろ」

「もっとほしいんだよ。朝まで友達と酒飲んだり、女の子連れ込んだり、憧《あこが》れるじゃん」

「三輪《みわ》くんは、自分に正直でいいね」

クスッと笑って、御影《みかげ》が言う。

おい、あんまり甘やかすなよ。

「なら、伊緒《いお》は？　なんか考えてんのかよ」

「俺は……まあ、べつに。大学はそりゃ、行くんだろうと思うけど」

将来の夢とか、勉強したいこととかも、特にない。

でも、そうだな……。

「天使の活動は、大学でも続けたいな。今よりも、もっといろいろできそうだし」

それに、俺が一番やりがいを感じてるのは、たぶんこれだから。

「飽《あ》きないねぇ、お前は」

「飽《あ》きるか。そんな半端《はんぱ》な気持ちでやってない」

「でも、それはそうだよねぇ。天使のときの明石《あかし》くん、なんかすごいし」

「バカが加速するな」

「バカじゃない。真剣《しんけん》なんだよ、悪いか」

まあ例によって、理解されないのはいつものことだ。

それでいいし、むしろその方が、気が楽なのかもしれない。

……ただ、ときどき考える。

だったら俺は、これをいつまで続けるんだろう、と。

考えて、でもすぐにやめてしまう。

なにかきっかけがあるのかもしれないし、ずっと続けるのかもしれない。

でもきっと、今はまだそんなことは、決めなくてもいいんだと思う。

好きなことのやめどきを考えなくていいのが、俺たち高校生の、特権のひとつだろうから。

「御影《みかげ》はどーすんだ。進路」

言って、日浦《ひうら》は俺の炭酸水のボトルを奪《うば》い、ひと口飲んだ。

挙句「まずっ」なんて呟《つぶや》いている。どこまでも勝手なやつめ。

「私は……うん、まだ全然だね。久世高《くぜこう》を選んだのも、私を知っている人が、少ないところに行きたかったというだけだから」

「え、そうだったんだ」

「うん。私が通っていた中学は、毎年久世高《くぜこう》に進む子が少ないらしくてね、高校からは人付き合いの方法を変えようと思っていたから、そっちの方が都合がよかったんだ」

なるほど、だから前に玲児《れいじ》に聞き込みしてもらったとき、御影《みかげ》と同じ中学出身のやつが、ひとりしか見つからなかったのか。

変わった進路選択《せんたく》だ。が、本人にはきっと、それがすごく大事なことだったんだろう。

俺も似たようなもんだから、正直、共感してしまう。

「だけど、今はやりたいことも見つかっていないから……ちょっと焦《あせ》っているかもしれないね」

「いやぁー、みんなそんなもんだって。とりあえず進学、で、できるだけいいとこ。ほとんどのやつは、これだろうしね」

「そうね。それに細かく決めすぎても、かえってあとで後悔《こうかい》するかもしれない。難しいわ」

「ホントだよねぇ。わからないこと、決められないことだらけだよ」

藤宮《ふじみや》のそのセリフを最後に、俺たちはまた課題に戻《もど》った。

もしかするとみんな、これ以上この話題について話すのが、怖《こわ》かったのかもしれない。

俺たちはまだ高校生で、受験までも、一年以上あって。

無限大、とまではいかずとも、それなりに多くの可能性と、猶予《ゆうよ》が残されている。

でも可能性と自由は、いつも恐怖《きょうふ》と不安を一緒《いっしょ》に連れてくる。

何者にでも、なれるかもしれない。でも、なれないかもしれない。

なりたいのかどうかも、いまいちわからない。

なのに、考えなきゃいけない。決めなきゃいけない。そう思えてしまう、中途半端《ちゅうとはんぱ》な賢《かしこ》さだけは、たしかに持っている。

だけど、今はまだ。

まだ少しだけ、このまま、ただの高校二年生でいたい。

毎日に必死で、目の前のことだけを考えて、過ごしていたい。

そういう気持ちだって、きっと許されるはずだろう？


「伊緒《いお》くん」

数学のワークを少し進めて、目と肩《かた》が疲《つか》れてきた頃《ころ》。

休憩《きゅうけい》がてらにカウンター内を清掃《せいそう》していると、御影《みかげ》がふらっと、こっちにやって来た。

「掃除《そうじ》？」

「ん、ああ。店、使わせてもらう代わりに、最後にやれって有希人《ゆきと》に言われてな。カウンターだけ、先に済ませとこうと思って」

「そうだったんだね……。じゃあ、私も手伝うよ」

「いや、いいよ。俺が一番勝手わかってるし、もともとひとりでやるつもりだ。帰りも、遅《おそ》くなりそうだしな」

「そんな……ダメだよ。みんなで使ったのに」

「いいって。お前たちにはこの条件、伝えてなかったし。なんか壊《こわ》したりしても、俺なら働いて返せるしな」

「だけど……」

「そんなことより、御影《みかげ》、ちょっと話が」

食い下がる御影《みかげ》の意識をそらすのも兼《か》ねて、俺は以前から言おうと思っていたことを、ここで切り出すことにした。

珍《めずら》しく緊張《きんちょう》した様子で、御影《みかげ》が顔を寄せてくる。

べつに、内緒話《ないしょばなし》ってわけじゃないんだが……まあ、あいつらには聞かれない方がいいかもな。

「周りの様子、どうだ？　なにか言われたりするか？」

「え……ううん、平気だよ。今は補習くらいでしか、学校に行かないから」

「そうか。まあひとまず、よかった」

自分の取り合いが起こらないように、友達を作らなかった御影《みかげ》。

その御影《みかげ》が、俺たちと友達になって、人前でも話すようになった。夏休み前の数日や、最近の補習のあとに。

それを周りがどう思って、どんな行動を起こすのか、起こさないのか、まだわからない。

けれどもちろん、できるだけ把握《はあく》はしておきたい。

「問題は、やっぱり夏休み明けだな」

「そうだね……。なにもないといいんだけれど」

「理想なのは、みんなの反応が今までと変わらないことだ。けどさすがに、そううまくいくとも考えにくいしな」

「うん……。それに、もしダメだったとき、周囲からキツく当たられるのは、きっと私ではなくきみたちだろうから……心配だよ」

御影《みかげ》が不安そうに眉《まゆ》を下げて、課題をやっている湊《みなと》たちの方を、チラリと見る。

こっちを気にしていないように見えて、みんな聞き耳を立ててるのが、顔でわかった。

「そこは、まあ大丈夫《だいじょうぶ》だろ。俺を含《ふく》め、全員もともと孤立《こりつ》気味だからな。それに、そういうのを覚悟《かくご》のうえで、あいつらは俺たちの頼《たの》みを引き受けてくれたんだし」

御影《みかげ》と、友達になってほしい。あの日屋上で、俺と御影《みかげ》はあいつら四人にそう頼《たの》んだ。

バカだったとは思う。けど、それしか考えつかなかったし、そうするのが一番、御影《みかげ》を守れると思った。

俺ひとりでどうにかするよりも、いい方法。それを模索《もさく》するのは、俺ひとりだってできる。

御影《みかげ》の抱《かか》える問題は、そもそも御影《みかげ》本人だけじゃなく、周りの側にも原因がある。

極端《きょくたん》な話、周囲が御影《みかげ》を放っておけば、本来はそれだけで解決するんだ。

そして、そのための抑止力《よくし》や牽制力《けんせい》が、あいつら、特に日浦《ひうら》や湊《みなと》にはある。

打算的……なのかもしれない。

だがだからこそ、話したり、一緒《いっしょ》に課題をしたり、お泊《と》まり会を企画《きかく》したり。

そうやって、ちゃんと友達になろうとしている。

『順序が逆だ』と、あのとき湊《みなと》も言っていた。

そしてそのうえで、正しい順序を、ちゃんと踏《ふ》もうとしてくれる。

やっぱり、あいつらに頼《たよ》ってよかった。本当にそう思う。

「大丈夫《だいじょうぶ》だよ。攻撃《こうげき》してくるやつがいても、自分の身は自分で守る。それにお前に被害《ひがい》がいったり、俺の目につかないところで問題が起こっても、全部なんとかするさ。そういう約束だ」

「……うん。ありがとう、伊緒《いお》くん。きみは、本当に優《やさ》しいね」

「お……おう。まあ対症療法《りょうほう》みたいで、心もとないかもしれないけどな。それに、日浦《ひうら》たちに頼《たよ》りまくりの策で、正直ちょっと情けない」

「ううん、以前はひとりで悩《なや》んでいたから。それに比べたら、こんなに頼《たの》もしいことはないよ。そして今この状況《じょうきょう》があるのは、間違《まちが》いなく、伊緒《いお》くんのおかげだ。だから、ありがとう」

少しだけ、瞳《ひとみ》を潤《うる》ませて。御影《みかげ》はにっこりした笑顔《えがお》で言った。

小首をコクンと傾《かし》げて、それに合わせてふふっと笑う。

なんだか、本当に信じられないほど、綺麗《きれい》だった。

「……そんな、何度も言うなよ」

「おや、どうして？」

「なんか……照れるだろ」

セリフも、それに、その笑顔《えがお》も。

「ふふふ。そんな理由だと、もっと言いたくなってしまうよ？」

「なんでだよ……あまのじゃくめ」

「だって伊緒《いお》くん、照れてる顔がかわいいから」

「……いい加減にしろ」

「あ、また照れているね。ふふふ」

「やめろって、バカ」

くそっ……からかってるだろ、御影《みかげ》のやつ。

っていうか、お前も照れろ。平気な顔しやがって。

……いや、それはそれでマズいか、いろいろと。


「そういや睦美《むつみ》ちゃん、結婚《けっこん》するんだってさ」

夜の八時過ぎを回って、そろそろ解散。

そんな頃《ころ》に、玲児《れいじ》が思い出したように言った。

「睦美《むつみ》ちゃんって、加奈井《かない》先生だよね？　そうなの？」

「うん。恋人《こいびと》いるってのは知ってたけど、最近婚約《こんやく》したんだと。あー、なんか悲しいなー」

加奈井睦美《かないむつみ》。我らが二年八組の担任で、国語教師だ。

でもそうか。あの人、もう結婚《けっこん》するのか。それは嬉《うれ》しい、というか、いいことだな。

「三輪《みわ》、なんで悲しんでんだよ、お前は」

「いやー、だって睦美《むつみ》ちゃんだぞ。好きな女優とかが結婚《けっこん》すると寂《さび》しいのと一緒《いっしょ》だよ。っていうか、俺より悲しんでる男子、いっぱいいるからな、絶対」

「バカだな、漏《も》れなく」

「まあ男なんて、美人を前にしたらみんなバカだしな」

なぜか得意げに、玲児《れいじ》が言う。ちょっと否定しきれないのが、また悲しい。

「伊緒《いお》くん、そうなのかな？」

「……ノーコメントだ」

それに、御影《みかげ》は反則級だからな……。外見も、あとは中身も。

「でも、そっかぁ。おめでたいねぇ」

「結婚《けっこん》しても、教師は続けるのかしら……」

「どうだろうね。私は好きな先生だから、続けてほしいけれど」

「つっても、あれがあんじゃん、妊娠《にんしん》」

「あー、たしかに！　そうなったら、さすがに辞《や》めちゃうかなぁ」

「子育て、絶対大変だものね……」

と、四人娘《むすめ》は一緒《いっしょ》になって盛り上がっていた。

日浦《ひうら》まで混ざってるのは、なんか意外だな。


「水止めた。電気消した。鍵《かぎ》、閉めた。よし」

念のための指差し確認《かくにん》をして、俺はひとり遅《おく》れて、プルーフを出た。

予定通り、最後の掃除《そうじ》は俺だけでやった。手伝おうとする御影《みかげ》や湊《みなと》は、日浦《ひうら》と玲児《れいじ》が強引《ごういん》に引っ張っていってくれた。

さすが薄情《はくじょう》者ども、ではなく、たぶん俺の意図を汲《く》んでくれたんだろう。湊《みなと》たちの気持ちは嬉《うれ》しいが、鍵《かぎ》の隠《かく》し場所《ばしょ》とかもあるし、そもそもう、時間も遅《おそ》いからな。

ときめき坂をのんびり歩いて、駅を目指す。

夏の夜は暑い。けれど、この空気はけっこう嫌《きら》いじゃない。

ただ、騒《さわ》がしいところから一気に静かになって、ちょっとだけ、寂《さび》しい気はしないでもない、かもしれない。

「……あ」

京阪《けいはん》の駅に着いたところで、思わず声が出た。

ノースリーブの白いブラウスに、デニムのショートパンツ、赤いネイルが覗《のぞ》くサンダル。カジュアルな私服姿の後輩《こうはい》が、明るい髪《かみ》を撫《な》でて立っていた。

「……瀬名《せな》」

「え、先輩《せんぱい》。なにしてるんですか、こんなところで。……あ、もしかして、待《ま》ち伏《ぶ》せ……？　え？」

「おい……最初にバイトを疑え。あの店で働いてるの、知ってるだろ」

「もーうっ、わかってますよぉそれくらい。冗談《じょうだん》じゃないですかー」

たちの悪い冗談《じょうだん》だな、まったく。

「それで、バイトなんですか？」

「いや、違《ちが》う。今日はあそこ、休みだからな」

「えっ……じゃあやっぱり、ストーカー……？」

「あほ、そのネタはもういい。休みだけど。店の中借りて勉強会だ。課題やってたんだよ」

「ああ、そういうことですか。……って、あれ？　え、課題進めてたんですか！　ずるーい！　抜《ぬ》け駆《が》けしないでくださいよ！　私、まだ手付かずなのに！」

「ふん、賢者《けんじゃ》は確実に仕事を進めるのだ。悔《くや》しかったら、お前も励《はげ》め」

「にゃ――――!!　ずるいずるい！」

瀬名《せな》は変な声を上げて、こっちを引っ掻《か》くように、シャカシャカと手を動かした。

まあ、俺も今日初めてやったんだけどな。先輩《せんぱい》の威厳《いげん》を示すのも大事、ってことで。

「で、そういうお前は？」

「友達と遊んでました。その帰りです」

「ああ、お前はここが最寄《もよ》りか」

そういえば、同じ綾里《あやさと》中出身の日浦《ひうら》も、家はこの辺だしな。

ってことは、あいつも――。

「ん、明石《あかし》か？」

そのとき、俺が顔を思《おも》い浮《う》かべていた相手が、ちょうど瀬名《せな》の後方から現れた。

冷気をまとったような、独特な佇《たたず》まい。

同じく綾里《あやさと》出身、鷹村煌《たかむらこう》だった。

「それに……瀬名《せな》か？」

「ふっ⁉」

途端《とたん》、瀬名《せな》はピンッと背筋を伸《の》ばし、くるりと鷹村《たかむら》の方を向いた。

なんだ、「ふっ⁉」って。

「こ、煌先輩《こうせんぱい》じゃないですか。……こんばんは」

瀬名《せな》は普段《ふだん》よりも丁寧《ていねい》に、ペコリとお辞儀《じぎ》をした。

おいおい、俺のときとはずいぶん、対応が違《ちが》うな。

それに、横顔を見るだけでもわかる。顔、赤いぞ。

「よ。お前もなんかの帰りか」

「あ、ああ。さっきまで、本屋に」

なるほど、さすが文学少年。

「……煌先輩《こうせんぱい》、部活来ないんですか？」

「ん、まあ、来週あたりまではな。セミナーがあるあいだは、そっちを優先したい」

「えぇー。みんな寂《さび》しがってますよ？　私も……ちょっと寂《さび》しいかも？　ですし」

「お、お前に限って、寂《さび》しいってことはないだろう……。そもそも、部室に行っても、俺はなにか読んでるだけだぞ」

「そんなことないですっ。貸してもらってた本も返したいですし。ね、来てくださいよぉ」

「ああ、そうか……悪い、忘れていた。なら、近いうちに一度、顔を出す。セミナーもあるから、遅《おそ》い時間にはなるが……」

「ホントですか！　やった！　じゃあ待ってますね！　ＬＩＮＥしてください、ＬＩＮＥ！」

「わ、わかった。……相変わらず元気だな、お前は」

「煌先輩《こうせんぱい》に会えたので！」

言って、瀬名《せな》はニコニコと嬉《うれ》しそうに笑う。悪かったな、最初に会ったのが俺で。

それにしても、瀬名《せな》のやつ……けっこう頑張《がんば》ってるんだな。

瀬名《せな》と鷹村《たかむら》が話してるのを見たのは、これが初めてだ。けれど、ちょっと緊張《きんちょう》しこそすれ、かなり積極的だ。

さすが、『絶対に付き合いたい』って豪語《ごうご》してただけのことはある。まあ、もともと日和《ひよ》るタイプじゃなさそうだけども。

それに、そう、鷹村《たかむら》だ。

女子と話しているのに、あの挙動不審《ふしん》モードが出ていない。正直、驚《おどろ》きだ。

こっちも、自分とはけっこう喋《しゃべ》ってくれる、って瀬名《せな》が言ってた、まさにその通りだな。

……もしかして、普通《ふつう》にいけるんじゃないのか？　これ。

「ところで……お前たちは、知り合いなのか」

鷹村《たかむら》は俺と瀬名《せな》を交互《こうご》に見比べて、意外そうな顔をした。

そういえば、当然俺たちの関係は、鷹村《たかむら》には知られてなかったな。

「まあ、前にちょっとな。大したことじゃない」

「……そうか。俺はてっきり、付き合ってるのかと」

残念ながら大ハズレだ。

けど鷹村《たかむら》って、案外そういう発想も――。

「ちちち、違《ちが》いますよっ！　こんな先輩《せんぱい》、ただの先輩《せんぱい》です！」

と、瀬名《せな》は焦《あせ》ったように、勢いよく首を振《ふ》っていた。

まあ理由は大体わかるので、こんな先輩《せんぱい》呼ばわりされた俺は、黙《だま》っておくことにしよう。

「そ、そうなのか……」

「そうですっ！　いくら煌先輩《こうせんぱい》でも、怒《おこ》ります！」

「いや、悪い……勘弁《かんべん》してくれ」

「もうっ！　ふん！」

なんか……仲いいな、こいつら。

けど瀬名《せな》いわく、脈はないらしい。それはわからなくもないが、ほかの女子と比べても、鷹《たか》村《むら》は瀬名《せな》には、かなり気を許してそうに見える。

「……それじゃあ、俺はもう帰る」

「ああ、またセミナーでな。明日は出ないけど」

「ついに音を上げたか」

「違《ちが》う、用事だ」

失礼なやつめ。最近は上達したんだからな、時間の潰《つぶ》し方。

「煌先輩《こうせんぱい》！　途中《とちゅう》まで一緒《いっしょ》に帰りましょうよー！」

「あ、ああ……わかった。わかったから、もう少し離《はな》れてくれ……」

「えぇー」

そんな微笑《ほほえ》ましいやり取りをしながら、瀬名《せな》と鷹村《たかむら》はさっさとときめき坂を下っていった。

うぅむ、やっぱり、普通《ふつう》にお似合いに見える……。
ラブコメ的セリフを借りるなら、もう付き合っちゃえよ、だな。
「……ん」
俺が文字通りの後方腕組《うでぐ》みおじさんになっていると、ポケットの中のスマホが震《ふる》えた。
通知を見ると、瀬名《せな》からのＬＩＮＥだ。
『も――――っ！　最悪ですよ‼　勘違《かんちが》いされちゃったらどうするんですか！』
という怒《いか》りのメッセージと、謎《なぞ》の牛のスタンプ。モー、ってことか、これ。
『気の毒だとは思うけど、今のは仕方ないだろ』
『そうですけど！　いや、そうですけど‼』
そうだろ。けどもなにもないぞ。
それに、ちゃんと否定したんだから、大丈夫《だいじょうぶ》だろ。
『明日、よろしくお願いしますね！』
『了解《りょうかい》』
それだけ返事して、俺はまたスマホを仕舞《しま》った。
そして、まだ遠くに見えるふたりの背中を、しばらく眺《なが》める。
そっちも頑張《がんば》れよ、帰り道。

第四章　彼女に嘘は似合わない

翌日。再び補習をやり過ごした、そのあと。

約束通り昇降口《しょうこう》で待っていると、瀬名《せな》が現れた。

「解放されたー！」

「ふふ、されたね、解放」

瀬名《せな》の喧《やかま》しい第一声に、なぜか一緒《いっしょ》にいた御影《みかげ》が答える。いろいろ目立ってるぞ、おい。

「さあ、行きますよ明石先輩《あかしせんぱい》！」

へいへい、ついていくって。しかし、張り切ってるなぁ、こいつは。

「ん、どこかへ出かけるのかな」

「瀬名《せな》が、服を選びたいんだと。その付《つ》き添《そ》いだ」

「ああ、なるほどね」

つまり、鷹村《たかむら》に対する勝負服だ。男の意見がほしい、ってことで、付き合うことになった。

まあ、これも天使の相談の一環《いっかん》だ。

「明石先輩《あかしせんぱい》でも、いないよりはいいかなって」

「おいこら」

「なんですか。じゃあセンスに自信あるんですか。私服、地味なくせに」

「うっ……」

なんという攻撃力《こうげき》……。せめてシンプルっていってほしい。いや、お願いします。

「あはは、冗談《じょうだん》ですって。地味はホントですけど、頼《たよ》りにしてます。そんな悲しそうな顔しないでくださいよー」

「地味も撤回《てっかい》しろよ……」

そして、悲しそうな顔なんてしてないぞ。いや、マジでマジで。

「あ、そうだ！　じゃあ御影先輩《みかげせんぱい》も来てくださいっ！　センスよさそうですし、明石先輩《あかしせんぱい》だけじゃ、やっぱり心配ですもん！」

結局そうなのかよ……。

いや、今はそっちよりも。

「こら、急に巻き込もうとするな。御影《みかげ》の都合も考えろ」

「だってー。昨日、明石先輩《あかしせんぱい》とふたりでいるところ、煌先輩《こうせんぱい》に見られちゃったじゃないですか。これ以上、変に誤解されたらいやですもん。三人なら、ただのみんなでお買い物、ですし」

「それは、まあそうかもしれないが……」

「ね、御影先輩《みかげせんぱい》！　お願いします！　お暇《ひま》だったらでいいので！」

あらためてそう言って、瀬名《せな》は御影《みかげ》の手をぎゅっと握《にぎ》った。

暇《ひま》だとしても、そういうわけにもいかないんだよ……。

「うぅん……そうだね。誘《さそ》ってもらえたのは、本当にありがたいんだけれど……」

そう、御影《みかげ》はそもそも、交友関係を意図的に絞《しぼ》っている。俺たちと友達になったとはいえ、ほかの人間が相手なら、それは変わらない。

御影《みかげ》と親しくしてるのを見られると、瀬名《せな》が周囲からやっかみを買うかもしれない。

以前瀬名《せな》の相談を聞いたときは、状況《じょうきょう》が状況《じょうきょう》だった。が、今回はあのときよりリスクが高い。

御影《みかげ》としては、それを危惧《きぐ》せざるを得ないのだ。

「うん……やっぱり私は――」

「あ――――!!」

突然《とつぜん》、御影《みかげ》のセリフを遮《さえぎ》って、瀬名《せな》が悲鳴のような声で叫《さけ》んだ。

なんなんだ、いったい……。

「スマホがなーい！　うわ……たぶん教室です。最悪ぅ」

カバンをガサガサと漁《あさ》りながら、瀬名《せな》ははぁっとため息をつく。

「すみません、取ってくるので、ちょっと待っててくださーい！」

そう言って、瀬名《せな》はさっさと校舎に戻《もど》っていった。

忙《せわ》しないやつ。廊下《ろうか》は走っちゃいけませんよ。

……さて、と。

「どうしよう、伊緒《いお》くん？」

案の定、御影《みかげ》が困った表情で、すぐに声をかけてくる。作戦会議するなら、今しかないからな。

そう思えば、瀬名《せな》がスマホを忘れてくれたのは、ラッキーだったのかもしれない。

「まあ、べつに断ったっていいだろ。強引《ごういん》だけど、聞き分けの悪いやつじゃないだろうし。最悪、俺が宥《なだ》めるよ」

「うん……そうだね」

それがきっと、今の俺たちの最善手。

だが、そう思っていたのに、御影《みかげ》はなぜだか浮《う》かない顔だった。

なにか言いたげな様子で、くちびるをかすかに動かしている。

……こいつ、もしかして。

「……来たいのか？」

俺が尋《たず》ねると、御影《みかげ》はピクッと肩《かた》を弾《はず》ませた。

それから恥《は》ずかしそうに笑って、細い指で頰《ほお》をかく。

「正直……楽しそうだな、と思ってしまって……。制服を着て、みんなでわいわい買い物、なんて滅多《めった》に……というか、もうずっとできていなかったから」

「……そうか」

「もちろん、わかっているよ。私のそんな願望で、瀬名《せな》さんに迷惑《めいわく》はかけられない。今日は、おとなしく帰ることにするよ」

「御影《みかげ》……」

今度は寂《さび》しそうに、けれど覚悟《かくご》のこもった目で、御影《みかげ》が言う。

本当に、呆《あき》れるくらい……物分かりのいいやつだな。

「すみませ——ん、お待たせしました！」

そのとき、瀬名《せな》が勢いよく、昇降口《しょうこう》から飛び出してきた。

右手には、意外とシンプルなケースに入ったスマホが握《にぎ》られている。

「じゃーん！　ありました！　机の中に入れたの、すっかり忘れてましたよ」

「机の中って……お前、さては補習中にいじってたな」

「えへへー」

なにがえへへーだ。まあ、俺も人のことはいえないけどさ。

「おっとっと、忘れるところでした。御影先輩《みかげせんぱい》、ついてきてくださいよー！　なにかご馳走《ちそう》しますから、ね！」

「……すまないね、瀬名《せな》さん。私は」

「いいじゃん。行こうぜ、御影《みかげ》」

「えっ……伊緒《いお》くん？」

呆気《あっけ》に取《と》られたように、御影《みかげ》がこっちを見る。

悪いが、あんな顔を見せられて、黙《だま》ってるわけにもいかないんだよ。

「予定はないんだろ？　瀬名《せな》の言う通り、俺だけじゃ役に立つかわからないし、頼《たの》むよ」

「お願いしま――す！」

「……うん、わかったよ。それじゃあ、ご一緒《いっしょ》させてもらうね」

「やったーっ！　明石《あかし》先輩《せんぱい》、珍《めずら》しくナイス援護《えんご》！　じゃあ、さっそくゴー！」

言って、瀬名《せな》は校門へ向けて、上機嫌《じょうきげん》で歩き出した。

わざと少しだけ遅《おく》れて、俺と御影《みかげ》もあとを追う。

小さな声で、それに少し顔も近づけて、すぐに御影《みかげ》が聞いてきた。

「伊緒《いお》くん、どういうことなのかな？」

「夏休みだし、まあ平気だろ。それに瀬名《せな》なら、もし周りになにか言われても、気にしなさそうだしな」

「……だといいのだけれど、ね」

セリフのわりに、御影《みかげ》の表情は嬉《うれ》しそうだった。

そのことに、正直ちょっとだけ安心した。

「お前の心配はわかるよ。けど、そもそもの話、お前が悪いわけじゃないんだ。誘《さそ》われて、行きたかったから行く。それだけだろ。あんまり気にしすぎるなよ」

「……うん」

「それに、こういう予行演習も必要だろ？　ずっと俺たちとだけ友達、ってわけにもいかないんだ。瀬名《せな》になにかあったら、俺がなんとかする。昨日も、似たようなこと話したろ？」

俺がそこまで言っても、御影《みかげ》はまだ少し悩《なや》んでいるようだった。

だが、瀬名《せな》の後ろ姿をしばらく見つめて、それからまたゆっくりこちらを向いて、言った。

「……わかった。それじゃあ、伊緒《いお》くんを信じることにするね」

「おう。きっと、それで正解だ」

「ふふっ。ありがとう……本当に」

「いいって。お前と友達になったのは、こういうときにそばで助けるためでもあるんだから」

「うん。……そうだね」

今度はついに、御影《みかげ》は本当に明るく笑った。

今のはちょっと、クサかったかもしれない。

けれど、そう思っているのは本当だ。俺には、責任があるのだから。

「ところで……ねえ、伊緒《いお》くん」

「ん？」

「……こんなに顔を寄せて話していると、なんだかドキドキするね」

「……わざわざ言うなよ、そんなこと」

俺だって、考えないようにしてたんだから……。

「今日のテーマはずばり、花火大会の勝負服、です！」

目的地へ向かうＪＲの中で、人差し指をピンと立てた瀬名《せな》が言った。

隣《となり》の御影《みかげ》が、ニコニコしながら小さく拍手《はくしゅ》をする。

瀬名《せな》の話によれば、文芸部はやはり、部員みんなで琵琶湖《びわこ》の花火へ繰《く》り出《だ》すことになっているらしかった。

言うまでもなく、鷹村《たかむら》と一緒《いっしょ》に出かけるための口実だ。

「花火大会か。いいね、楽しそうだ」

「苦労したんですよー。文芸部の子たちって、みんなインドアですし。それに、男女で一緒《いっしょ》にお祭り、みたいなのも、慣れてない子が多くて照れちゃって。ホントは興味あるくせになー」

やれやれと首を振《ふ》りながら、瀬名《せな》が嘆《なげ》くように言う。

連中の気持ちも、正直わかるけどな。

花火はいいが、あの日は人が多すぎて、インドア派には少々キツい。

「まあ、私そういうの乗り気にさせるの、得意なので。煌先輩《こうせんぱい》に会える、っていうのを抜《ぬ》きにしても、絶対楽しいですしね。これを機に、文芸部内の恋愛《れんあい》事情も発展するといいんですけど」

最後に「あ、もちろん煌先輩《こうせんぱい》以外で」と付け加え、瀬名《せな》はんふふと笑った。

強《したた》かなやつだな、と思ったが、どうやらちゃんと部活愛もあるらしい。

文芸部に入っている、というの自体、けっこう意外だったのにな。

「それで、鷹村《たかむら》くんにアピールするための服を選びたい、ということだね」

「そうです！　ホントは浴衣《ゆかた》が良かったんですけどねー、せっかくの花火だし。でもさすがに、そこまではみんなハードル高いみたいで」

「まあ、持ってないやつもいるだろうからな、浴衣《ゆかた》は」

それに、当日は人混みで、下駄《げた》で歩くのも苦労するだろうし。

「煌先輩《こうせんぱい》の浴衣《ゆかた》見たかったなぁ。私の浴衣《ゆかた》も見せたかったのに。意外と似合うんですよね、私」

自分で言うかね。

しかも、べつに意外でもないだろ。お前、美人なんだから。


その後、俺たちは京都《きょうと》駅で、また電車を乗《の》り換《か》えた。

JR網干《あぼし》行き二駅、桂川《かつらがわ》。ここには——。

「おぉ……デカいな」

駅から連絡《れんらく》デッキ直結、イオンモール京都《きょうと》桂川《かつらがわ》は、本当にやたらとデカかった。

たぶん、京都《きょうと》駅にあるそれよりも、もうひと回り広いだろう。

「すごいね。ここまで来るのは初めてだから、驚《おどろ》いてしまったよ」

「こっちの方が、お店も多いですしねー。私は友達と、よく来ますよ」

言いながら、瀬名《せな》はさっさと建物内へ。俺たちもゆっくり、そのあとに続いた。

「だけど、あれだね、伊緒《いお》くん」

「……まあ、そうだな。大阪《おおさか》駅のインパクトには、やっぱり負ける」

なにせ俺たちには、梅田ダンジョンに潜《もぐ》った経験があるからな。慣れといてよかった。

「じゃあ、ついてきてくださーい！」

と、意気揚々《いきようよう》と進む瀬名《せな》の後ろを素直《すなお》に追いかけながら、俺と御影《みかげ》は、それでもやっぱりキョロキョロ周りを見回していた。

一階から三階までが吹《ふ》き抜《ぬ》けになった店内は、全体が緩《ゆる》やかな弧《こ》を描《えが》いている。中央の道を挟《はさ》むように、両サイドには無数の専門店や飲食店。スーパーや本屋、三階の奥には映画館も揃《そろ》っていて、ここだけで人生が完結しそうだなと思えた。

あと、内装がやたらと綺麗《きれい》だ。歩いてるだけで、自然とテンションが上がってくる。

「今日は全身揃《そろ》えるので、そのつもりでいてください！」

「気合入ってるな」

「当たり前ですよ！　煌先輩《こうせんぱい》とお出かけなんて、初めてなんですから！」

へぇ、初めてだったのか。瀬名《せな》の積極性なら、何度か漕《こ》ぎ着《つ》けてそうだけどな。

……いや、まあ相手が鷹村《たかむら》だから、仕方ないか。

瀬名《せな》の先導で、俺たちはいくつかの店を見て回った。

が、なかなかお眼鏡にかなうものは見つからないらしく、瀬名《せな》は何度か商品を手に取っては、うぅんと唸《うな》って戻《もど》す、というのを繰《く》り返《かえ》していた。

レディースの店を歩くのは、当然ながらあんまり居心地《いごこち》がいいもんじゃない。

しかも、御影《みかげ》と瀬名《せな》のビジュアルのせいで、明らかに目立ちまくっている。

けれどまあ、こんなのは天使の相談の中じゃ、全然楽な方だ。

「あ――――、どうしよう。そもそも、コンセプトが決まらないんですよね……。かわいい系か、綺麗《きれい》系か……いいとこ取り？　でも中途半端《ちゅうとはんぱ》になるとなぁ……」

などと言って、ギャルは頭を抱《かか》えている。

ちなみに、俺は基本的に、自分からなにか言ったりはしないつもりだ。意見を求められたら、都度答える。センス的にも立場的にも、それくらいがちょうどいいだろう。

御影《みかげ》と相談しながら、瀬名《せな》はまたしばらく服を選んでいた。

ふたりとも真剣《しんけん》そうで、それに楽しそうで、なんだか仲のいい姉妹《しまい》みたいに見える。

やっぱり、御影《みかげ》を連れてきてよかった。瀬名《せな》にとっても、御影《みかげ》本人にとっても。

そんなことを考えて、数十分が経《た》った頃《ころ》。

「決めました！　もう、このどっちかにします！　決定！」

と、ようやくトップスがふたつに絞《しぼ》られたらしかった。

長丁場になりそうだな、今日は。

「明石《あかし》先輩《せんぱい》！　来てください！　早――――く！」

「はいはい、今行きますって」

だから、あんまり大声で呼ぶなよ。

「上品だけどセクシーなチューブトップ！　と、かわいいモコモコパフスリーブ！」

「……けっこう路線が違《ちが》うな、ふたつとも」

突《つ》きつけられる二択《にたく》。

用語も流行《はや》りも正直わからないが、可能な限り意見を出そう。

「やっぱりチューブトップかなぁ、肩《かた》出せるし。男の子としては、どっちが嬉《うれ》しいですか？」

「嬉《うれ》しい……って言われると、答えにくいな……」

「ダメですよー。そのために来てもらってるんですから」

「いや、そりゃそうなんだが……」

なんとなく、御影《みかげ》の視線が痛い気がする。

そんなに見るなよ、お前……。

「……真面目な話だぞ」

「当然です。大真面目ですよ」

「……今回は、露出《ろしゅつ》少なめがいいんじゃないか」

「えー」

「おい……せっかく答えたのに、すぐ不満そうな顔するな」

折れるだろ、心が。

「鷹村《たかむら》の性格的に、あんまり攻《せ》めない方がいいだろ。女子、苦手なんだぞ」

「でも、えっちめなのが嫌《きら》いかどうかはわからないじゃないですか。悩殺《のうさつ》ですよ、悩殺《のうさつ》」

「悩殺《のうさつ》するな……。ただでさえ、あんな感じなんだぞ。落ち着いた格好の方が、鷹村《たかむら》も会話しやすいだろ、たぶん」

「……でも、こっちの方がかわいくないですか？　私にも似合うと思うんですけど」

「似合うかどうかでいえば、どっちも似合ってるよ。それに、普段《ふだん》とは違《ちが》うシチュエーションなんだから、服装もイメージ変えていった方が、効果的だって可能性もある。鷹村《たかむら》が今までお前に惹《ひ》かれてないなら、攻《せ》め方を変えるのもひとつの手だろ」

「ぐぬぬ……先輩《せんぱい》のくせに、妙《みよう》に説得力が……。でも、今まで惹《ひ》かれてない、は余計です！」

そこはほら、いつもの仕返しってことで。

「まあ、最後は自分で決めればいい。けど、俺はモコモコなんちゃらの方を勧《すす》めとくよ」

結局、瀬名《せな》自身が納得《なつとく》できてないとダメだからな。

俺からはあくまで、提言程度にとどめておこう。

「……御影先輩《みかげせんぱい》は？」

「ふむ、そうだね……。伊緒《いお》くんの言う通り、どちらも似合うと思うけれど。でも、鷹村《たかむら》くんには優《やさ》しくしてあげた方が、たしかにいいかもしれないね。ドキッとさせられたとしても、ビクッとまでさせてしまうと、かわいそうだから」

言いながら、御影《みかげ》がクスッと笑った。

ちなみに、鷹村《たかむら》の性質については、もう道中で御影《みかげ》にも話してある。

「うーん……わかりました、じゃあこっちにします。どうせ、私はなに着てもかわいいですしね。ギャップと、なんでも着こなす光莉《ひかり》ちゃんを押していきます」

「はいはい、かわいいな」

「こら――っ！　適当やだ！　ムカつく！」

瀬名《せな》が両手を振《ふ》り回《まわ》して、喚《わめ》くように叫《さけ》ぶ。

べつに適当じゃないって。ホントのことだろうに。

「……ところで、明石《あかし》先輩《せんぱい》」

「ん？」

「先輩は、どっちが好きなんですか？」

「……それ、聞いてどうするんだよ」

「べつにー。でも、普通《ふつう》に気になるので」

「……どうだっていいだろ」

ってていうか、恥《は》ずいわ。

「よくないですー。教えてくださいよー、ほらほら。ちょっと見えちゃいそうな方ですか？

それとも、かわいらしい方ですか？」

瀬名《せな》はニヤニヤしながら、二着の服を自分に交互《こうご》に当てがい、ずいっと身体《からだ》を寄せてくる。

こいつ……絶対遊んでるだろ……。

「……ノーコメントだ、アホ」

「え――――。つまんない！」

「先輩《せんぱい》をからかうんじゃありません。御影《みかげ》も、なんとか言ってやってくれ……」

「え……あ、ああ、そうだね。瀬名《せな》さん、伊緒《いお》くんが困っているから、許してあげてほしいな」

「むぅ……。まあ、御影先輩《みかげせんぱい》が言うなら」

おい、なんで急に素直《すなお》なんだよ。

まあそんなことだろうと思って、御影《みかげ》に助《たす》け舟《ぶね》を頼《たの》んだんだが。

ただ御影《みかげ》のやつ、なんか妙《みょう》に真面目そうな顔してたな。

どうしたんだ、いったい……。


そのあとは、決まったトップスに合うボトムスと、靴《くつ》を選ぶことになった。

ただ、こっちは選ぶというより、探すのに近い、らしい。

いわく、上が決まると、下も自然に決まる。

ファッションというのは、そういうものなんだそうだ。なんか、達人っぽいな。

だが、結局──。

「う──ん。どっちが似合うかなぁ……」

ネイルの棚《たな》の前で、瀬名《せな》はまた唸《うな》っていた。

それは買うものリストに入ってなかっただろうに。まあ、想定内だけどな。

「なんでも似合う光莉《ひかり》ちゃんはどうした」

「なんでも似合いますけど、より似合うものの方がいいじゃないですか。おバカですね」

「おば……」

「御影先輩《みかげせんぱい》、見てください。緑もかわいくないですか？」

「うん、いいね。迷っているのは、ピンク？」

「はい！　無難ではありますけど、あ───っ」

またしても始まる姉妹《しまい》トーク。

俺はしばらくお呼びじゃなさそうなので、大人しくしておくことにした。

やっぱり、御影《みかげ》の方が頼《たよ》りになるな……。

「も────う！　決められない！　すみません、ちょっと本気で考えるので、時間もらってもいいですか？」

険しい顔でそう言って、瀬名《せな》は俺と御影《みかげ》に頭を下げた。

あまりに全力なので、ふたりして思わず笑ってしまう。

「まあ、納得《なっとく》いくまで悩《なや》めばいいだろ」

「そうだね。私たちは、のんびり待っているよ」

「ありがとうございます。済んだらＬＩＮＥするので、どこかで時間潰《つぶ》しててください！　うが――っ！」

奇怪《きかい》な雄叫《おたけ》びを上げて、瀬名《せな》はまた商品棚《しょうひんだな》に向かっていった。

どうせ今日は、一日中空けてあるんだ。できるだけ、あいつの好きにさせてやろう。

「瀬名《せな》さん、かわいいね。一生懸命《いっしょうけんめい》で、素直《すなお》で。うまくいくといいな、あの子の恋《こい》」

ふわりと笑って、御影《みかげ》が言う。

正直、異論はない。俺への扱《あつか》いは雑だが。

あいつが前に自分のこと、モテるって言ってたのは、きっと本当なんだろうな。

……それにしても。

「御影《みかげ》って、よく人を褒《ほ》めるよな」

素敵《すてき》とか、かわいいとか、しょっちゅう誰《だれ》かに言っている気がする。

自分がこんなに美人で、聖人なのにな。

「うーん、どうだろうね。魅力《みりょく》的な人が周りに多いから、自然とそうなっているのかもしれない。それに、いいと思ったものは、ちゃんと口に出しておきたいから」

「それができるってのは、すごいことだと思うけどな」

「そうかな?」

まあ、きっとこれが、御影《みかげ》の素なんだろう。

そして、取り合われる、っていうことの原因は、たぶんこういうところにもある。

だからってもちろん、もっと控《ひか》えろ、なんてことは思わないけどさ。

「さて、時間潰《つぶ》せってさ。どうする?　いろいろ店もあるし、別行動でもいいぞ」

「ううん、一緒《いっしょ》がいいな。迷ってしまうと困るから」

迷うか……?　まあ、たしかに広いけども。

「あ、そうだ。ね、伊緒《いお》くん、こっち」

「ん?　お、おいっ」

突然《とつぜん》、御影《みかげ》は俺の手を摑《つか》んで、店の奥に向かって引っ張った。

さっき少しだけ通った、アクセサリー類が並んだスペース。

その棚《たな》の前で立ち止まって、御影《みかげ》は商品をふたつ、手に取った。

「ちょっと、イヤーカフをね。買ってみようと思って」

「イヤーカフ……ってなんだ」

「耳に着ける、ピアスみたいなものだね。穴を空けなくていいし、耳たぶ以外にも着けられるんだ。前から、少し興味があってね」

なるほど、オシャレは進化してるってわけね、俺の知らないうちに。

「それで？」

「うん。伊緒《いお》くんに選んでほしいな。こっちと、こっち。どっちがいい？」

「な……なんで俺なんだよ」

ってういうか、お前もか。

どうしてこう、女子っていうのは「どっちがいい？」が好きなのかね……。

「いいじゃないか。せっかく来たんだし、私も手ぶらで帰るのは寂《さび》しいんだよ」

じゃなくて、なんで俺に選ばせるんだ、って話なんだが……。

「……どっちがどうとか、あんまりわからないぞ、俺。服ならまだしも、イヤーカフなんて」

「いいから。伊緒《いお》くんが……選んでくれたものがほしいんだよ。ね、ちゃんと近くで、よく見てほしいな」

言って、御影《みかげ》は二種類のイヤーカフをひとつずつ、左右の耳に着けた。

ふたつとも、一箇所《かしょ》が欠けた指輪のような形だった。

ピンクゴールドで桜の刻印があるものと、羽が刻まれたシルバーのもの。

それらが、形の綺麗《きれい》な耳の上部で、華《はな》やかに光っている。

「近くで……って」

御影《みかげ》は耳がよく見えるように、髪《かみ》をかき上げたり、顔を傾《かたむ》けたりした。

そのたびにふわっと甘い匂《にお》いがして、時折チラリと覗《のぞ》く首筋のラインが、なんとも……。

いや、余計なことを考えるな、俺。わざとなのかそうじゃないのかは知らないが、こういうのは御影《みかげ》の得意技《わざ》だろ。取り乱したら負けだ。

現に、見ろ。御影《みかげ》の方は平然と……。

「……ど、どうかな？　伊緒《いお》くん……」

……なんでお前まで、そんなに顔赤いんだよ。

くそっ……これじゃあまるで、付き合いたての……。

「銀色の方……かな」

「……こっちの方が、かわいい？」

「えっ……いやまあ、かわいいというか……よく似合ってるよ。たぶん、だけど……」

正直、完全に直感だ。

ただ、この状況《じょうきょう》があんまり長く続くのはマズい気がしたし、これ以上考えたって、答えは変わらなさそうだった。

「……そっか。それじゃあ、こっちにするね」

「お、おう」

「ふふ……なんだか、すごく照れてしまったよ。どうしてだろう。ああ、変だな……」

御影《みかげ》ははにかみながら、試着のイヤーカフをはずした。両手を頰《ほお》に添《そ》えて、ふるふると首を

振《ふ》っている。

だから、わざわざ言うなよ、そういうことは……。

「とにかく、買ってくるね。ありがとう、伊緒《いお》くんっ」

くるりとこっちに背を向けて、御影《みかげ》はレジの方へ歩いていく。

今のやり取りのことを、あまり深く考えてしまわないように。

俺は棚《たな》に並んだたくさんのイヤーカフたちを、ぼんやり眺《なが》めていた。


瀬名《せな》の買い物が終わる頃《ころ》には、もう夕方になっていた。

いい時間だし、そろそろ帰ろう。そう思っていたところで。

「サーティワン行きましょー！　ご馳走《ちそう》します！」

瀬名《せな》から、そんなお言葉が出た。

「え……だけど、いいのかな？」

「はいっ。付き合ってもらったお礼です。それに、誘《さそ》ったときにも言ったじゃないですかー」

ああ、そういえばあったな、そんなことも。

「特別に、明石《あかし》先輩《せんぱい》にも奢《おご》ってあげます。買ったもの、持ってくれてるので」

「なっ……これは、夢？」

「いらないんですね」

「いや、ほしいです」

危ない危ない。今ご機嫌《きげん》を損《そこ》ねると、アイスがなくなってしまう。

それにしても、天使の相談には報酬《ほうしゅう》はなし、その原則を打ち破る番狂《ばんくる》わせだ。やっててよかった荷物持ち。

そんなわけで、俺たちはサーティワンのある、カジュアルコートというところに移動した。

列に並びながら、三人で味を選ぶ。

まあ、俺はいつもポッピングシャワーだけどな。パチパチするのが炭酸に似てていい。あと、普通《ふつう》にうまい。

「私、レモンシャーベットにしよーっと」

と、瀬名《せな》もすぐに決定。御影《みかげ》はギリギリまで悩《なや》み続け、結局苦しみながらストロベリーチーズケーキを選んでいた。

相変わらず、こういうのに全力だ。

まあ前に行ったななやでは、俺と日浦《ひうら》もこんな感じだったけれど。

「明石先輩《あかしせんぱい》って、どんな女の子が好みなんですか？」

席に座って、さて食べよう。

そう思った直後、向かいの瀬名《せな》が唐突《とうとつ》に、そんなことを聞いてきた。

「……さっきも似たようなこと言ったけど、いいだろ、俺のことは」

「だから、よくないんですって。ちょっとは参考になるんですから。明石先輩《あかしせんぱい》の好みでも」

「ちょっとかよ……」

ってていうか、ちょっとでもなるか……？

「男の子に直接タイプ聞くことなんて、普段《ふだん》あんまりないですからねー。もちろん、ホントは煌先輩《こうせんぱい》の好みが知りたいですけど。明石先輩《あかしせんぱい》、全然聞いてくれないから」

「それは……まだ早いだろ、さすがに」

あいつとは、やっと普通《ふつう》に話せるようになってきたところなんだから……。

「あーあ。今日だって煌先輩《こうせんぱい》のタイプ、知れてからだったらなー」

「……」

「なのに、質問にも答えてくれないなんてなー。天使の相談なのになー。チラチラ」

くそっ、口でチラチラ言うな……。

「わかったよ……」

まあ、天使なのに、なんて言われたら、答えないわけにもいかないか。

御影《みかげ》も、助けてくれる様子はなさそうだし……。

「……好みのタイプってのは、正直わからないよ」

「えぇー」

「こら、もうちょっと聞け。……たぶん異性の好みって、何度か人を好きになった結果として、だんだんわかってくる傾向《けいこう》、みたいなものだと思うんだよ」

「ん ー……まあ、そうですね」

「だから、答えたくないとかじゃなく、ホントにわからないんだ。傾向《けいこう》を自覚できるほど、経験がないからな」

　俺にとっては……。

　俺が人を好きになったのは、あとにも先にも、あいつだけだから。

「明石先輩《あかしせんぱい》って……」

「……なんだよ」

「……いえ、なんでもないです。じゃあ、ちょっとだけ仲よくなってみた感じ、煌先輩《こうせんぱい》はどんな人がタイプだと思います？　勘《かん》で！」

　ここで、彩羽《あやは》について少しでも、話すことになるかもしれない。

　そこまで覚悟《かくご》してたのに、瀬名《せな》はあっさり、俺から興味をなくしたらしかった。

　まあ、ありがたいことだ。

「勘《かん》、ね。好みとはちょっと違《ちが》うが、そもそも鷹村《たかむら》が『話しやすい』と思う相手と、『好きだな』と思う相手が、一致《いっち》してるとは限らないよな」

　女子は苦手。でも、その人とだけは話しやすい。だから好きになる。

　そういうパターンは、ありがちといえばありがちだ。

けれど恋心《こいごころ》は、きっとそんなに単純なものじゃない。

「いやぁ――――、そう、そうなんですよ！　だからこそ私も今、脈なしなわけですし」

「ただ、話せるってことがマイナスにはならないだろ。昨日の様子を見るに、鷹村《たかむら》もお前には、ずいぶん気安そうだったしな」

「え、やっぱりわかります⁉　ですよねー！　超頑張《ちょうがんば》ったんですから！」

言って、瀬名《せな》は満足そうにアイスをぱくり。

「入学してから今までの四ヶ月、ゆっくり慎重《しんちょう》に、距離《きょり》を縮めていったんですよ。ホントに少しずつですけど。おかげで、最近は前より普通《ふつう》に話してくれるんです。あーもう、好き」

なるほど、どうやら裏で、涙《なみだ》ぐましい努力があったらしい。

前から思ってたが、見かけによらず健気《けなげ》だよな、こいつ。

「ほかに同じくらい親しい女子がいないなら、一歩リードだろ。もちろん、鷹村《たかむら》に好きな相手がいなければ、っていう前提だけどな」

「……そうですねー。だといいんですけど」

「好きな相手の有無《うむ》は、もう少し待ってくれ。好みのタイプと一緒《いっしょ》に、時期を見て聞いてみるよ」

「はーい！　期待してます！」

まあ前者の方は、聞くだけじゃなく、ちからも使うけどな。

むしろ、そっちの方が先になりそうだ。ハードル低めだしな。

「きみたちの会話は、なんだかおもしろいね。作戦会議みたいで」

そこで、ずっと黙《だま》って話を聞いていた御影《みかげ》が、愉快《ゆかい》そうに言った。

おもしろいかどうかはともかく、事実作戦会議だからな。

要塞《ようさい》を攻《せ》め落《お》とす戦略を練ってるのと、そこまで変わらない。

「そういえば、ほっといて悪いな。退屈《たいくつ》だろ」

「ううん、むしろごめんね。部外者なのに、聞いてしまって」

「なに言ってるんですか！　御影先輩《みかげせんぱい》にも相談したんですから、聞いててください！　それより、なにかアドバイスないですか？　美女の視点から！」

「う……うぅん、どうかな。前にも言ったけれど、恋《こい》は得意ではなくてね」

「えぇー。じゃあ、どうやって噂《うわさ》のイケメン幼《おさな》馴染《じみ》さんを射止めたんですか？　そのときのテクニック、教えてください！　ね！　困ってる後輩《こうはい》のために！」

瀬名《せな》が期待を込《こ》めた眼差《まなざ》しで、御影《みかげ》を見つめる。対して御影《みかげ》の方は、すっかり困ったように眉《まゆ》を下げて、弱々しく笑った。

きっと、悪気はないのだろう。それどころか、瀬名《せな》の反応はごく自然だ。

大勢に嘘《うそ》をつく、というのは、なにかと気にすることが多い。こういうときの返答だって、用意しとかなきゃいけない。

天使だってことを隠《かく》してる俺だからこそ、よくわかる。

さて、御影《みかげ》はなんて答えるのやら……。

「……ねえ、伊緒《いお》くん」

「ん……？」

できるだけサポートはしてやろう。そんなことを思いながら、俺は御影《みかげ》の言葉を待っていた。

なのに御影《みかげ》は、瀬名《せな》ではなく、俺の方を向いて言った。

「彼女にならん……いいかな？」

祈《いの》るような、懇願《こんがん》するような、そんな声だった。

「ええ――――――。そうだったんですか……！」

御影《みかげ》の話は、夕食に買った銀だこを食べ終わる頃《ころ》まで続いた。

俺との関係と、なにがあったのか。幼馴染《おさななじみ》の恋人《こいびと》が実在しないこと、その目的まで。

すなわち、俺や湊《みなと》たちにしたのと、ほとんど同じ内容だ。

「ごめんね、瀬名《せな》さん。黙《だま》っていて……いいや、騙《だま》していて」

「はぇ～～～～……」

「おい、目が点になってるぞ。まあ、無理もないけども」

もちろん、リスクはあった。秘密を知ってる人間は、当然少ない方がいい。打ち明ける必要がないなら、なおさらだ。

けれど御影《みかげ》は、話すことを選んだ。

瀬名《せな》は御影《みかげ》と同じ、天使の相談者だ。俺との約束で、天使に関わることは誰《だれ》にも話せない。それが理由の半分。

そして、もう半分は。

「一緒《いっしょ》に遊んで、恋《こい》の相談までしてくれているのに、これ以上私だけ、嘘《うそ》はつけなかった。それに、瀬名《せな》さんならきっと、内緒《ないしょ》にしててくれるだろうって思うから」

まだ呆然《ぼうぜん》としている瀬名《せな》に向けて、御影《みかげ》はそっと添《そ》えるように言った。

きっとこいつには、嘘《うそ》が向いていないのだ。

これから苦労しそうだなと、ちょっと心配になる。

だが、本人が決めたのなら、それでいいんだろう。

「も、もちろん内緒《ないしょ》にしますよ！　そんな大事なこと！　それより、御影先輩《みかげせんぱい》が……」

そこで、瀬名《せな》は突然《とつぜん》口をつぐんだ。下を向いて、くちびるを緩《ゆる》く噛《か》んでいる。

なんとなく、俺には瀬名《せな》の気持ちがわかるような気がした。

御影《みかげ》の事情を聞けば、かわいそうだ、とか、大変だったな、とか、きっとそういう言葉が、すぐに頭に浮《う》かぶ。

けれど同時に、それが正しいのか、言ってもいい言葉なのか、判断がつかないのだ。

湊《みなと》たちも、同じような反応をしていた。

それだけでも、やっぱり瀬名《せな》はいいやつなんだろうなと、そう思えた。

「御影先輩《みかげせんぱい》、今、楽しいですか？」

いつになく真剣《しんけん》そうな顔で、瀬名《せな》が言った。

「うん、すごく楽しい。今日も、楽しかったよ。ありがとう、瀬名《せな》さん」

「……そうですか。うん、じゃあ完璧《かんぺき》ですね！　言うことなし！」

瀬名《せな》はぱぁっと笑って、テーブルの上の御影《みかげ》の手を取った。

それから、もう片方の手を御影《みかげ》の頭に伸《の》ばして、よしよしと撫《な》でた。

すごいな、こいつ……。

「でも、そっかぁー。そういうことだったんですね。明石先輩《あかしせんぱい》って、お節介《せっかい》っていうか、おバカっていうか」

「またおバカかよ……。けど、御影《みかげ》の件は特殊《とくしゅ》だ。普段《ふだん》は恋愛《れんあい》相談専門だよ」

「でも、柚月先輩《ゆづきせんぱい》のときだって」

「……最近は、なんか特殊《とくしゅ》なのが多いんだよ。わざとじゃないぞ」

「ふ――――ん」

なんだよ……。マジだぞ、これぱっかりは。

っていうか、お前の相談だって、けっこうイレギュラーなんだからな。

「じゃあ、気をつけて帰れよ」

「はーい」

「またね、伊緒《いお》くん」

　ぷしゅぅ、と音を立てて、電車のドアが閉まる。

　軽く手を上げる彼の姿が、視界の端《はし》に流れていく。それを少しだけ名残惜《なごりお》しく感じながら、私は隣《となり》に立《た》つ瀬名《せな》さんに視線を移した。

「私、次です。御影先輩《みかげせんぱい》はまだ先ですか？」

「ううん、その次で降りるよ。もうすぐお別れだね」

「そうですか。じゃあ、今のうちに。今日は、ありがとうございました」

　瀬名《せな》さんが手すりを持ったまま、丁寧《ていねい》に頭を下げた。

　派手でおしゃれで、元気。なのにこんなふうに、しっかりしている。

　こういうところが、彼女の魅力《みりょく》なのだろう。

　無責任なことは、言えないけれど。

　彼女ならきっと、自分の恋《こい》を叶《かな》えられる。そうなったら、いいなと思う。

「ううん。私としては、楽しく遊んだだけだから、気にしないでほしいな」

「えへへ。私も楽しかったです。明石先輩《あかしせんぱい》もからかえたし」

クスクスと、今度は少しだけ、悪戯《いたずら》っぽい笑顔《えがお》で。

楽しかった。

そう口に出すことにも、思うことにも、まだ少し、不安と罪悪感がある。

たとえば今日、私たちの姿を、久世高《くぜこう》の誰《だれ》かが見ていて。瀬名《せな》さんや伊緒《いお》くんのことを、悪く言ったりしないだろうか。そんなふうに、思ってしまう。

友達を作らずにいた期間は、感じなくて済んでいた気持ち。

だけどやっぱり、今の方がずっと幸せだ。伊緒《いお》くんや、みんながいてくれるから。

「また行きましょうねっ。お買い物」

「……うん、こっそりとね」

「ダメですよ。私、怖《こわ》くないですから。やっかみとか、むしろ慣れてますし？　モテるので」

「ふふっ……そっか。でも、できるだけ目立たないように、ね」

「えぇー。もうっ」

なんて、不満そうに言いながら。

瀬名《せな》さんはそれでも、「はいっ」と頷《うなず》いてくれた。

最近の私は、贅沢《ぜいたく》だ。

人に、出会いに、恵《めぐ》まれすぎていて、なんだか怖《こわ》くなる。

まだ、なにも解決してはいないけれど。でも、もう充分《じゅうぶん》、いい思いをした。

ここから先は、どうなるだろう。やっぱりいつか、またダメになるのだろうか。

それとも、ずっとこのまま——。

「……あれ？」

気がつくと、私たちの乗っていた電車は、いつの間にかスピードを落としてしまっていた。

まだ、駅には着いていないのに。

「信号トラブル？　みたいですね」

瀬名《せな》さんの言葉の隙間《すきま》から、車内放送の声が聞こえてくる。

どうやら少しのあいだ、ここで停車するそうだった。

「じゃあ、もうちょっとお喋《しゃべ》りできますねっ」

言って、瀬名《せな》さんは持っていた袋《ふくろ》を、ぽすんと床《ゆか》に置いた。

すいている車内は静かで、電話をかけている人や、小声で会話している人たちの声だけが、かすかに響《ひび》いていた。

「気になってたんですけど」

同じように声を小さくして、囁《ささや》くように瀬名《せな》さんが言った。

「御影先輩《みかげせんぱい》って、明石先輩《あかしせんぱい》のこと好きですよね？」

「うん、好きだよ」

私が答えると、瀬名《せな》さんはかわいらしい目を丸くして、ポカンと口を開けてしまった。

「どうしたのかな？」

「いえ……まさか、そんなにあっさり答えてくれると思ってなくて……」

「ああ、なるほどね」

たしかに、もっと言いにくそうにしたほうがよかったかな。

聞かれそうだな、と思っていたせいで、即答《そくとう》してしまった。

「内緒《ないしょ》にしておいてくれないかな。こっちは伊緒《いお》くん本人にも、ほかの誰《だれ》にも。秘密ばかりで、申し訳ないけれど」

「そ、それはもちろん、秘密にしますけど……お互《たが》い様ですし。……え、ホントですか？　友達として、とかじゃなくて？」

「うん。男の子として、伊緒《いお》くんが好きだ。正直、今日もずっとドキドキしていたよ」

好きな人と買い物なんて、初めてだったから。

大阪《おおさか》へはふたりで行ったけれど、私が彼を好きになったのは、あの日の……。

「そ、そんなにはっきり言われると、こっちが照れちゃうんですけど……っ！」

小さな両手で顔を包んで、瀬名《せな》さんは頬《ほお》をほんのり染めていた。

本当に、かわいい子だ。

「だけど、どうしてわかったのかな？　一応注意はしていたのに、そんなにわかりやすい？」

「……うーん。まあ、わかる人にはわかると思いますよ。明石先輩《あかしせんぱい》のタイプの話のときとか、乙女《おとめ》の顔してましたもん、御影先輩《みかげせんぱい》」

「あ、あれは……だって……」

だってそんなの、気になってしまうじゃないか。

心の中で、思わず瀬名《せな》さんを応援《おうえん》してしまったしね。もっと問《と》い詰《つ》めて、と。

「それに私、見てましたから。イヤーカフ、明石先輩《あかしせんぱい》に選んでもらってるところ。あれはですねー、わかります。出てました、好きオーラが」

「そ、そうなのかな？　好きオーラ……なんだか、恥《は》ずかしいね」

あまり出してしまわないように、気をつけないとな……。

「あとはほら、今日話してくれた、幼馴染《おさななじみ》の彼氏《かれし》が嘘《うそ》だっていうやつ。あの話で、ほとんど確信しちゃいました。じゃあ、そういうことじゃん！　って」

「……そうか。きみにはかなわないな」

まあ、それが決め手になったのなら、仕方ない気もするけれど。

「告白しないんですか？　御影先輩《みかげせんぱい》なら、すぐオッケーもらえそうじゃないですか」

さらに一段声を潜《ひそ》めて、瀬名《せな》さんが言う。

最後に、「そんなにかわいいんですし」と付け足してくれた。

「……それがね。いろいろ、難しいんだ」

そう、いろいろ。本当に、いろいろだ。

それになにより、きっと彼には……。

「……ふーん、そうなんですね。まあ、なんとなくわかる気もしますけど」

「ふふふっ。きみには、なんでもわかってしまうんだね」

「鋭《するど》いですから、私」

ふふんと鼻を鳴らして、瀬名《せな》さんは得意げだった。

けれど今は、その表情がどこか、寂《さび》しそうに見えるような気もした。

鋭《するど》くない私には、その理由がわからない。

「じゃあ、仲間ですね、私たち。恋《こい》する乙女《おとめ》同盟ですよ」

「ああ、そうだね。よかったよ、きみとはライバルにならなくて」

「あはは……それは絶対、私のセリフですけどね……」

今度は苦笑い。

いやだよ、これ以上、ライバルが増えるのは。

「……あれ？　『きみとは』ってことは……」

「言ったろう？　いろいろと、難しいんだ」

「あー……そうですか。明石先輩《あかしせんぱい》のくせに、ムカつきますね」

しばらくして、電車は無事に運行を再開した。

瀬名《せな》さんが降りる駅に着くと、どこか焦《あせ》っているような音を立てて、ドアが開く。

「じゃあ、さようなら。頑張《がんば》ってくださいね」

ぴょんっと車両から飛び出た彼女が、こちらに向き直ってから言った。

今日はこれで、本当にもうお別れだ。

「うん、ありがとう。きみも、頑張《がんば》って」

「もちろん、頑張《がんば》りますよ。ただ――」

一度言葉を切って、瀬名《せな》さんが首を傾《かたむ》ける。

そして、彼女らしくない眉《まゆ》の下がった顔で、続けた。

「ただ、私もいろいろ、難しいんですけどね」

アナウンスが流れて、ドアが閉じる。

彼女が窓越《ご》しに、私を見ている。私も、彼女を見ている。

瀬名《せな》さんの恋《こい》が、どうか叶《かな》いますように。

遠ざかる彼女を見送りながら、あらためてそう思った。

――第五章――　合鍵・自惚れ・胸の内

瀬名《せな》と御影《みかげ》、三人で京都《きょうと》へ出かけた、その次の日。

また補習とセミナーの連チャンを終えて、俺は今日もあいつに声をかけた。

「お疲《つか》れ、鷹村《たかむら》」

「ああ。てっきり、もう来ないかと思ったが」

「あほ。昨日は用事だって言ったろ。俺の継続《けいぞく》力を舐《な》めるでない」

失礼なやつめ。まあ勉強じゃなく、天使の相談に対する継続《けいぞく》力だけどな。

「評論文の課題、やったか？」

本日のテーマは、夏休みの宿題だ。毎回、話題はしっかり用意してある。

とはいえ、もうそんなことしなくても、それなりに話せるくらいにはなってきたわけだが。

ただ、普通《ふつう》にこれについては、鷹村《たかむら》に聞いておきたい。

「いや、まだ本を買ったところだ」

「お、決めたのか。どれにしたんだ？」

大量にある課題のなかでも、おそらく一番面倒《めんどう》なのがこれだ。

指定された本から一冊選んで読み、その内容に関して、二千字前後で評論文を書く。

去年もあったが、これがまた、書くのはもちろん読むのにも手間がかかる。非常につらい。

「『塩狩峠《しおかりとうげ》』」

「お、おぉ……さすが、一番分厚いやつを」

「唯一《ゆいいつ》、読んだことなかったからな」

そこは、読んだことあるやつ選べば楽なのに……。真面目なやつだ。

「でも、なんか変なラインナップだよな。まとまりがない、っていうか。ほかは『博士の愛した数式』『旅のラゴス』『四畳《じょう》半神話大系』だったか」

「……たしかにな。だが、これはおそらく――」

「ふふふ、私が選んだのです」

突然《とつぜん》、鷹村《たかむら》のセリフを奪《うば》うように、聞き覚えのある声が飛んできた。

見ると、我らが担任の加奈井睦美《かないむつみ》が、教室の入り口に立っている。

「……なんでいるんですか、加奈井《かない》先生。セミナー担当でもなかったのに」

「ぐっ……第一声がそれなの……？　明石《あかし》くんがセミナー出てるって聞いて、様子を見にきたんです。ついにやる気になってくれたのね……！」

なるほど、そういうね。

ただ残念ながら、やる気にはなっておりません。優《やさ》しい嘘《うそ》というやつだ。

ところで、いつの間にか鷹村《たかむら》は気まずそうに顔を伏《ふ》せていた。額には汗《あせ》まで浮《う》かべている。

発動したか、あれが。そういや、この人も異性だもんな。

「それで、選んだっていうのは？」

「あ、そうそう。その課題図書ね、実は私が推薦《すいせん》したの。どれも超《ちょう》オススメです」

「ほお、先生にそんな権利が」

「こ、国語教師なんだから、それくらいあります……！　それに私、文芸部の顧問《こもん》もやってるのよ？　ね、鷹村《たかむら》くん」

なぬ、そうだったのか。

つまり、瀬名《せな》と鷹村《たかむら》の絡《から》みを、この人も見たことがあるってことだ。

まあ、だからどうってわけじゃないが、世間というか、久世高《くぜこう》は狭《せま》いな。当たり前か。

そして、鷹村《たかむら》は「……はい」とだけ答えていた。相変わらずだ。

部活の顧問《こもん》相手でもこんな感じなのか。大変だな、鷹村《たかむら》も加奈井《かない》先生も。

「今の子たちは読書習慣がない人が多いから、きっかけを作ってあげたくて。ほら、最初に自分に合わない本を読んじゃうと、読書へのハードル、上がっちゃうでしょう？」

「それは、たしかに」

「だから、読みやすくて有名なところを、幅広《はばひろ》く選んでみました。もう読書好きな人でも、知ってる本ばっかりじゃないようにしてるつもり」

加奈井《かない》先生はいつにも増して、熱心な口調だった。

いろいろ考えてるんだな。本が好きだってことが、よくわかる。

「というわけで、ふたりとも評論文、期待してますね」

「……」

「……」

「ち、ちょっと！　鷹村《たかむら》くんはともかく、明石《あかし》くんまで黙《だま》らないの！」

だって、期待されても困るし。文芸部の鷹村《たかむら》と違《ちが》って、俺は文字数が足りれば御《おん》の字《じ》だ。

しかし「鷹村《たかむら》くんはともかく」ってことは、加奈井《かない》先生も鷹村《たかむら》の女子耐性《たいせい》のなさは知ってるのだろうか。まあ、当然といえば当然、なのかもしれないが。

「……じゃあ、俺はこれで」

鷹村《たかむら》が逃《に》げるように言った。それから、机の横に置いていたカバンに、荷物を詰《つ》め始める。

帰るのか、と思うのと同時に、ハッとした。

俺は立っていて、鷹村《たかむら》のカバンは、俺の足元にある。

予定では、まだ数日先のつもりだった。

ノイキャンのイヤホンでも渡《わた》して、読書中の耳栓《みみせん》になるぞ、とかなんとか言おうと思っていた。

だが、今なら――。

直感が告げている。

鷹村《たかむら》の顔が低いところにある今なら、なんの違和感《いわかん》もなく、触《ふ》れる。

身体《からだ》の向きを変えるフリをして、俺は腕《うで》を緩《ゆる》く動かした。

摑《つか》まなくていい、手のひらじゃなくていい。

指先がちょっとでも当たれば、それで充分《じゅうぶん》だ。

「……っ」

触《さわ》った。鷹村《たかむら》の頰《ほお》の上部を、掠《かす》めた感覚があった。間違《まちが》いなく。

「あ、うん。鷹村《たかむら》くん、またね」

「……はい」

カバンを肩《かた》に掛《か》けた鷹村《たかむら》が、そそくさと教室を出ていく。

その背中を加奈井《かない》先生と一緒《いっしょ》に見送ってから、俺は深い息を吐《は》いた。

――なにも、見えなかった。

鷹村煌《たかむらこう》にはどうやら、好きな相手はいないらしい。

……まあ、そりゃそうだよな。

予想通りとはいえ、やっぱり確認《かくにん》できると安心するな……。

これで、瀬名《せな》の勝率はかなり、上がったことになるだろう。

もちろん、だからって全然、安心はできないけどな。

「……明石《あかし》くん、どうしたの？」

「え……ああいや、なんでもないです。セミナー疲《つか》れたな、と思って」

「そ、そう？　そのわりには、なんか嬉《うれ》しそうだけど……」

不思議そうな加奈井《かない》先生の声も、今は聞き流しておく。

急な展開だったけれど、大きな収穫《しゅうかく》だ。我ながら、ナイス判断だった。

「……ところで、明石《あかし》くん」

加奈井《かない》先生は、今度は教室内と、それに廊下《ろうか》の様子を確認《かくにん》してから、言った。

「夏休みも……屋上、行ってるの？」

「……行きましたよ、一回だけ」

俺が答えると、先生はひとつ、大きなため息をついた。

なるほど、周りを気にしてたのは、その話をするためか。

「鍵《かぎ》、なくさないでね、本当にっ。もしバレたりしたら……」

「わかってますよ。卒業するまで隠《かく》し通しますし、もし見つかったって、いくらでもごまかせますって。それに、バレても先生の名前は出しませんから」

「……はぁ、心配」

どうやら、信用されてないらしい。

まあ日浦《ひうら》が鍵《かぎ》クルクルして遊んでたりするし、俺もたまに不安にはなるけどな。

「あ、そうだ。加奈井《かない》先生、婚約《こんやく》おめでとうございます。よかったですね」

「……ありがと。その節は、お世話になりました」

加奈井《かない》先生は一転、恭《うやうや》しく綺麗《きれい》なお辞儀《じぎ》をした。

目上の人に頭を下げられるのは居心地《いごこち》が悪いので、俺も礼を返しておく。

なにを隠《かく》そう、加奈井睦美《かないむつみ》は俺の、いや、天使の相談者だった。

去年の九月頃《ごろ》、天使から手紙を受け取った加奈井《かない》先生は、その誘《さそ》いを受けた。

大学時代からの男友達に、彼女はずっと想《おも》いを寄せていた。が、奥手《おくて》と真面目さが祟《たた》ってアプローチできず、関係を進められないでいたのだ。

けっこう、苦労はしたと思う。けれど最後には、しっかり告白に漕《こ》ぎ着《つ》けることができた。

まあオッケーをもらえたのは、俺の手柄《てがら》じゃないけどな。この人、美人で性格もいいから。

「それにしても、早いですね、まだ付き合って、一年経《た》ってないのに」

「うん……彼が、早い方がいいだろうって。仕事の関係で、独身には転勤があるから」

なるほど、大人にはいろいろあるらしい。世知辛《せちがら》いな。

「それに、もうお互《たが》いのこと、よく知ってるからって。子どもほしいなら、若い方がリスク少ないし……って、教え子になに言ってるのかしら、私……」

「いや、明石伊緒《あかしいお》は教え子ですけど、天使は違《ちが》うので」

「う、うーん、まあそう……かな？　相変わらず、明石《あかし》くんって不思議……ホントに高校生？」

「高校生じゃなかったら、課題も補習もなくなります？」

「なくなりません」

「じゃあ、高校生で」

「じゃあもなにも、高校生でしょ」

だって、聞かれたし。

俺が加奈井《かない》先生に正体を明かしたのは、屋上の鍵《かぎ》を手に入れるためだった。

学校内で天使の仕事の話をするのに、安全な場所がほしかったのだ。空き教室とかだと、誰《だれ》かに話を聞かれるリスクが高いからな。

相談が終わったあと、試《ため》しに先生に頼《たの》んでみたら、めちゃくちゃ悩《なや》んだ末に応じてくれた。

それにしても、本来封鎖《ふうさ》されてる屋上の合鍵《あいかぎ》を作るなんて、加奈井《かない》先生も案外やるよな。

「じゃあ、俺もそろそろ行きます」

「ああ、そうね。さようなら、気をつけて。補習の最後のテスト、ちゃんと一発合格してね」

「……大丈夫《だいじょうぶ》ですよ、たぶん」

「こら。たぶんはダメ」

そんなこと言われても。ちょっと最近、忙《いそが》しいもんで。

「……ふぅ」

昇降口《しょうこうぐち》で靴《くつ》を履《は》き替《か》えて、俺はまた、長く息を吐《は》いた。

加奈井《かない》先生の話で、忘れるところだった。

鷹村《たかむら》には、好きな相手がいない。これが今、一番重要なことだ。

あとはこれを、どう瀬名《せな》の相談に生かすか、だな。鷹村《たかむら》本人に聞いたわけじゃない以上、まだ瀬名《せな》には伝えられないし。

帰ったら、今後の動きをあらためて、考えるとしよう。

「……あ」

そういえば、今日はあれの日か。湊《みなと》も、セミナー来てなかったし。

「心配だな、日浦《ひうら》……」

うまくやってるだろうか、女子だけ四人のお泊《と》まり会。

保護者として、あとで一応、ＬＩＮＥでもしておくことにしようか。

南草津《みなみくさつ》駅《えき》から、徒歩十五分。そこに、私の住むマンションはある。

ひとり暮らしするのに、こんなに広い部屋がいるのだろうか。

ずっと疑問だったけれど、今日初めて、ここでよかったと思った。

「荷物チェックだー！」

「やったぁー！」

細い腕《うで》をグッと突《つ》き上《あ》げて叫《さけ》んだ日浦《ひうら》さんに、詩帆《しほ》が続く。御影《みかげ》さんはその横で、楽しそうにニコニコしていた。

開始早々、騒《さわ》がしい。

今日は私の家で、御影《みかげ》さん歓迎会《かんげいかい》兼《けん》、親睦《しんぼく》会が行われていた。

通称《つうしょう》『四人娘《むすめ》お泊《と》まり会』。なんだか恥《は》ずかしいネーミングだけれど、詩帆《しほ》は気に入っているようだった。

「じゃーん！　私はこれ、持ってきました！　いいとこのチーズタルト四つ！」

「あ、これBAKEだね。前から気になっていたんだ。おいしそうだね」

「でしょー。湊《みなと》も私も好きで、よく買うの。冴華《さえか》ちゃんたちにも食べてほしくて」

テーブルの上に置いた黄色い箱を開けて、詩帆《しほ》が得意げに語る。

荷物チェックという名の、持ち寄ったお菓子《かし》の紹介《しょうかい》だ。

お泊《と》まり会といえば、お菓子《かし》。なぜか四人とも、その意見が一致《いっち》した。

「これ、うまいの？」

「んまいよー。京都《きょうと》駅の地下にお店があってね。湊《みなと》はこれ食べると、顔がふにゃっとなってかわいいのです」

「ち、ちょっと詩帆《しほ》！　いい加減なこと言わないで！」

油断も隙《すき》もない……。

そのタルトは好きだし、食べてるときは幸せだけど、ふにゃっとなんてなってないもん。

「そりゃ、湊《みなと》は自分の顔、見ないもんねー」

「……なってない」

「いいよいいよ、あとでどうせ見れるんだし」

うっ……なってない、はずだけど、見られるのはやだ……。

でも、食べないのはもっといやだから、仕方ない。

ところで、今日はみんな、普段《ふだん》より少し気の抜《ぬ》けた私服だった。

薄手《うすで》のワンピースの私、カットソーにスカートの詩帆《しほ》、ティーシャツとデニムの御影《みかげ》さん。

日浦《ひうら》さんに至っては、シャツとショートパンツから、もう薄緑《うすみどり》の部屋着に着替《きが》えている。

あんまりやったことはないけれど、うん、なんだか、女子会という感じだ。

こうしてみると、わかる。やっぱりみんな、普段《ふだん》は周囲の目を、ちゃんと気にしている。

周囲、というのはつまり、道行く他人とか……それに、男の子とか。

「冴華《さえか》ちゃんはなに持ってきたの？」

「私はね、ふふふ……これだよ」

とん、と音を立てて、御影《みかげ》さんの箱がテーブルの上に現れた。

これって……。

「うおっ、クラブハリエじゃん。御影《みかげ》、お前わかってるな」

「えーっ！　すごーい‼」

箱の中には、中央に穴の空いた丸いケーキ、要するに、バウムクーヘンが入っていた。周りに砂糖の白い層があって、すごく綺麗《きれい》。

クラブハリエ。私も聞いたことくらいはあるけれど、食べるのは初めてだ。

「滋賀《しが》県といえば、琵琶《びわ》湖《こ》とクラブハリエだからね。湊《みなと》と詩帆《しほ》は京都《きょうと》の人だから、食べたことないかなと思って」

「ないない！　憧《あこが》れてたんだー、これ」

「滋賀《しが》の人は、みんな食べるの……？」

「ふふ。実は、私もこれが初めてだよ」

「初めてかよ」

すかさず、日浦《ひうら》さんからドライなツッコミが入る。御影《みかげ》さんは嬉《うれ》しそうだった。

まあ、自分の県の名物って、案外食べないものなのかもしれない。

「私は、これ」

なんとなく最後になるのがいやで、私も自分のお菓子《かし》を出してしまうことにした。

詩帆《しほ》と一緒《いっしょ》に買いにいったから、お互《たが》いのものはわかっている。

「茶の菓《ちゃのか》。京都《きょうと》の有名な、抹茶《まっちゃ》のラングドシャ」

「やったーっ！」

「へぇ、ラングドシャ。いいね、素敵《すてき》だ」

「うまい？」

「うまいわ。っていうか日浦《ひうら》さん、いつもそれね」

「だって、うまいかどうかが大事だろ」

まあ、それはそうだ。

でも、茶《ちゃ》の菓《か》はものすごくおいしい。冷静に出したけれど、心の中では密《ひそ》かに、今に見てなさい、と思っている。

「これ食べてるときも、湊《みなと》はふにゃってなるよ」

「なりません」

「なるよーだ」

はあ、やれやれ。詩帆《しほ》は子どもなんだから。

……だけど、なるかもしれない、ふにゃっと。食べるときは気をつけないと。

「亜貴《あき》は？　大トリだよ」

「ふん、あたしはな……」

日浦《ひうら》さんがニヤリと笑って、テーブルの下で手を動かす。意味深だ。

この人って、クールなのかと思えば、意外と表情豊かだったりして、まだあんまり掴《つか》めない。

かわいいし、いい人だってことはわかるんだけど。

「え、なになに？　すごいやつ？」

「楽しみだね、ふふ」

「……ない」

突然《とつぜん》パッと手を上げて、日浦《ひうら》さんが言った。

ない、っていうのは……どういうこと？

「あたしアイスがいいから、あとでハーゲンダッツ買いにいく。そのとき、好きなの選べ」

「……なるほど？」

「そういうことか。亜貴《あき》らしくていいね」

らしい、のだろうか。でも、アイス自体は正直嬉《うれ》しい。

「夏なんだし、アイスは必須《ひっす》だ。それに、ケーキとかばっかだと飽《あ》きるだろ」

「うん、そうだね。間違《まちが》いない」

「ハーゲンダッツかぁ。なににするか迷うなぁ」

みんな結局、異論はなさそうだ。

でも買いにいくなら、部屋着にならない方がよかったんじゃない……？

「だけど、これはあれだね」

「……ええ。あれね」

テーブルに並んだ、三つの箱。それに、控《ひか》えているハーゲンダッツ。

これは、どう考えても……。

「太る」

「太るわ」

「太るね」

「太るか？」

と、日浦《ひうら》さんだけが、許せないことを言った。

「太るよ！　楽しみだけど！　明日から、しばらく甘いものは我慢《がまん》だよ！」

「あたし、食っても太らないしな」

「亜貴《あき》、きみは今、多くの女性を敵に回したよ」

「食べても太らないなら、食べなくていいんじゃないかしら」

「あ、そうだね。じゃあ日浦《ひうら》さんの分はなし！」

「おいこら！　ふざけんなお前ら！　食わせろ！」

ギャーギャーワーワー、騒《さわ》がしい。

部屋が広くてよかった。けれどなにより、防音なのはもっとよかった。

お菓子《かし》が四つもあるなら、やっぱりペース配分は大切だ。

「ウマ――――っ」

「あ、出た。日浦《ひうら》さんの馬」

アイスは食後がいいので、お昼過ぎの今のうちに、バウムクーヘンを食べておくことにした。四等分に切り分けて、甘くない紅茶も一緒《いっしょ》に入れてみた。

「馬？　なんなのかな、それは」

「おいしい物を食べたときに、日浦《ひうら》さんは馬になるの」

「ウマー」

「……まあ、なんとなくわかったよ」

わかったみたいだ。

たぶん馬の意味じゃなく、日浦《ひうら》さんの扱《あつか》い方を、だろうけど。

「でも、本当においしいわね……これ」

「そうだね。バウムクーヘンは、もっとパサパサするイメージだったのに」

「とろけるよねぇ。んー、おいひい」

さすが、滋賀《しが》県が誇《ほこ》るらしい銘菓《めいか》だ。ラングドシャも負けてないと思うけど、これはすごい。

御影《みかげ》さんによると、ひとつ隣《となり》の草津《くさつ》駅《えき》前に、お店があるみたい。意外と近い。

「あ、湊《みなと》、ふにゃってしてる」

「はっ……！　してない」

これは……不覚だったわ……。

「してたー！　かわいいー！　ふたりとも見た？」

「見た。マヌケな顔」

「まぬっ……」

「こら亜貴《あき》。かわいかったろう？　ね、湊《みなと》」

「……私に聞くところじゃないでしょ」

なんだろう、この妙《みょう》なバランスは。

いつもはずっと詩帆《しほ》とふたりだから、新鮮《しんせん》というか、不思議だ。

日浦《ひうら》さんと、御影《みかげ》さん。このふたりが入るとどうなるんだろうって、少し不安だったけれど。

なんだか思ってたより、ずっと楽しい。

……まあ、私の扱《あつか》いだけは、普段《ふだん》より雑な気がするけど。

「でも、やっぱりいいねー湊《みなと》の家。最高の居心地《いごこち》だぁ」

「詩帆《しほ》はくつろぎすぎよ」

「えー、だってさぁ」

言いながら、詩帆《しほ》はぐぐっと身体《からだ》を伸《の》ばした。

よくうちに遊びに来ては、こうしてリラックスしている。べつにいいけど、放っておくとエスカレートしそうだから、たまに釘《くぎ》を刺《さ》さないといけない。

「ありがとうね、湊《みなと》。場所を貸してくれて」

「ううん、いつものこと。それに、ここが一番都合いいでしょ」

「だよなー」

と、なぜか日浦《ひうら》さんが続いた。紅茶に口をつけて、ビクッとしている。どうやら猫舌《ねこじた》みたい。

「だけど、大変なんじゃないかな。ひとり暮らしは」

「……まあね。でも、気楽よ。やることは多いけど」

家事も、生活リズムも、全部自分の責任。

仕送りはしてもらっているけれど、それでも慣れないうちは苦労したっけ。

「湊《みなと》はしっかりしてるもんねぇ。私は無理そうだなぁ」

「そうね」

「否定なし⁉」

だって、そうだし。

「おや、向こうに本棚《ほんだな》があるね」

「あ、それは……」

御影《みかげ》さんの視線の先、リビングに面したもうひとつの部屋。そこにはたしかに本棚《ほんだな》がある。

けど、中身はほとんど……。

「おー、少女漫画《まんが》じゃん」

「ち、ちょっとっ。早いのよ、移動がっ」

ひょいっと立ち上がって、日浦《ひうら》さんが本棚《ほんだな》の前へ。引き止める間もなかった。

身軽だ……それに、デリカシーはどこへ……。

「へぇ、少女漫画《まんが》。湊《みなと》も読むんだね。ちょっと意外だ」

「湊《みなと》は好きだよ～。いつも買ってるし」

「い、いいでしょべつにっ。おもしろいんだから」

特に最近は、いい作品が多くて選ぶのに困っている。

「少女漫画《まんが》ってあれだよな、たまにあるよな、エロいやつ」

「みゃっ……!!」

こ、この人は……また余計なことを……！

「あー、あるねぇ過激なやつ。表紙じゃわかんないから、びっくりしちゃうけど」

「そ、そうなんだね。知らなかったな……。湊《みなと》、ここにもそういうのはある？」

「……い、いいでしょ、どうだって」

あるけど……！

「あ、これとかけっこうすごくなかった？　湊《みなと》の好きなやつ」

「お、どれどれ」

「詩帆《しほ》、私にも見せてほしいな」

「ちょっと！　ストップ！　もう本棚《ほんだな》禁止！　プライバシー！」

私は三人の服を引っ張って、部屋から追い出した。

普段《ふだん》は開けているパーテーションを、ピシャリと閉める。

こんなことなら、最初からこうしておくんだったわ……。

「んだよ。いいじゃん、漫画《まんが》くらい」

「湊《みなと》、いつもより気迫《きはく》があるね」

「顔真っ赤だ。かわいいなぁ」

「はい、もう黙《だま》る！　家主の言うことは絶対！　開けたら退場させるから！」

まだうるさい三人を、できるだけ強い視線で睨《にら》む。

私は怒《おこ》っているのに、みんなは笑っていた。

最後にもう一度念を押そうと思った、そのとき。

「楽しいな、本当に」

目尻《めじり》に涙《なみだ》を溜めた御影《みかげ》さんが、ぽつりと呟《つぶや》いた。

ついさっきまで賑《にぎ》やかだった部屋の中が、なぜだか、しんと静かになった。

「友達とお泊《と》まり会なんて……いや、こうして女の子の友達と遊ぶなんて、すごく久しぶりだ。

それに、前はもっと、なんというか……」

私も詩帆《しほ》も、日浦《ひうら》さんも、黙《だま》って彼女の言葉を聞いていた。

御影《みかげ》さんの、過去。話してもらったとはいっても、きっと私たちにはまだ、彼女について知らないことがたくさんある。

それはもちろん、お互《たが》い様、なのだとは思うけれど。

「……うん、今みたいに、対等じゃなかった。言葉を選ばずに言えば、ご機嫌《きげん》取りをされていたような……そんな気がする」

「……冴華《さえか》ちゃん」

「だから、ありがとう、仲よくしてくれて。本当に、感謝しているよ」

瞳《ひとみ》と声を震《ふる》わせながら、御影《みかげ》さんが言った。

なにかを、言ってあげたいと思った。

きっと私たちの誰《だれ》もが考えていて、でも、うまく伝えられない、そのことについて。

「御影《みかげ》、今のうちに一個だけ言っとくぞ」

切り出したのは、日浦《ひうら》さんだった。

さっきまでと少しも変わらない、軽い口調だった。

「あたしも、こいつらも。べつにお前を助けるために、友達になるわけじゃないからな」

「えっ……」

ああ、そうだ。

私も、それが言いたかったんだ。

「明石《あかし》はバカだから、あたしたちが友達になれば、お前が助かる、みたいなこと言ってたけどな。だからって、あたしが付き合う相手を選ぶ理由は変わらねぇ」

私たちの関係は、少し歪《ゆが》んでいる。少なくとも、はたから見れば。

目をそらしたって、ごまかしたって、それは事実だ。

だけど、本当は。

「つまり、まとめるとだ」

日浦《ひうら》さんが、バウムクーヘンの最後のカケラを口に入れた。

それをしっかり飲み込んでから、言う。

「自惚《うぬぼ》れんなよ。以上」

……はぁ。

最後の最後に、なによそれ……。

そういうことだけど、でも、言い方があるでしょう。

「御影《みかげ》さん、あのね──」

「ううん。いいよ、湊《みなと》」

御影《みかげ》さんが、首を振《ふ》った。

それから私たち三人の顔を、順番に見る。

信じられないくらい綺麗《きれい》に笑って、御影《みかげ》さんは言った。

「もう自惚《うぬぼ》れない。きみたちと友達になって、私は、勝手に幸せになるよ」

それからは、テレビで昔のドラマの再放送を垂れ流しながら、またお喋《しゃべ》りに戻《もど》った。

バウムクーヘンはおいしすぎて、全然食べた気がしなかった。

この調子だと、本格的に食べすぎ注意だ。

変な話も、真面目な話もした。

部屋の中の空気はたぶん、さっきまでよりもいっそう、明るかった。

理由はわかるけれど、でも、私たちはいつの間にこんなに、仲よくなっていたんだろう。

なんだか。不思議だ。

「でも実際、夏休みが明けたら、冴華《さえか》ちゃんの周りってどうなるんだろう？」

ドラマがＣＭに入ったところで、詩帆《しほ》が言った。

「今までのパターンだと、私たちが周りに妬《ねた》まれて、陰口《かげぐち》言われたりするんだよね？　冴華《さえか》ちゃんと仲よくしやがってーって」

「まあ……そうだね。そうならないのが、一番だけれど……」

御影《みかげ》さんは当然ながら、申し訳なさそうにしていた。

だけど、みんなは全く気にしていない。というより、承知の上だ。

「想像しにくいわね……。ただ、伊緒《いお》が御影《みかげ》さんと一週間、お昼を食べたときは、それに近い状態になってたのよね？」

「だな。うちのクラスと、あとは食堂の空気が終わってた」

なるほどね……。

もしかすると知らないだけで、私のクラスでも噂《うわさ》くらいにはなっていたのかもしれない。

「夏休みの前はどうだったの？　冴華《さえか》ちゃん、けっこう一緒《いっしょ》にいたよね。私たちと、それから、日浦《ひうら》さんたちとも。私、周りの人の反応とか、全然わかんなかったなぁ」

それは、正直私もだ。

夏休みの始まる一週間ほど前は、御影《みかげ》さんが休み時間に私たちのところに遊びに来ていた。けれど、陰口《かげぐち》や嫌《いや》がらせは、された覚えがない。

「明石《あかし》が言ってたろ。お前らを敵に回す度胸が、連中にはないんだよ、たぶんな」

「それって、三大美女と、その友達だから？」

「まあ、そんなとこだな」

言って、日浦《ひうら》さんはもう絶対に冷めている紅茶を、グイッと飲んだ。

敵に回す度胸。

真偽《しんぎ》はわからないけれど、その視点でいえば、一番強いのは間違《まちが》いなく、日浦《ひうら》さんだろう。

「あとはあれだ、納得感《なっとくかん》」

意外にも、日浦《ひうら》さんはこの話題に対して饒舌《じょうぜつ》だった。

さっきもそうだったけれど、この人も御影《みかげ》さんのことは、やっぱり心配しているのだろう。

「納得感《なっとくかん》、というと？」

「お前と柚月《ゆづき》なら、仲がよくても納得感《なっとく》がある。言い換《い　か》えれば、文句がつけにくい。その友達の藤宮《ふじみや》と、プラスフォーのあたしもな。で、明石《あかし》と三輪《みわ》はあたしに近い人間だ」

「ふむ……そういう視点もあるんだね」

「うーん、明石《あかし》くん、やっぱり意外と策士だなぁ……」

「あくまで、あたしの推測だけどな」

でも、伊緒《いお》ならたしかに、そこまで考えていそうだ。

普段《ふだん》はちょっと抜《ぬ》けてるけど、こういうことにはすごく、慎重《しんちょう》な人だから。

「要するに、御影《みかげ》を取り合う、っていうやつらは、結局相手を選んでんだよ」

ほっそりした脚《あし》を組《く》み替《か》えて、日浦《ひうら》さんがあぐらをかく。

そのまま膝《ひざ》で頬杖《ほおづえ》を突《つ》いて、不機嫌《ふきげん》そうに続けた。

「だから御影《みかげ》、これからはお前も、友達は選べ。それで、けっこう変わるだろ、いろいろ」

「……ふふっ。肝《きも》に銘《めい》じておくよ。うまくできるかどうかは、わからないけれど」

「ふんっ。うまくやれ」

日浦《ひうら》さんの追撃《ついげき》に、御影《みかげ》さんが困ったように笑う。

たしかに、わりと的確なアドバイス、なのかもしれない。

御影《みかげ》さんの人懐《ひとなつ》っこさは、少し……ほんの少しだけ、危なっかしいから。

「だけど、亜貴《あき》。きみはなんだか、かっこいいね」

「んぁ？」

今度は御影《みかげ》さんが、少し悪戯《いたずら》っぽい笑顔《えがお》で言った。

「さっきも、今も。こう、ズバッと決める感じが、素敵《すてき》だ。かわいいだけじゃないんだね」

「あ、わかるわかる！　それに、言い方はキツいけど優《やさ》しいんだよねぇ。思いやりがあって」

「ツンデレというやつだね。それも、けっこうデレが多めだ」

詩帆《しほ》と御影《みかげ》さんが、ニヤニヤと日浦《ひうら》さんに詰《つ》め寄《よ》る。

たぶんまた、「うるせー」とか「知るか」なんて言って、さらっとあしらうんだろう。

そう思っていたのに。

「……あほ」

日浦《ひうら》さんは小さくそう呟《つぶや》いて、ふいっと壁《かべ》の方を向いた。

柔《やわ》らかそうなほっぺたと、耳が、かすかに赤かった。

え、なにそれ……。

ちょっと……かわいいんだけど。

「あー！　日浦《ひうら》さんが照れてる！　これはレアだ！　写真写真！」

「いいね、みんなで写ろう。ほら湊《みなと》も。亜貴《あき》、こっち向いて」

「う、うっとうしいなお前ら！　標的をあたしに変えるな！　柚月《ゆづき》のポジションだろーが！」

「ポジションなんてないわ。かわいいんだから、おとなしく撮《と》られるのね」

「こら！　撮《と》んな！　盛《も》るな！」

なんだか、バカみたいだ。

でも今日くらいは、こんな雰囲気《ふんいき》でもいいな。

珍《めずら》しくカメラにピースなんてしながら、そんなことを思った。


私たちのくだらない会話は、途切《とぎ》れることなく夕食どきまで続いた。

特に詩帆《しほ》と、意外にも御影《みかげ》さんが、よく喋《しゃべ》る。

もっと落ち着いた人だと思ってた。ううん、落ち着いてるけど、はしゃいでる、って感じだ。

そんな姿を見ていると、ちょっと嬉《うれ》しくなってしまう。

「ピザ取るぞ、絶対」

日浦《ひうら》さんが、なぜか立ち上がって言った。めくれた裾《すそ》から、白いお腹《なか》がチラリと覗《のぞ》いていた。

「ピザなの？」

「ピザだろ、こういうときは」

「食べたいだけでしょう」

「食いたいもんを食うのがあたしだ」

「でも、いいね、ピザ。特別な感じがして」

ということで、夕食はピザに決定した。

太る、とまた思ったけれど、「今日は我慢《がまん》する日ではありません！」と詩帆《しほ》が言ったので、考えないことにした。

スマホでLサイズを一枚注文して、サイドでハッシュポテトとシーザーサラダをつけた。

ただ、日浦《ひうら》さんがチキンを頼《たの》もうとしたのは、さすがに詩帆《しほ》に却下《きやっか》されていた。

「そういえば夏休みは、更新《こうしん》があるね。三大美女と、プラスフォーの」

届いたピザを食べ始めてすぐ、御影《みかげ》さんが少し気になることを言った。

「え、そういうのって、時期決まってるの？」

「いつも長期休暇《きゅうか》のうちに、入《い》れ替《か》わりがあるみたいだよ。冬休みと、春休みも」

言われてみれば、入《い》れ替《か》わりがあったという話は、学期の始めに聞くことが多かった気がする。そこまで注意していなかったから、記憶《きおく》は定《さだ》かではないけれど。

「あたしがプラスフォーになったのは今年の一月で、山吹歌恋《やまぶきかれん》もそのときだな。で、同じタイミングで柚月《ゆづき》が、プラスフォーから三大美女に上がった」

「ああ、そうだったね。ただ、私は去年の五月に三大になったから、例外もあるみたいだよ」

「ふ、ふたりとも詳《くわ》しいね……」

詩帆《しほ》がちょっと引いていた。正直、私も驚《おどろ》いている。

みんな、そんなに覚えてるものなの……？

私にとっては、なるべく考えたくない肩書《かたが》きなのに。

あ、でも日浦《ひうら》さんもいやがってるって、伊緒《いお》が言ってたっけ。

「どうなるかな、入《い》れ替《か》わり。楽しみだね」

「さあな。誰《だれ》が決めてるかも、そもそもわかんないし」

「……私は、できれば抜《ぬ》けさせてほしいけど」

言ってしまってから、こんな話ができるのは、このメンバーだけだな、と思った。

その気はなくても、嫌味《いやみ》みたいに思われるのは嬉《うれ》しくない。

「あたしも同感だな。邪魔《じやま》だ」

「私は嬉《うれ》しいけどね。ふたりの気持ちはわかるよ」

「うーん……これが美女同士の会話かぁ」

と、詩帆《しほ》がサラダを飲み込んでから言った。

もう……私には冗談《じようだん》だってわかるけど、御影《みかげ》さんたちはそんなことないのよ、まだ。

「詩帆《しほ》もすごくかわいいよ」

「ひぅっ……拗《す》ねる演技しようと思ったのに……冴華《さえか》ちゃんに言われるとドキドキしちゃう
……！　これは……恋《こい》？」

「ふふふ。本当にかわいいよ、詩帆《しほ》」

「きゃ――――！　やめて――――！」

元気だ。

でもたしかに、御影《みかげ》さんの褒《ほ》め言葉はまっすぐすぎて、照れるのもわかる。
「ん、明石《あかし》だ」
ふと、ウェットティッシュで手を拭《ふ》いていた日浦《ひうら》さんが、スマホを見ながら言った。
途端《とたん》、私は自分の胸が、きゅうっと締《し》めつけられるのを感じた。
……感じてしまった。
「伊緒《いお》くん？」
「ん。ＬＩＮＥ」
日浦《ひうら》さんはそのままスマホを操作して、伊緒《いお》とのトーク画面を開いた。
私たちに見られても、全然気にしていない様子だった。
『楽しんでるか？』
それだけの、簡単な文章。でもこれを受け取ったのは、日浦《ひうら》さんだけ。
その事実も、自分がそんなことを考えているのも、どっちも無性《むしょう》に、寂《さび》しくて。
……いや、やめよう。こんなのは、よくない。
そもそも、なんの権利があって私は、そんな……。
『まあまあ』
『お前がそう言うってことは、いい感じなんだな』
『あたしをなんだと思ってんだ』

最後に「よきかな！」と書かれた変なスタンプが貼《は》られて、伊緒《いお》からのＬＩＮＥが止《や》んだ。

ほっとしている自分が、ますます情けない。

「なんだあいつ」

「相変わらず、ふたりは仲がいいね」

「明石《あかし》くん、お兄ちゃんみたい」

それから、私たちは少し伊緒《いお》の話をした。

こうしてみると、今まで彼の話題があまり出なかったのが、不思議なくらいだった。

私たちの中心にいるのは、間違《まちが》いなく彼なのに。

「明石《あかし》くんって、なんかすごいよね。天使の相談のとき、もう超真剣《ちょうしんけん》だし」

「そうだね。私も正直、圧倒《あっとう》されてしまったよ。普段《ふだん》は穏《おだ》やかな人だから、なおさらだね」

「アホなんだよ、あいつは。天使のときも、そうじゃないときも」

日浦《ひうら》さんが、呆《あき》れた様子で言う。

伊緒《いお》と日浦《ひうら》さんは、すごくお互《たが》いを信頼《しんらい》しているように見える。

それにきっと……うん、大切に思ってる。日浦《ひうら》さんは、あんまり表に出さないけれど。

「そういえばさ、天使の不思議なちからって、なんなのかな？」

詩帆《しほ》がピザの箱を畳《たた》みながら、首を傾《かし》げた。

自分の肩《かた》が、強張《こわば》るのがわかる。

なにか聞かれるまでは、私は黙《だま》っておこう。

「噂《うわさ》であるよね。ただの尾《お》ひれ？　それとも、ホントになにかあるの？」

「ああ、それなら、恋《こい》に関する予感とか、直感のことだって、伊緒《いお》くんが言っていたよ」

直感……そういうことにしてるのね。了解《りょうかい》。

「え、そうなの？　明石《あかし》くんって鈍《にぶ》い……ううん、鈍《にぶ》そうなのに」

「鈍《にぶ》いかな？　私の嘘《うそ》も見破っていたから、鋭《するど》いなぁと思ったんだけれど」

「あー、でもそっか。得意分野もあるんだね」

「というと、苦手なのは？」

「え？　あー、まあ、あはは。なんか、全体的に？」

詩帆《しほ》は不自然な笑顔《えがお》で、ごまかすように答えていた。

彼女の言いたいことは、なんとなくわかる。それに、どうしてそれを明言しないのかも。

ただ、日浦《ひうら》さんがこの話に興味なさげなのが、ちょっと意外だった。

「だけど、優《やさ》しいよね、伊緒《いお》くんは」

そう言ったのは、御影《みかげ》さんだった。

私は御影《みかげ》さんの顔を見たのに、彼女は目を伏《ふ》せて、揺《ゆ》れる瞳《ひとみ》でカーペットを見つめていた。

「あんな男の子は……初めてだ。大きな恩ができてしまったし……なんというか、お返しができたらいいな。私なりの、方法で」

いつも澱《よど》みのない御影《みかげ》さんの声が、このときは、少したどたどしくて。

その理由を考えるのがいやで、私はゴミをまとめて、逃《に》げるように台所に入ってしまった。

お返し。そう御影《みかげ》さんは言った。

私と同じことを、彼女も考えている。

それは当然、私たちがふたりとも、伊緒《いお》に助けられたから。

だけど……本当に、そうなの？

日浦《ひうら》さんが、ふわぁっとあくびをする。

そのかわいらしい声が、今は妙《みょう》にありがたかった。


ハーゲンダッツの買い出しは、なぜかジャンケンだった。

日浦《ひうら》さんの担当のはずなのに、おかしくない？

と思ったけれど、外の空気を吸うのも悪くない気がしたから、反対はしなかった。

だけど、負けたのは私と御影《みかげ》さんで、少しだけ後悔《こうかい》してしまった。

もちろん、御影《みかげ》さんのことは好きだけど……今はちょっと、ね。

ふたりでマンションを出て、コンビニまでのほの暗い夜道を、並んで歩いた。

「……」

「……」

しばらく、ふたりとも無言だった。

ふたりきりで話したことは何度かあるし、緊張《きんちょう》はしても、気まずく感じたことはなかった。

だけどそれは、友達になる前の話だ。

私と御影《みかげ》さんが。そして、御影《みかげ》さんと、伊緒《いお》が。

「聞いてもいいかな、湊《みなと》」

横断歩道で信号を待っていると、とうとう御影《みかげ》さんが、初めて口を開いた。

「なに？」

できるだけ、平然とした声を意識した。

御影《みかげ》さんの物言いはいつも率直《そっちょく》だけれど、だからこそ、少し怖《こわ》かった。

「きみの惚《ほ》れ癖《ぐせ》、というのは、今はもうおさまっているんだったね？」

「……え」

ああ、その話か、と思った。

私の惚《ほ》れ癖《ぐせ》がどういうもので、伊緒《いお》とのあいだになにがあったのか。

大体のことは、御影《みかげ》さんや日浦《ひうら》さんにも、もう話してある。

ただ、例の『大恋愛《れんあい》』のことだけは、内緒《ないしょ》にしてあった。詩帆《しほ》も含《ふく》めて、みんなに。

まあ詩帆《しほ》はたぶん、同じようなことを考えているんだろうけれど。

「……そうね。完全に直ったのかどうかは、やっぱりわからない。またいつか、ぶり返すのかもしれない。でも、今は先のことは、あんまり考えてないわ」

　これは、本当のことだ。

　どうしておさまっているのか、心当たりはもちろんある。

　けれどそれが、『直った』ということなのか、確かめる方法はない。

　だけど、状況《じょうきょう》が変わってから考えても、遅《おそ》くない。きっと、ゆっくりでいいから。

「……たとえば、だけれど」

「うん」

「……それが完全に、直っていたのだとしたら」

　なにを聞かれるのか。

　これから御影《みかげ》さんが、なにを言うのか。

　私には、もうわかっていた。

「きみは、あらためて普通《ふつう》の恋《こい》を、したいと思う？」

　そして、御影《みかげ》さんがどうして、そんなことを聞くのか。

　きっとそれだって、わかっている。

「……さあ。どうかしらね」

「……」

　なのに、どう答えればいいのか。なんて答えるのが、一番いいのか。

それだけが、わからなかった。

「湊《みなと》」

「……うん」

「私はきみにだって、すごく感謝しているよ」


部屋に戻《もど》ってからは、すぐにアイスを食べた。

すごくおいしかったけれど、冷たさと甘みが、どうしてか少しだけ痛かった。

「柚月《ゆづき》、ひと口交換《こうかん》しろ」

「……はい」

「ん。リッチミルク、ウマ――――」

日浦《ひうら》さんとのそのやり取りをきっかけに、私たちはお互《たが》いのアイスを交換《こうかん》し合った。

それが終わると、また紅茶を入れてみんなで飲んだ。

ついに話題も尽《つ》きてきて、テレビの音だけが小さく、部屋に響《ひび》いていた。

「そういえば、もうすぐ花火大会があるね」

ちょっとぶりのセリフは、御影《みかげ》さんのものだった。

「あー、あるねぇ」

すぐに、詩帆《しほ》が答えた。

それから私の方を見て「まだ誘《さそ》ってないの？」と、目で聞いてきた。

伊緒《いお》のことだろう。誘《さそ》えてないし、実はもう、諦《あきら》めかけていた。

だって……こんな気持ちじゃ、ね。

「どうしようかって、湊《みなと》と悩《なや》んでたんだよねぇ。人多いみたいだし」

「そうだね。私は毎年家から見ていたけれど、外は大賑《おおにぎ》わいだよ」

「え、家から？　見えるの？　去年も音は聞こえてたけど」

「うん。高い建物がないおかげで、少しね。でもやっぱり、近くで見てみたいな。ね、みんなで行くのはどうかな？」

わくわくした様子で、御影《みかげ》さんが言う。

みんな、というのは、誰《だれ》のことだろう。

だけど、きっと彼がいても、いなくても、楽しいだろうな。

「いいねぇ。湊《みなと》も行こ？」

「……そうね。せっかくだし」

私の状況《じょうきょう》を察したらしい詩帆《しほ》が、すぐさま方針を切《き》り替《か》えていた。

こういう柔軟性《じゅうなんせい》には、いつも感心してしまう。

もっと、自分のために使えばいいのに。勉強とか。

「亜貴《あき》はどうかな？」

静かだった日浦《ひうら》さんに、御影《みかげ》さんが尋《たず》ねる。

花火大会とか、そういうの、日浦《ひうら》さんは興味がないのかもしれない。

「あたし、もう明石《あかし》と行くって決まってるぞ」

「「「えっ」」」

図《はか》らずも、三人の声が重なった。

驚《おどろ》きを隠《かく》せない私たちを尻目《しりめ》に、日浦《ひうら》さんはアイスのスプーンをくわえながら、続けた。

「お前らがいいなら、合体するか？」

ああ。

私はやっぱり、この人には一生、かなわないんだろうな。

気がつくと、目の前が真っ暗だった。

仰向《あおむ》けの自分の身体《からだ》に、薄《うす》いシーツがかかっている。

すぐ隣《となり》で、亜貴《あき》がすぅすぅと寝息《ねいき》を立てていた。

そうか。ここは湊《みなと》の部屋だ。どうやら、夜中に目が覚めたらしい。

「……三時、か」

デジタル時計の光を頼《たよ》りに、私は台所に移動した。みんなを起こさないように、静かに。

喉《のど》が渇《かわ》いている。控《ひか》えめに冷蔵庫を開けて、残しておいたペットボトルのお茶を飲んだ。

ベッドには湊《みなと》と、詩帆《しほ》が寝《ね》ている。私と亜貴《あき》は、ふたりで布団《ふとん》を使うことになっていた。

いつ眠《ねむ》ったのか、覚えていない。

けれど、意識がなくなるギリギリまで、みんなでおしゃべりをしていたはずだ。

思い出すと、嬉《うれ》しくて、また頬《ほお》が緩《ゆる》んでしまう。

「御影《みかげ》？」

ぼんやり部屋の中を眺《なが》めていると、声がした。

亜貴《あき》が眠《ねむ》そうな目を擦《こす》って、キッチンにいる私を見ていた。

「ああ、ごめんね。起こしてしまったかな」

「……起こされた」

ふにゃふにゃした声でそんなことを言いながら、亜貴《あき》はゆっくり、こっちに歩いてきた。

それから、私と同じようにお茶を飲んで、ふるふると首を振《ふ》る。

いつにも増して動物みたいで、ものすごくかわいい。

頭を撫《な》でたくなる衝動《しょうどう》を、私は必死に抑《おさ》えていた。

「寝《ね》ねーの」

さっきより少しだけはっきりした口調で、亜貴《あき》が言った。

「どうしよう。なんだか、目が冴《さ》えてしまったな」

「ふーん」

「……ねえ、亜貴《あき》」

「……ん」

なにかを、察知してくれたのかもしれない。

亜貴《あき》はぱちぱちと瞬《まばた》きをして、じっと私の顔を見上げた。

かすかに開いたくちびるから、気の強そうな八重歯の先が、チラリと覗《のぞ》いていた。

「話すか」

「……うん。ちょっと、相手をしてほしいな」


私たちはリビングを出て、玄関《げんかん》を入ってすぐの部屋に移った。

ここは特に使っていない、と湊《みなと》に聞いていたとはいえ、もちろん抵抗《ていこう》はあった。

けれど、亜貴《あき》が「トイレ行くのと同じだろ」と言ったので、ついていくことにした。

湊《みなと》には心の中で、ごめんねをしておいた。

がらんとした部屋に座って、私たちは向かい合った。

「ん」

亜貴《あき》が、そのひと文字と顔の動きだけで、促《うなが》した。

思えば、彼女とふたりで話すのは、友達になってからは初めてだった。

「伊緒《いお》くんが、好きなんだ」

瀬名《せな》さんに打ち明けたときよりも、ずっと緊張《きんちょう》した。

だけど、亜貴《あき》が全然表情を変えなかったおかげで、すぐに落ち着いた。

「それで?」

亜貴《あき》は動じていない様子だった。

予想通り、ではあったけれど、少しだけ、安心してしまった。

「うん。ただ……いろいろと困っていてね」

「まあ、だろーな」

だろうな、か。

やっぱり、亜貴《あき》はすごいな。

「ほら、私には、恋人《こいびと》がいることになっているだろう? 告白の、抑止力《よくし》として」

自分を守るための、嘘《うそ》。卒業までの長い嘘《うそ》だ。

付き合わせているみんなにも、騙《だま》している人たちにも、申し訳ないと思う。

取るに足らない小娘《こむすめ》の、愚《おろ》かな抵抗《ていこう》。そう思って、見逃《みのが》してほしい。

ただ、今はそう、別の話だ。

「この嘘《うそ》は、完全に私のわがままだ。だから、これが原因でなにが起こっても、自業自得《じごうじとく》。それはわかっている。……わかっているけれど、やっぱり――」

そこで、私は一度言葉を切った。

今日は……いや、今は、すべて正直に話そう。

心の中でもう一度、そう決意した。

「やっぱり……こんな私が伊緒《いお》くんにアプローチするのは、よくないかな？」

だってそれは、都合がよすぎるから。

告白されたくないくせに。そのために、嘘《うそ》までついているくせに。

自分は好きな男の子に言い寄るなんて、そんなのは……。

「べつに、いいだろ」

「……どうして？」

こんなに、自分勝手なのに。

「恋愛沙汰《れんあいざた》に、ルールなんてないじゃん。お前がそれでいいのか、やなのか。周りにどう思われて、お前はそれをどう思うのか。それだけだろ」

「……まあ、そうだね」

たしかに、そうだ。

そもそも私は、今までだってそうやって、生きてきたじゃないか。

「それじゃあ……亜貴《あき》が私なら、どうする？」

さすがに、いやがるかな。

そう思ったけれど、亜貴《あき》はぎゅっと眉根《まゆね》を寄せるだけで、すぐに答えてくれた。

「その嘘《うそ》って、卒業までなんだろ」

「うん。そのつもりだよ」

「だったら、卒業してから告る。今は、そのための準備をする。それまでに気が変わったら、そのとき考える」

「……そっか」

やっぱり、そうか。

「ありがとう、亜貴《あき》。元気が出たよ」

「……言っとくけど、あくまで、あたしがお前なら、だぞ」

「ふふふ。わかっているよ」

でも、それって意味のある念押しなのかな？

「じゃあ、もうひとつ」

「おう」

「おや、まだ聞いてくれるんだね。優《やさ》しいな」

「……早くしろ」

と、今度は不機嫌《ふきげん》そうな声で。

余計なことは、言わないでおいた方がいいね。

「たしかなことはわからない。けれど私が思うに、湊《みなと》も……あの子も、そうなんじゃないかな」

理由も、根拠《こんきょ》も、いくつもあった。

亜貴《あき》には、説明する必要もないだろう。

「だとしたら、ライバルだ。だけど……大きな問題がふたつあってね」

「……」

「ひとつは、あの子には私のような、伊緒《いお》くんにアプローチするうえでの枷《かせ》がなさそうだ、ということだ。つまり、私の方が不利なんだよ」

半分は納得《なっとく》して、もう半分ではしていない。亜貴《あき》は、そんな顔をしていた。

それでもなにも言わないのは、きっと亜貴《あき》が『フェア』な人だからだろう。

それに大抵《たいてい》、こういう場合はふたつ目の方が、ひとつ目よりも重要だから。

「そしてもうひとつはね。……私が、湊《みなと》のことも大好きだ、ということだ。これは困ったね」

「……お人好《ひとよ》しめ」

亜貴《あき》が、ジトッと目を細めた。

「だって、事実だから。湊《みなと》はいい子だし、かっこいいしね。私が伊緒《いお》くんを好きでなければ、もう、全力で応援《おうえん》するよ。詩帆《しほ》の気持ちがよくわかる」

まあ、あのふたりのあいだでそこがどうなっているかは、わからないけれど。

「本当に困っているんだよ？　どうすれば大好きなものを、ふたつとも手に入れられるのか。最近は、それればかり考えていたからね」

「……普通《ふつう》は、どっちか諦《あきら》めるんじゃねーの」

「そうかもしれない。だけど、私は欲張りだから」

いや……以前は、そんなことはなかったな。

ただ、私は決めたんだ。伊緒《いお》くんに助けてもらった、あのときに。

これからは、ほしいものは全部、全力で追いかける。

難しいこと、なのだと思う。

けれど、難しいだけだ。できないなんて、誰《だれ》が決めた。

もし決まっているというなら、絶対に、その結論の方が間違《まちが》っている。

「……で、なんでお前は、それをあたしに言ったんだ？」

亜貴《あき》が、そんなことを聞いてきた。

『それ』というのはつまり、ここまでの全てについて、言っているのだろう。

聞かれるかもしれない、とは思っていた。

だけど答えるのは、少し恥《は》ずかしいな。

「協力してほしい、というわけじゃないんだよ。ただ、詩帆《しほ》はきっと湊《みなと》の味方だろうから……私も、誰《だれ》かに知っておいてほしかった。そしてそれは、亜貴《あき》しかいないと思ったんだ」

「……もし、あたしが――」

そこで、亜貴《あき》は珍《めずら》しく、一度口をつぐんだ。

そしてもう、続きは出なかった。

彼女がなにを言いかけたのか、私にはわかっていた。

「亜貴《あき》は、これから伊緒《いお》くんのこと、好きになる可能性はある？」

終わらせたくなかったから、私の方から聞いた。

ごめんね、亜貴《あき》。

悪いと思っているから、そんなにいやそうな顔しないでほしいな。

それにきっと、きみは答えてくれるだろう？

「……さあな。知るか、そんなの」

「ない、とは言い切れないんだね」

「言い切ったって、意味ねぇだろ。なんの説得力もない」

「ふふっ。その通りだ」

べつに、牽制《けんせい》とか、そういうつもりじゃない。

ただ、本当に気になっただけなんだ。

だってきみが、ライバルとしては一番、怖《こわ》いから。

「……いや、違《ちが》うな」

本当の一番は、まだ別にいたね。
きっと誰《だれ》よりも手強《てごわ》くて、誰《だれ》なのか、わからない人が。
「ねえ、亜貴《あき》」
「今度はなんだ」
「きみは……知っているのかな？　伊緒《いお》くんに……好きな人がいるのかどうか」
好きな人が誰《だれ》なのか、とは聞けなかった。
――明石《あかし》くんは、恋《こい》をしている？
ふたりで、大阪《おおさか》へ遊びに行った日。
路上ライブを聞きながら、私は彼に尋《たず》ねた。
そして、彼は。
――ああ……してるよ。
あのときはただ、いいな、と思った。
この優《やさ》しい男の子が、恋《こい》をしている。こんなに素敵《すてき》なことはない。
本当にそれだけだったのに、私はその日のうちに、別の感情を持ってしまった。
その相手は、間違《まちが》いなく私じゃない。
だけどきっと、湊《みなと》や亜貴《あき》でもなさそうだ。
怖《こわ》いな。

取られたく、ないな。

「いや……知らん」

「……そうか、そうなんだね。きみでも、彼とそういう話はしない？」

「しねーな」

「どうして？」

「べつに、興味ないから。お互《たが》いに」

なにも含《ふく》むところのなさそうな声で、亜貴《あき》はそう答えた。

あんなに、お互《たが》いのことを気にかけてるのに。

恋《こい》については興味なしって、それは無理があるんじゃないかな。

……なんて、何様だろう、私は。

本音では、安心しているくせにね。

「それじゃあ……知っているとしたら、誰《だれ》だろう？」

「三輪《みわ》だな。あとは、有希人《ゆきと》か」

「……なるほどね」

それはまた、ふたりとも手強《てごわ》そうだ。

さすがに、男の人にまで打ち明ける勇気は、まだないかもしれない。

「探《さぐ》るのか？」

「探《さぐ》る……ふふっ、まあ、そうだね。つまり、そういうことなんだろうな」

だけど、表現が意地悪《いじわる》だよ、亜貴《あき》。

この子らしい、まっすぐな言い方だけれどね。

「なら、確実な手があんじゃん」

「……というと？」

「本人に聞けばいい」

「……だけど、気持ちがバレてしまうかもしれないじゃないか」

「バレて、なんか問題あるか？」

「ないけど……恥《は》ずかしいし、怖《こわ》いよ」

それで拒絶《きょぜつ》されたり、距離《きょり》を置かれたりしたら。

私はきっと、すごく落ち込むよ。

「根性《こんじょう》なしめ」

「だって……大切な恋《こい》だから」

全力で追いかける。

もちろんそのつもりだけれど、慎重《しんちょう》さも重要だろう？

「大切なら、リスクも負えよ」

「亜貴《あき》が私なら、できる？」

「あたしはお前じゃねぇ」
短くそう言って、亜貴《あき》が立ち上がる。
そして、もう私には目もくれず、そのままリビングへ戻《もど》っていった。
さっきは答えてくれたのに、ね。
「……」
誰《だれ》もいなくなった部屋で、私はぱたりと横になった。
フローリングが冷たくて、気分がすっと、落ち着くようだった。
さて、どうしよう。
頭の中で、そう唱える。
再び眠《ねむ》けに襲《おそ》われるまで、私はずっと、天井《てんじょう》を見つめていた。
初恋《はつこい》だから、うまくいかないかもしれないけれど。
やっぱり、欲張りすぎかもしれないけれど。
でも、私らしい恋《こい》をしよう。
後悔《こうかい》しないように。この恋《こい》を、素敵《すてき》なものだと思えるように。
最後に、そんなことを考えた。

第六章　心変わりには早すぎる

日中にまた補習とセミナーをこなした、ある日の夜。
『電話したいです』
瀬名《せな》から、突然《とつぜん》そんなＬＩＮＥが来た。
本当に、なんの前触《まえぶ》れもない。用件も書いていないが、まあたぶん、鷹村絡《たかむらがら》みだろう。
リビングのテレビを消して、タンブラーにサイダーを注ぐ。
そのまま自室に移動して、エアコンの電源を入れた。
『遅《おそ》――い！』
通話をかけると、瀬名《せな》はワンコールもせずに出た。どうやら、待ち構えていたらしい。
「これでも最速だ。で、どうした？」
ボイチェンを使わなくていい相談は、楽だ。それに、仕事モードで話す必要もない。
全部これならいいのにな、と、多少思わないでもなかった。
もちろん、そんな訳にはいかないのだが。
『……まあ、特に用はないんですけどね』
「えぇ……なんだそりゃ」

わざわざ飲み物まで入れたのに……。

『いいじゃないですか。暇《ひま》だったんですもん。繋《つな》いどくだけです』

カップルかよ、と、心の中でツッコミを入れる。

ただ、瀬名《せな》の様子が変なのには、さすがの俺も気がついていた。

「わかった。気が済んだら、お前が切れ。なにか言ったら、反応はしてやるから」

『……なぁんだ。先輩《せんぱい》、優《やさ》しいですね。私相手じゃなかったら、好感度アップですよ、それ』

「さようですか」

『あ、今のは好感度ダウン。私相手でも』

「結局マイナスかよ」

それから、俺はスマホをスピーカーにして、ベッドに投げた。

大変面倒《めんどう》だが、課題でも進めながら聞くとしよう。

『……』

しばらくカリカリと、ペンが走る音が続く。それとたまに、スマホからガサゴソ。

ずずっと鼻が鳴ったような気がして、そのときだけは手が止まった。

「……」

『先輩《せんぱい》、います？』

「いるよ」

もっといえば、お前が喋《しゃべ》り出すのを、ずっと待ってたんだからな。

『……煌先輩《こうせんぱい》が今日、部活に来てくれたんです』

「そうか。……で、そのときになにかあったのか？」

『なんでそうなるんですか。違《ちが》いますよ。借りてた本を返して、お喋《しゃべ》りしただけです』

「なんだ、そうなのか」

てっきり、落ち込むことでもあったのかと。

瀬名《せな》のやつ……ホントにただの暇潰《ひまつぶ》しなのか？

「……俺が思うに、だけどな、瀬名《せな》」

まだ、言うのは早いかな、とも思った。

けれど、これで瀬名《せな》の調子が戻《もど》ればいいなという気持ちの方が、大きかった。

「鷹村《たかむら》には、たぶん好きな相手はいないぞ」

『……どうしてですか？』

そう返した瀬名《せな》の声は、俺が予想していたのよりもずいぶん、小さかった。

ちょっとだけ、意気を削《そ》がれたような気分だった。

「まあ、なんとなくな。天使の勘《かん》だ」

『……勘《かん》かぁ。当てにならなさそー』

「ぐっ……そうかよ」

けど、ホントは勘《かん》じゃなく、ちからで確認《かくにん》したんだ。

俺のことは信用できなくても、事実だよ。

『明石先輩《あかしせんぱい》。もしも、の話ですけど』

「……おう」

『好きな人が、自分のことを好きじゃなかったら、どうするべきだと思います？』

さっきよりもしっかりした、けれど、張《は》り詰《つ》めたような声だった。

「……どうする、っていうのは？」

『だから……好きで、恋人《こいびと》になりたくても、振《ふ》り向《む》いてもらえない。それが、わかっちゃってるときです。そんなとき、どうするのが正解ですか？』

それは、今のお前自身のつもりで言ってるのか？

浮《う》かんだそんな疑問も、今は飲み込んでおくことにした。

瀬名《せな》は、もしもの話だ、と言ったのだ。それに、俺の答えは決まっている。

「わかってても、告白するべきだ」

『……即答《そくとう》ですね。ずばり、その心は？』

「絶対に、後悔《こうかい》する。フラれるより、そっちの方がつらい。俺はそう思う」

『……ふーん』

また、少しの沈黙《ちんもく》。

瀬名《せな》がもし今、自信をなくしているのなら。

気持ちは痛いほどわかる。そして、勇気づけるのが天使の役目だ。

ただ、瀬名《せな》の反応になんとも手応えがなくて、俺はほんの少しだけ、焦《あせ》っていた。

『じゃあ、そのあとは？』

「……えっ」

『告白が大事なのは、まあわかります。告白は好意の確認《かくにん》作業じゃなく、自分の気持ちを相手に伝えることにこそ、価値がある。そういう考えだって、理解できます。でも、じゃあフラれたあとは、その恋《こい》はどうすればいいんですか？』

「……」

これも、いつもならすぐに答える質問だ。

なのに今日は、どういうわけか言葉に詰《つ》まった。

本当にそれでいいのか？　と、頭の中で声がした。

「……諦《あきら》められないなら、また告白すればいい。一度フラれたって、それで完全にダメになるわけじゃないんだから」

『それでも、フラれたら？』

「……」

……それは。

『ずっと、フラれたら。フラれてフラれて……その恋《こい》が、もう絶対に叶《かな》わないものだとわかったら。……あとは、泣くだけですか？』

瀬名《せな》の声音《こわね》には、今までにはないトゲがあった。

それから悲しみと。失望があった。

『答えられないんですか。絶対に告白しろ、とは言うのに、そのあとはどうすればいいのか、最後まで教えてくれないのは、無責任じゃないですか』

しゅわしゅわと音を立てて、炭酸が抜《ぬ》けていく。

待ってくれ、と願っても、止まらない。

瀬名《せな》は、怒《おこ》っている。静かに、そして身勝手に。

自分よりももっと勝手な相手に対して、どうなんだ、と問《と》い詰《つ》めている。

絶対に、叶《かな》わない恋《こい》。

身体《からだ》の奥が、ズキンと痛む。

彩羽《あやは》。

思わず呼びそうになった名前を、サイダーで無理やり流し込んだ。

だけど、瀬名《せな》。

お前は、まだ――。

『叶《かな》わない恋《こい》は、いつまで恋《こい》にしておけばいいんですか』

「……」

そんなのは、わからない。

だって、俺が今こんなに苦しいのは、そのせいなんだから。

『……すみません。変なこと聞いちゃいましたね、私』

スッと力が抜《ぬ》けたように、瀬名《せな》が笑う。

それでも、俺はまだなにも言えなくて。

ただ、喉《のど》に残るかすかな炭酸の痛みに、耐《た》えるしかなかった。

『もう切りますね。……ありがとうございました、先輩《せんぱい》』

プツリと音を立てて、通話が終わる。

気がつけば、身体《からだ》が鉛《なまり》みたいに、ズンと重くなっていた。

「……もしも、恋《こい》が絶対に叶《かな》わないなら」

言葉に出すと、また心臓が痛んだ。

俺は、勘違《かんちが》いをしていたのかもしれない。

たとえ相手が生きていたって、どうしても叶《かな》わない恋《こい》はある。

そうなったら、俺と同じだ。

彩羽《あやは》に置いていかれた俺と、なにも変わらない。

そして、叶《かな》わない恋《こい》は——。

「……はぁ」

やっぱり、わからない。わかるなら、こんなことにはなってない。

……でもな、瀬名《せな》。

お前にとってはまだ、それはもしもの話だよ。

「……」

なら、成就《じょうじゅ》させよう、瀬名《せな》。

恋《こい》が叶《かな》いさえすれば、お前は俺みたいにならなくて済む。

どうしようもない、この虚《むな》しさを。

焦《こ》がれても焦《こ》がれて、絶対に手に入らない、この絶望を。

お前が、感じなくていいように。

わからないことから、目をそらしたままでいいように。


その日は、また夢を見た。

「わっ、どうしたの、そのほっぺた」

屋上に入ってすぐ、彩羽《あやは》が俺の顔を覗《のぞ》き込んできて、そう言った。

今朝鏡で見たら、頬《ほお》が赤く晴れて、少しヒリヒリしていた。たしか、そうだったと思う。

「妹に引っ掻《か》かれた」

「あ、梨玖《りく》ちゃんだっけ。なに、喧嘩《けんか》？」

興味深そうな顔で、彩羽《あやは》が俺の隣《となり》に座る。

肩《かた》が触《ふ》れそうなくらい近くて、いつものことなのに、ドキドキした。

いい加減慣れろよ、と思う。

でも、それができないことは、もう知っている。

「……一方的にやられただけだから、喧嘩《けんか》じゃないよ。妹に手なんか出さないし」

「へーぇ。かっこいいね、お兄ちゃん」

なぜだか楽しそうに笑って、彩羽《あやは》がツンッと俺の傷をつつく。

痛みは覚えていないのに、指先の感触《かんしょく》だけは、まだ思い出せる。

誰《だれ》にでも、こんな感じなのかな。

ふとそんなことを思って、勝手に寂《さび》しくなる。

「原因は？」

「喧嘩《けんか》」

「喧嘩《けんか》の原因が……喧嘩《けんか》？」

首を傾《かし》げるのに合わせて、彩羽《あやは》の髪《かみ》がさらっと流れる。

漂《ただよ》ってくる匂《にお》いが切なくて、顔をそらした。

彩羽《あやは》の夢を見るのは、実はあんまり、好きじゃない。

俺があいつを忘れていないということを、いやでも思い知らされるから。

なのに、夢のこと自体はすぐ忘れるせいで、冷たい寂《さび》しさだけが胸に残って、憂鬱《ゆううつ》になるから。

そしてなにより、それでも彩羽《あやは》に会えて喜んでいる自分に、気づいてしまうから。

「……あいつが、学校で男子と取っ組み合いになったんだ。友達が悪口言われた、とかで」

「ほおほお、勇敢《ゆうかん》だね」

「で、あいつも怪我《けが》して帰ってきたから、無茶するな、って言ったら、やられた」

あの頃《ころ》の梨玖《りく》は、今よりもっと暴力的だった。

でも、正義感の強さの方は、今でもそのままだ。

「『向こうが悪いんだから、見て見ぬふりなんてできない』って。でも、ほかに方法あったと思う。もっと安全で、効果的なやつがさ」

「ふーん。それで怒《おこ》ったんだ、伊緒《いお》くん」

またニヤニヤと、嬉《うれ》しそうに。

彩羽《あやは》は笑いながら、持っていた炭酸を飲んだ。いつかと同じ、カルピスソーダだった。

「優《やさ》しい兄妹《きょうだい》だね」

「……そうかな」

「うん。だってふたりとも、誰《だれ》かのために、怒《おこ》ったんでしょ？　それって、優《やさ》しいと思う」

「俺は……べつに」

「はいはい。素直《すなお》になりなさい」

彩羽《あやは》がよしよしと、俺の頭を撫《な》でる。

恥《は》ずかしくて、でも嬉《うれ》しくて、俺は動けなくなる。

ああ、いやだ。

これは夢なのに、終わってほしくない。

終わるなら、見せないでほしい。

「会ってみたいなぁ、梨玖《りく》ちゃんにも」

「……なんで。凶暴《きょうぼう》だよ」

「だって、大切な人の大切な人とは、仲よくなりたいもん。でしょ？」

「……知らないよ」

――これは、夢だから。

「……ねえ、彩羽《あやは》」

「ん、なに？」

せっかく、彩羽《あやは》がいるんだから。

聞いてみようと思った。

どうすればいいのか。彩羽《あやは》だったら、どうするのか。

「もし……彩羽《あやは》に好きな人ができてさ」

「うん」

「でも、絶対にその人と一緒《いっしょ》になれなかったら……そんなふうに決まってたら、どうする？」

こんな会話、ホントは彩羽《あやは》とはしたことない。

だってあのときの俺は、そんなこと、考えもしなかったから。

「うーん、どうかな。でも、諦《あきら》めるしかないんじゃない？」

「……彩羽《あやは》なら、諦《あきら》められる？」

俺には今、全然できてないよ。

「わかんないなぁ、それは。でも、どうしてそんなこと聞くの？」

彩羽《あやは》が、こっちを向いて首を傾《かし》げる。

わかってる。この仕草も、セリフも、ただの夢。

実際には存在しなかった、俺の幻想《げんそう》だ。

でなきゃ、こんなに冷静じゃいられない。

「後輩《こうはい》に、怒《おこ》られたんだ」

気がつくと、俺は久世《くぜ》高《こう》の制服を着ていた。

目線が少し高くなって、声は低くなっていた。

今彩羽《あやは》と話しているのは、高校二年生の俺だった。

「恋愛相談《れんあい》、乗ってるんだけどさ。『叶《かな》わない恋《こい》はどうすればいい？』って聞かれて、答えられなかった」

だって、俺にもわからないから。

人になにか言えるような、そんな状況《じょうきょう》じゃないから。

「なるほどねー。苦戦中なわけだ」

「……ああ」

「それに、その子のことだけじゃなく、自分のことも、ね」

「……そうだな」

やっぱり……彩羽《あやは》には全部お見通しか。

「ねえ伊緒《いお》くん、立って」

「えっ」

「ほら、早く！」

言って、彩羽《あやは》は俺の手を握《にぎ》って引っ張った。

屋上の真ん中で、俺たちは向かい合って立っていた。

「背、伸《の》びたね」

「……おう」

「前は同じくらいだったのに、知らないあいだに抜《ぬ》かされちゃったかぁ」

「……」

泣くな、明石伊緒《あかしいお》。

「うん、男の子って感じ。前もよかったけど、今もいいね」

夢なのに。

自分の、ただの想像なのに。

「元気にしてる？　楽しい？」

「……寂《さび》しいよ」

寂《さび》しいよ、彩羽《あやは》。

「……さっきの答え」

「うん」

「どうしても……諦《あきら》められなかったら？」

「……」

「その人にはもう、絶対に会えなくて……なのに、ずっと好きで、どうしようもなかったら？」

ああ、彩羽《あやは》。

俺、まだこんなにお前のこと——。

「好きだ」

彩羽《あやは》。

「まだ好きだ、彩羽《あやは》」

言えるのに。

今なら、こんなに素直《すなお》に、伝えられるのに。

でも、お前だけがいなくて。

「彩羽《あやは》」

手を伸《の》ばす。

けれど届かなくて、あいつは後ろで手を組んで、ただ困ったように笑っている。

もういいよ。

もういいから、早く覚めてくれ。

三年も前なんだ。今さら嘆《なげ》いたりしない。

それにどうせ、また全部忘れる。

「頑張《がんば》ってね、伊緒《いお》くん」

会えてよかった。話せて、よかった。

「……じゃあな」

『またな』とは言わない。

その練習だって、ちゃんとできてる。

◆　◆　◆

瀬名《せな》とあまり嬉《うれ》しくない通話をした、その翌日。

補習とセミナー、両方の講義が終わり、俺は座ったまま天井《てんじょう》を見上げた。

なぜか、いつもより余計に疲《つか》れた。ふぅっと息を吐《は》くと、身体《からだ》がますます重くなった。

教室を見渡《みわた》すと、鷹村《たかむら》はすでにいなかった。どうやら、今日はさっさと帰ったらしい。

「伊緒《いお》」

諦《あきら》めて帰ろう。そう思ってカバンを担《かつ》いだところで、声をかけられた。

今日も冷えた透明《とうめい》感のある湊《みなと》が、どことなく慎重《しんちょう》な足取りで、こちらへ歩いてくる。

「なんか……今日元気ない？」

「……いや、まあ講義は疲《つか》れたけど、べつに」

「……そう。ならいいけど」

それっきり、湊《みなと》は先に教室を出ていった。

周囲から若干《じゃっかん》の視線を感じる。が、これでいい。

俺たちの関係は、お前らセミナー出席組が、ゆっくり広めていってくれ。

それから、俺は本屋にでも寄ることにして、校門の前にある小さな書店に入った。

この店は授業で使う教科書なども扱《あつか》っている、久世高生御用達《くぜこうせいごようたし》の本屋だ。おまけに、夏休みの宿題である評論文の課題図書も揃《そろ》えてくれている。

せっかくなので、どれか一冊買って帰ろう。それだけで、多少の達成感はあるだろうし。

参考書を買うだけで勉強した気になる、あれと同じだ。

「明石《あかし》？」

「ん……おわ、鷹村《たかむら》か」

なんと、文庫の棚《たな》には見知った先客がいた。本を手にしたまま、無表情にこっちを眺《なが》めている。

静かな本屋に鷹村煌《たかむらこう》……やたら似合うな。

「帰るの早いと思ったら、ここにいたのか」

「次の本を買うためにな」

なるほど、さすが読書家。

一冊読み終わると、すぐ次の本。そういう読書スタイルのやつが、この世には一定数いる。

俺みたいにかじってるだけの人間とは、明らかに違《ちが》う。

いわゆる、本の虫ってやつだろうか。

「そういや、『もう一度だけ、初恋《はつこい》』どうだった？　読み終わったんだろ？」

このみ朽流《くちる》のデビュー作で、初の文庫化作品。それを、鷹村《たかむら》は少し前に読んでいた。

タイムリープ能力のある主人公の女性が、初恋《はつこい》の相手と何度も違《ちが》う恋《こい》をする、そんな話だ。

「そうだな……予想していたよりも、怖《こわ》かった」

「ほお」

いや、わかるぞ鷹村《たかむら》。このみ作品は、ちょっと怖《こわ》いんだ。

ホラーとか猟奇《りょうき》的ってわけじゃなく、つまり……。

「切実で、生々しかった。リアリティがありすぎて、読んでいて顔が歪《ゆが》んだ」

「そう、まさにそれだ。でもそこがいい」

「おもしろかったが……しばらくは、ほかを読む勇気がないな、俺には」

鷹村《たかむら》は真顔で、そんなことを言う。

そこまでかよ。けどたしかに、しんどいからなぁ、読むの。

「それに俺は、読書は基本的に文庫に絞《しぼ》っている。単行本にまで広げたらキリがないからな」

「あー、それはわかる。絶対死ぬまでに消費しきれないよな。本だけじゃなく、漫画《まんが》とか映画とか、そういうの全部さ」

「だな。俺は昔、それに気づいて泣いたことがある」

「マジかよ……」

「ああ。どうしようもなく悲しくて、家の本棚《ほんだな》の前でうずくまったよ。今でも気持ちは同じだが、さすがに泣いたのはバカだったたな」

言いながら、鷹村《たかむら》は持っていた本を棚《たな》に戻《もど》して、クスッとかすかに笑った。

やっぱり、男子相手だと普通《ふつう》だ。というか、むしろイメージよりも愉快《ゆかい》なやつだ。

話すようになってきて、鷹村《たかむら》の印象は徐々《じょじょ》に変わっていく。まあもちろん、女子相手のときの残念な感じは、ずっとそのままだけども。

「毎日……無数に物語が生まれている。なのに俺は、一日に数個の作品にしか触《ふ》れられない。つまり生きている限り、際限なく、知らない物語は増え続けていく。新しいことを知っているはずなのに、世界から引き離《はな》されていく。嬉《うれ》しいのと同時に……こんなに寂《さび》しいことはない」

鷹村《たかむら》は、まるで本の一節を読んでいるかのように、そう言った。

不思議な考え方だ。けれど、妙《みょう》な説得力もある気がして。

それに、こんな作り物みたいなセリフが似合ってしまうのも、きっと鷹村《たかむら》くらいだろう。

「あっ……すまん。少し、感傷的すぎた。忘れてくれ」

「いや、なんか俺も、ちょっと悲しくなったぞ」

「……悪い癖《くせ》だ」

鷹村《たかむら》は照れたように顔をそらして、平積みの本のページをゆっくり撫《な》でた。

こいつは、本当に心の底から、本が好きなんだろう。

いいな、と思う。変な知り合い方になったが、鷹村《たかむら》の話は、これからもまた聞いてみたい。

ただ……今はそう、別の目的が優先だ。悪いな。

「……そうだ、なあ鷹村《たかむら》」

「ん？」

「瀬名《せな》、いるだろ。お前の後輩《こうはい》の。あいつって、どんなやつだ？」

そろそろ、これを聞いてもいいだろうと思っていた。遠回しだが、鷹村《たかむら》があいつのことを、どう認識《にんしき》しているのか、なんとなく読み取れるはずだ。

俺のちからで、鷹村《たかむら》が誰《だれ》にも恋愛《れんあい》感情を持っていないことは、もうわかっている。

なら重要なのは、瀬名《せな》に好きだと言われたときに、それを受け入れそうかどうか、だ。

「……お前、知り合いなんじゃないのか」

「そうだけど、そこまで仲よくないからな。あと、部活でどんな感じなのかなと」

「……どんなやつ、か」

肘《ひじ》を逆の手のひらに乗せて、鷹村《たかむら》が顎《あご》に手を当てる。

その一連の動きがひたすら様になっていて、ほんのちょっとだけ見惚《みと》れてしまう。

いや、変な意味じゃないんだぞ。

「すごいやつだな」

「それはまた、曖昧《あいまい》な」

「……世界の中心みたいなやつだ。それも、周りの人間が勝手に、あいつを中心に回りだすような。しかも、みんなそれに不満を持たない」

「ほお……言い得て妙《みょう》だな、それ」

なんか、瀬名《せな》って小さい台風みたいだし。

「文芸部のなかでは、少し異質だ。落ち着いたやつが多いからな。ただ、先輩《せんぱい》にも同期にも可《か》愛《わい》がられてる。瀬名《せな》がいるのといないのとで、文芸部の空気はずいぶん違《ちが》っただろうな」

「そういやあいつ、みんなで花火行くってはしゃいでたぞ。お前も行くんだろ？　意外だな」

「……まあ、成り行きでな。花火は嫌《きら》いじゃない。人混みと合わせても、ギリギリプラスだ」

あくまでギリギリらしい。まあそれについては、俺も同じような感覚だな。

「で、お前個人的には、瀬名《せな》のことはどう思う？」

「個人的に……？　どういう意味だ、それは」

今度は、もっとクリティカルな質問。言い分も、一応用意してある。

「ほら、前に瀬名《せな》と三人で一緒《いっしょ》になったとき、お前、あいつ相手には普通《ふつう》だったろ」

「普通《ふつう》……か」

繰《く》り返《かえ》しそう言って、鷹村《たかむら》は居心地《ここち》悪《わる》そうに頬《ほお》をかいた。

「残念ながら、お前が女子の前じゃポンコツ化するのは、もう知ってる。見てればわかるからな。けど瀬名《せな》にはそうじゃなかったから、なにか理由があるのかな、と」

「……いや、べつに特別なことはない。強《し》いていえば、慣れたんだろうな。あいつとは、単純に話す機会が多い」

「そうか。っていうかそもそも、慣れると平気になるもんなんだな」

「……瀬名《せな》のことは、尊敬している。個人的にどう思うか、という話には、それが答えだ」

「尊敬、ね。なるほど」

なんともいえないワードだな、尊敬。ただ、本当にそう思ってるんだろう。

鷹村《たかむら》から見た瀬名《せな》の印象は、まあ悪くない。やっぱりどっちかといえば、こいつ自身の恋愛《れんあい》へのスタンスの方が、問題だろうな。

「話は変わるけどな」

と、あえてそう前置きをした。

「お前は誰《だれ》かと付き合ったり、そういうのに興味はないのか？　モテるだろ」

「……その手の話か」

いやな顔をされそうだ。そうでなければ、ドキマギしたりするんだろうか。

そう思っていたのに、鷹村《たかむら》の反応はやけに薄《うす》かった。

それどころか、さっきまでと比べても、表情が曇《くも》って見える、ような気がした。

「興味はない」

短い返事だった。そして、できれば聞きたくなかった言葉だ。

「……そうなのか。なら——」

「だが」

初めて、鷹村《たかむら》の語気がほんの少し、強くなった。

「だが……興味がない、で済むものでもない、か」

まるで、俺にではなく、自分に向かって言っているようだった。

なぜそんな言い方になるのか、俺にはわからなかった。

「あ、鷹村《たかむら》くん、明石《あかし》くんも！」

そこへ、不意に横から、明るい声が飛んできた。

学校で見るよりもラフな服装をした、加奈井《かない》先生だった。

なんて場面で現れるんだか、この人は……。

「セミナーお疲《つか》れ様《さま》。本屋さんにいるなんて、感心ですね」

「感心されるようなことですか」

「あはは、実は先生が嬉《うれ》しいだけだったりして」

ですよねー。まあ、素直《すなお》でよろしい。

気になって隣《となり》を見ると、鷹村《たかむら》は顔を伏《ふ》せて、どういうわけか頬《ほお》までちょっと赤くしていた。

普段《ふだん》よりますます、弱っている。案の定、会話に参加する気はなさそうだ。

「明日のテストも、しっかりね？　合格できないと、また補習延長ですよ」

「なんて理不尽《りふじん》なシステムなのか」

「なんて心配な教え子なの……」

はあ、と深い深いため息をついて、加奈井《かない》先生が首を振《ふ》る。

さすがに、そっちはなんとかするつもりだ。もちろん、今日の一夜漬《いちやづ》けで。

「……帰ります」

ずっと黙《だま》っていた鷹村《たかむら》が、ぼそっと呟《つぶや》くように言った。

先生に小さく会釈《えしゃく》して、そのまま店を出ていく。

「じゃあ、俺もこれで」

「あ、はーい。さようなら」

棚《たな》の前で手を振《ふ》る先生に背を向けて、鷹村《たかむら》を追う。

途中《とちゅう》まで帰り道は同じだ。なんとなく、今日はついていくことにしよう。

「こら、置いてくなよ。せっかくだし、一緒《いっしょ》に行こうぜ」

「……好きにしろ」

なにやら、鷹村《たかむら》のテンションが低い。

いや、それはいつものことだが、今は一段とおとなしい、ような気がする。

「どうかしたのか？」

「……いや、なにも」

ふたりで電車に乗って、反対側のドアの前に並ぶ。

そのあいだも、鷹村《たかむら》は静かだ。それに、渋《しぶ》い顔をしているようにも見える。普段《ふだん》は表情の乏《とぼ》しいやつだが、今は窓を睨《にら》む目がやけに鋭《するど》い。

……なんなんだ、いったい。そういや、結局本も買わずに出てきたし。

「……おい、たか」

そのとき、急にガタンと音を立てて、電車が大きく揺《ゆ》れた。

俺も鷹村《たかむら》も、ついでにほかの乗客も、揃《そろ》ってバランスを崩《くず》す。

いつもはこんなに揺《ゆ》れないだろ、というツッコミも、声には出なかった。

「……っ！」

当然、わざとではなかった。そして、防ぎようもなかったと思う。

鷹村《たかむら》がふらついた方向と、俺が手を伸《の》ばした吊《つ》り革《かわ》の位置が、偶然《ぐうぜん》重なった。

咄嗟《とっさ》の判断で、直撃《ちょくげき》は避《さ》けた。けれど、鷹村《たかむら》の整った鼻の頭を、手《て》の甲《こう》が掠《かす》めた。

ちからが発動する。

いや、発動したって、なにも見えない。もう、結果は知っている。

そのはず、だった。

「……えっ」

「……明石《あかし》？」

幸い、鷹村《たかむら》はなんともなさそうだった。

俺も転ばなかったし、ほかの乗客も見たところ、全員無事。

ただ、ひとつだけ問題があった。

「……お前、どうした？」

「い、いや……べつに。……悪いな。手、当たったろ」

「気にするな。当たったといっても、触《ふ》れた程度だ」

「……やっぱり、触《ふ》れてたんだな」

それさえ確かなら……まあ、充分《じゅうぶん》だ。

そのあとは、本当に何事もなかった。鷹村《たかむら》とは途《と》中《ちゅう》の駅で別れて、俺も自分の最寄《もよ》りで降りた。

状況《じょうきょう》を整理したかった。

家に着いたら強めの炭酸を入れて、じっくり、慎重《しんちょう》に考えなきゃいけない。

「どういうことだよ、まったく……」

鷹村《たかむら》の鼻に、触《ふ》れたとき。

俺の頭に浮《う》かんだのは間違《まちが》いなく、さっきまで一緒《いっしょ》だった久世《くぜ》高《こう》教師、加奈井《かない》睦美《むつみ》の顔だった。


帰ってからはぼんやりと夕飯を摂《と》って、さっさと風呂《ふろ》を済ませた。

それから自室のベッドに仰向《あおむ》けになって、ひたすら天井《てんじょう》を眺《なが》めた。

ため息で澱《よど》んだ喉《のど》を、冷えたコーラで潤《うるお》す。

そんなことを延々と繰《く》り返《かえ》しているうちに、いやでも結論に辿《たど》り着《つ》いた。

「……つまり鷹村《たかむら》は、加奈井《かない》先生のことが好きなわけだ」

口に出してみると、ますます頭に疑問符《ぎもんふ》が浮《う》かんだ。

「なら……なんで前に教室で触《さわ》ったときは、なにも見えなかったんだ？」

……いや、単純な話だな。

「あのときから今日までのあいだに、どこかで好きになった……か」

そう考えるのが、一番自然だ。それに、特に珍《めずら》しいことでもない。

俺のちからは、好きかどうかはわかっても、好きになりそうかどうかまではわからない。

好きじゃないけど、気になってる。そんな微妙《びみょう》な状況《じょうきょう》は見破れない。

いくつかある、このちからの不便なところのひとつだ。

不便でいえば、一度目は触《さわ》ったと思い込んでただけで、実際は髪《かみ》とか、首に手が当たってた、
そういう可能性もあるが……。

「……まあ、そこは今はいいか」

重要なのはあくまで、鷹村《たかむら》が今、加奈井《かない》先生を好きだ、ということだ。きっかけやタイミン
グなんてのは、いってしまえばあんまり関係がない。

状況《じょうきょう》が変わった。それに合わせて、これから瀬名《せな》のためにどうするか。

考えるべきは、それだな……。

勝率が下がったのは、はっきりいって間違《まちが》いない。

明確なライバルが発覚したからだ。それも、たまたま。

そう思えば、電車が揺《ゆ》れたのには感謝だな。さすがの俺でも、数日おきに鷹村《たかむら》の気持ちの変化を確認《かくにん》しようなんて、思わなかった。

「これは……失敗だったか」

ひとりの相手に何度もちからを使うのは、リスクが大きい。

それはもちろんだが、鷹村《たかむら》が誰《だれ》かを好きになる可能性は低いだろうと、高を括《くく》ってた部分がないとはいえない。

ただ、相手の恋心《こいごころ》は制御《せいぎょ》できない。変化に気づくのだって、どれだけ鋭《するど》くても限界がある。

今は反省よりも、今後の対策を練る方が先決。

それは……そうなんだが。

「……ホントなのかね」

鷹村《たかむら》のことは、まだよく知ってるわけじゃない。

だが、正直かなり驚《おどろ》きだ。普通《ふつう》に人を好きになったのも、相手が加奈井《かない》先生だってことも。

なにせあいつは、先生相手にはまともに会話もできてなかったからな……。

「頼《たの》むぞ、おい……」

手のひらをかざして、何度か拳《こぶし》を作ってみる。裏にも表にも、怪我《けが》も傷もない。

今さらちからを疑うなんて、バカだ。それはわかってる。

初めて湊《みなと》の顔に触《ふ》れたときだって、驚《おどろ》きはしたが、結果そのものは正しかったんだからな。

「……けど、あんまり予想外なことが続くと、不安にもなるってもんだぞ……」

見えた顔が多すぎた湊《みなと》。見えるはずの顔が見えなかった御影《みかげ》。そして、見えないと思った顔が見えた鷹村《たかむら》……か。

特に今回は、顔に触《さわ》ったのが偶然《ぐうぜん》だったからな。触《さわ》ろう、って決めてるときと違《ちが》って、ちからの発動自体に不意を突《つ》かれたといっていい。

もちろん、今までだってそういうことは、ないこともなかったが……。

「……いや、ダメだな」

どっちにしろ、二回触《さわ》って、結果が違《ちが》ったんだ。念のため、もう一回試《ため》してみるべきだろう。

あれこれ考えるのは、そのあとでも遅《おそ》くない。

……それに。

「くそっ……こんなときに、忌々《いまいま》しい補習め」

悲しいかな、今夜は明日のテストのために、最低限でも勉強しなきゃならない。

加奈井《かない》先生にも言われたが、また延長なんてことになったら、いよいよマズいからな。

頭を無理やり切《き》り替《か》えて、俺は引き出しのファイルから、期末テストの解答を取り出した。

今からできるのは、せいぜい丸暗記ぐらいだ。それで無理なら、もう諦《あきら》めよう。

まったく……テストといい、昨日の瀬名《せな》とのやり取りといい……憂鬱《ゆううつ》なことは、まとめて起こるようになってるのだろうか。

「……ああ、そうだ」

ひとつ、思いついた。

ことテストの対策だけに関しては、俺には強力な助《すけ》っ人《と》がいるじゃないか。

『電話する』

そうＬＩＮＥを送って、返事を待つ。すぐに既読《きどく》がついて、向こうから着信がきた。

相変わらず、話が早いやつだ。いや、早すぎるだろ。

『なんだ』

「実は、日浦《ひうら》さんに聞きたいことが」

『ん』

「明日の追試、今から一番点数上げられるのって、なんだ？」

『今からなら、期末の丸暗記』

「……はい」

まあ、そうだよな……。

『終わりか？』

「はい」

『ん』

それっきり、日浦《ひうら》はさっさと通話を切った。

「愚《おろ》か者《もの》！」というセリフがついたスタンプが、三つ送られてきた。

◆　◆　◆

「えーでは、結果は明日以降、職員室で個別に通知します。各々《おのおの》、確認《かくにん》に来てください」

無機質な声でそう言って、試験官の教師が部屋を出ていく。

予定通り、補習のチェックテストは滞《とどこお》りなく行われた。

これで不合格の科目は、また補習。それも、今度はほとんど教師とマンツーマンだろう。

朝から登校して、夕方までずっとテストを受けた。

なんとブラックな日程、と思ったが、普通《ふつう》に補習になった俺が悪いので、文句は言えない。

「お疲《つか》れ様《さま》、伊緒《いお》くん」

「おう……そっちもな」

元気そうな御影《みかげ》に対して、俺の声は半分死んでいた。

けど、どう考えてもおかしいのは御影《みかげ》の方だ。しかも俺は、まだ帰れないからな……。

「セミナーに行くんだったかな？」

「ああ。またあれでな」

「そうか。しんどいだろうけれど、頑張《がんば》って」

柔《やわ》らかく笑って、御影《みかげ》が背中を撫《な》でてくれる。

気持ちはありがたいが、普通《ふつう》にドキッとするからやめてほしい。


セミナーの教室に着くと、最初に湊《みなと》と目が合った。呆《あき》れたように、何度か首を振《ふ》っている。

追試のあとにまで来なくても、とでも言いたげだ。けど、今日はどうしてもはずせないんだよ。

教室を見渡《みわた》して、お目当ての相手を探す。

鷹村《たかむら》は……いたな。それとあとは……。

「あ、明石《あかし》くん。こっちも来たの？　偉《えら》いですね」

と、後ろから声をかけられた。振《ふ》り返《かえ》ると、本日のセミナー最終コマ担当、加奈井睦美《かないむつみ》が立っている。俺がここに来た目的の、もうひとり。

「テスト、どうでしたか？　合格できそう？」

「採点する先生が、いい感じにミスしてくれるのを祈《いの》ってます」

「せめて神様に祈《いの》って……」

そんなやり取りもそこそこに、俺は鷹村《たかむら》の斜《なな》め後ろの席につく。

鷹村《たかむら》はこっちには目もくれず、ただ窓の外を、黙《だま》って見つめていた。


やっておきたいことは、ふたつあった。

ひとつはもちろん、もう一度鷹村《たかむら》の顔に触《さわ》ること。

これは、あくまで確認《かくにん》だ。昨日は疑ったが、十中八九また、同じ結果になるんだろう。

だが、確かめずにはいられないのもまた事実。あと一回なら、触《さわ》る算段もある。

そして、ふたつ目は——。

「ラ行変格活用は、『あり・おり・はべり・いまそかり』ですね。ただ、この『いまそかり』が、実は滅多《めった》に出てきません。でも、じゃあ覚えなくていい、ってわけでもありません」

「……」

加奈井睦美《かないむつみ》に対する、鷹村《たかむら》の態度の観察だ。

具体的には、鷹村《たかむら》がどんな様子で、加奈井《かない》先生の授業を受けているのか、それを見る。

好きな相手を前にしたときの、鷹村《たかむら》の反応。好きじゃない相手との違《ちが》い。今後のためにも、それは知っておいて損はない。

なにせ昨日の本屋じゃ、当然ながらよく見てなかったからな。

もちろん、本当は授業じゃなく、普通《ふつう》に会話してくれるのが一番だ。

けど、だからって部活に押しかけるわけにもいかない。ひとまずは、これで我慢《がまん》だ。

……しかし。

「もし出てきたとき、すぐ気づけるように。『いまそかり』のこともたまには思い出してあげてね、ってことですね。実際、私も大学入試で出て、一瞬《いっしゅん》忘れてたから」

ちゃんと授業を聞いているらしい連中が、カリカリとノートを取る。

そして、鷹村《たかむら》も同じようにしていた。その動きも、視線も表情も、あれは……。

「……普通《ふつう》だな」

緊張《きんちょう》した様子もなければ、やたらと加奈井《かない》先生を見ている、なんてこともない。

いつも通りの、ただのドライなイケメンだ。

一緒《いっしょ》にセミナーを受けていてわかったことだが、鷹村《たかむら》は授業をしているのが女性教師でも、目が泳いだり、挙動不審《ふしん》になったりはしない。

おそらく、『会話』じゃなければ平気なんだろう。

そしてそれは想《おも》い人相手にも、そのまま当てはまるってことだろうか……。

「いや……それにしてもな」

そういう鷹村《たかむら》ルールはともかくとしても、普通《ふつう》、好きな相手を見てるときは、態度が多少でも変わりそうなもんだ。

単純に、俺がその違《ちが》いに気づけてないだけか……？　前に湊《みなと》を監視《かんし》してたときなんかは、わかりやすかったんだけどな。いや、あいつが特別なのか？

まあ、相手のことをどれだけ好きかとか、そいつの性格とか、いろいろ関係するだろうし。

あんまりこだわりすぎても、判断が狂《くる》うだけかもしれない。曇《くも》りなき目で見よ、だな。

これ以上は収穫《しゅうかく》もないだろう、ということで、俺は残りの時間で、昨日の夜に考えられなかったことを考えた。

すなわち、鷹村《たかむら》が加奈井《かない》先生のことを、好きだった場合についてだ。

そうなると、真っ先に気になることが、まずひとつ。

それは加奈井《かない》先生が、もうすぐ結婚《けっこん》する、ということだ。

「……」

鷹村《たかむら》だって、さすがに知ってるはずだろう。

教師と生徒。ただでさえハードルが高いのに、余計難しい恋《こい》だ。

っていっても、難しいから好きになりません、なんてのは、恋愛《れんあい》感情には通用しないわけで。

「……みんな、いろいろ苦労するな」

なんて、ありきたりなことを、声に出さずに言ってみる。

恋《こい》っていうのはどうにも、うまくいかないもんだ。

当たり前のことだが、あらためて実感させられる。

「さて……どうしたもんか」

当然、俺にだっていろいろと、思うところはある。

鷹村《たかむら》のことは、知ってしまった以上、友達として応援《おうえん》する。けれど今の俺の役目は、瀬名《せな》の相談をこなすことだ。

そしてそのためには、あいつが鷹村《たかむら》と付き合えるように、サポートしてやらなきゃならない。

御影《みかげ》のときと同じく、板挟《いたばさ》みだ。まあ今回は、俺が勝手に挟《はさ》まれた気になってるだけだが。

それに、瀬名《せな》とはあれ以来、話せてもないしな……。

「……また、大変だな」

湊《みなと》や御影《みかげ》のときに比べれば、状況《じょうきょう》は全然普通《ふつう》だ。それでも、今回だって充分《じゅうぶん》、難しい。

とりあえず……長い目で見よう。な、瀬名《せな》。

なにも、焦《あせ》ることはない。

告白する勇気を持ってるあいつなら、なおさらだ。

もともと、期間なんて決めてないんだ。来年でも再来年でも、とことん付き合ってやるさ。


「よう、お疲《つか》れ」

セミナーが終わって、俺はまた鷹村《たかむら》に声をかけた。もうすっかり、手慣れたもんだ。

「ついに最終日まで現れたか。案外続いたな」

「え……ああ、今日で終わりか、セミナー」

「……それも知らずに、よく参加してたもんだ」

全然、知らなかった。まあ、もともとセミナー自体には興味ないしな。

それに、今はそんなことより、仕事だ。

「これを見ろ、鷹村《たかむら》」

言って、俺はポケットに入れていた、持ってる中で一番高いイヤホンを出した。ノイズキャンセリングつき、独立型ワイヤレス。

そしてなにを隠《かく》そう、俺の仕事道具だ。

「……見たが？」

「見るな。着けろ」

「なぜ……」

どさくさで顔に触《さわ》るためだよ、とは言わない。

「ノイキャンがすごいんだ。うるさいところで本読むのにも便利だぞ」

「……新手のセールスか？」

ちょっとおもしろいことを呟《つぶや》きながら、それでも鷹村《たかむら》は興味を持ったようで、素直《すなお》にイヤホンを耳にはめていた。

かき上げられた髪《かみ》が、やたらとつやつやしている。王子か。

「……おぉ。水中みたいだな」

と、いいリアクションまでしてくれた。謎《なぞ》のしてやったり感がある。

ただ、もちろん本題はそこじゃない。

「だろ。ちなみにセールスじゃない。三万くらいするからな、それ」

言いながら、俺は鷹村《たかむら》の頬《ほお》のそばに手を伸《の》ばした。

もちろん、不自然だ。けれど、だからってなにか起きたりはしない。
俺がちょっと、変なやつだなって思われるだけだ。
それくらいなら、大した問題じゃない。
「まあ、気に入ったら試《ため》しに――」
そこで図《はか》らずも、用意していたセリフが止まった。
間違《まちが》いなく、鷹村《たかむら》の耳の近くに触《さわ》った。感触《かんしょく》だけじゃなく、実際に目視までした。
当然、加奈井《かない》先生の顔が見えるんだろう。そう思っていた。
やっぱり、ちからは絶対なんだなって、あらためて実感する。そうなるんだろうと。
だが――。
「……」
「……明石《あかし》？」
その声で我に返って、慌《あわ》てて手を引っ込めた。
怪訝《けげん》そうに、鷹村《たかむら》がこっちを見ている。繕《つくろ》う言葉が、なにも見つからない。
確実に、触《さわ》ったのに。
なんで……今度はなにも見えない？
いよいよ、訳がわからなかった。
「三万か……」と、鷹村《たかむら》が寂《さび》しげに言う。

それを遠くに聞きながら、湊《みなと》はもう電車に乗っただろうかと、そう思った。

◆　◆　◆

「……それで、そんなにぐったりしてるわけね」

プルーフの、いつもの席。

テーブルに突《つ》っ伏《ぷ》していた俺の頭上から、澄《す》んだ声がした。

顔を上げると、アイスティーのストローをくわえた柚月湊《ゆづきみなと》が、こっちを見下ろしている。

俺と違《ちが》って、冷静なもんだ。まあ、当然か。

「突然《とつぜん》相談があるって言うから、なにかと思えば」

「急に呼び出したのは悪かったよ。ただ、非常事態なんだ……」

「それは……まあ、いいけど」

そんな優《やさ》しいお言葉をいただいたところで、有希人《ゆきと》が注文していた料理を運んできた。

俺がサーモンのクリームパスタで、湊《みなと》がきのこのペペロンチーノ。

「ごゆっくり、柚月《ゆづき》さん。ごめんね、手のかかる従兄弟《いとこ》で」

「いえ……慣れました」

慣れられてたのか。そして、有希人《ゆきと》はうるさい。

「もう二度目だもの。慣れもするわ」

カウンターに戻《もど》っていく有希人《ゆきと》を見送ってから、湊《みなと》が言う。

その節は大変、お世話になりました。

ただ、ちからのことを相談できるのはお前くらいなんだよ。それになにより、頭いいからな。

「で、どう思う？」

一度目は反応なし、二度目に加奈井睦美《かないむつみ》が見えて、次はまた、なにもなかったことについて。

ちなみに湊《みなと》には、もうある程度の事情は話してある。必要最低限で、だけどな。

「伊緒《いお》は？　まず、それを聞かせて」

「……まあ、ひとつ考えられるのは」

言ってから、もう一度頭の中を整理する。

今はまだ、これくらいしか思いついてない。

「好きになりかけ、だな」

「それって……まだ完全には好きじゃないから、触《さわ》るタイミングで結果が違《ちが》う、ってこと？」

「ああ。つまり、気持ちが揺《ゆ》れてるんだ。好きだなって思ったり、違《ちが》うなって思ったり。そういう、複雑な状況《じょうきょう》」

「……そうね。なくはない、かも」

そう言いつつも、湊《みなと》はまだ腑《ふ》に落ちていない様子だった。

　正直、俺も同じ気持ちだ。理屈《りくつ》は通ってそうだけど、しっくりはきていない。

「昨日はなにも見えなくて、今日は見える。それだけなら単純なんだけどな……。また見えなくなった、ってなると、なにが正解やら……」

「今までに、似たようなことはなかったの？」

「ないな。そもそも、同じ相手に何度もちからを使うのが、かなり珍《めずら》しい。それこそ、最近じゃ湊《みなと》のときくらいだ」

「……ふぅん。そう」

　どこか恥《は》ずかしそうに、湊《みなと》がふいっと顔をそらす。

　なんか、もう懐《なつ》かしいな……。まだそんなに経《た》ってないのに。

「あ、そうだ。湊《みなと》、ちからに異常がないか、試《ため》させてもらっても」

「なにっ！」

　と、言い終わる前にめちゃくちゃ睨《にら》まれた。しかも涙目《なみだめ》だ。冗談《じょうだん》です、すみません。

　第一、俺も湊《みなと》の顔に触《さわ》るのは緊張《きんちょう》するからな。

「真面目にやってよ……っ」

「わかったわかった。けどお前のことだって、俺はまだ心配なんだ。それはホントだぞ」

「……ありがと。でも、それとこれとは別」

　はい、その通りです。

「……たとえばだけど」

「おう」

「今はそういう、ちょうど境目みたいな状態だったとして、時間を置いてみたら？」

「……ああ、なるほどな。変な話、来月には気持ちが定まってるかもしれないのか」

「その可能性はあるでしょ？　急いでるわけじゃないなら、待ってみてもいいんじゃない？」

「たしかにな……盲点《もうてん》だった」

さすが湊《みなと》、視野が広い。いや、毎度のことながら、俺の視野が狭《せま》いのか？

頭の中で、日浦《ひうら》がいつかと同じ、目の端で両手を立てる仕草をした。ドヤ顔がムカつく。

「鷹村《たかむら》の今の状況《じょうきょう》は、わからなくてもいい。大事なのは、この先どこに落ち着くか、か」

「そうね。モヤモヤするけど」

「だな。でも、仕方ない」

それに、今日のセミナー中にも、決めたばっかりだからな。長い目で見ようって。

予定が狂《くる》ったせいで、忘れるところだった。

……ああ、そういえば。

「ひとつ、いいこともあったな」

「いいこと……って、なんなの？」

「鷹村《たかむら》は、異性が苦手でも、好きにならないわけじゃない。それがわかったってことだ。つまり、加奈井《かない》先生以外のことも、好きになる可能性はある」

「あぁ……そうね」

今まで気づかなかったが、これは大きな進歩、というか収穫《しゅうかく》だ。

もちろん、だからって恋人《こいびと》を作る意志まであるかどうかはわからない。

けれど、そこは鷹村《たかむら》本人に聞けば、まあ嘘《うそ》はつかないだろう。

瀬名《せな》には朗報だが、さて、どう伝えたもんか。

あいつ好きな人いたぞ、お前にもチャンスあるな、なんて言ったら、散々罵倒《ばとう》されそうだ。

「……うわ、また伊緒《いお》」

不意に、そんな声がした。

聞き間違《まちが》えるはずもない、よく知ってる声だ。

「お、また梨玖《りく》か」

「梨玖《りく》さん、こんばんは」

「ふわっ！　ゆ、柚月《ゆづき》さんもいらっしゃったんですか！　ここここ、こんばんは！」

ピシッと背筋を伸《の》ばして、梨玖《りく》がお辞儀《じぎ》をする。

ここここって、ニワトリかお前は。

ところで、今日の梨玖《りく》は私服だ。おそらく、友達と遊んだ帰りかなにかだろう。

妹のファッションチェックは御免《ごめん》だが、ひとことでいえば、ちょっと背伸《せの》びしている。

ポニーテールの結び目がレザーのリボンで、たしか気に入ってるやつだ。

「失礼しますっ」

と、勝手に俺の隣《となり》に失礼してきた。

悪態つくくせに、席は離《はな》れないんだな。かわいいやつめ。

「梨玖《りく》、いらっしゃい」

「あ、有希人《ゆきと》！　私ハニーカフェオレね！　アイスの！」

「オッケー、ハニーのアイスね。待ってな」

店長直々に注文を取って、有希人《ゆきと》が戻《もど》っていく。

っていうか、今日はハニーカフェオレなのかよ。

「伊緒《いお》知らないの？　女子大生に人気なんだから、ハニーカフェオレ」

「……どこ情報だ、それ」

「有希人《ゆきと》」

……ああ、なるほど。梨玖《りく》の扱《あつか》いがうまいな、あいつめ。

「そうだ、妹よ」

「な……なに、急に」

そんなに警戒《けいかい》するなよ。ただちょっと、意見を聞きたいだけだって。

「先週、お前には好きな人がいなかったとする」

「う、うん……」

「で、昨日、ついに好きな人ができた」

「えっ⁉　……も、もしもだよね？」

「ああ、もしもだ」

だから、そんな反応はしないでくれ。お兄ちゃん、不安になるだろ。

とりあえず、あんまり深く聞くのはやめとこう。怖《こわ》いし。

「だが、今日になるとまた、誰《だれ》のことも好きじゃなくなっていた。これはどういうことだ？」

「……なに、もしかしてちからのこと？」

「なんだ、鋭《するど》いな」

「はぁ、緊張《きんちょう》して損した。またやってるの？　悪魔《あくま》の証明」

「天使の相談な」

まあ、当たらずも遠からずな気がするけどな。いや、そうか？

「そっか……そういえば、梨玖《りく》さんもちからのこと……」

「ああ、家族だからな。有希人《ゆきと》と一緒《いっしょ》で、昔から知ってるよ」

むしろ、特例は湊《みなと》の方だからな。

家族以外に知られてるってのは、まだたまに不思議な気持ちになる。

「……ホントに話してるんだ、柚月《ゆづき》さんに」

「ん？　ああ、だから言ったろ。湊《みなと》だけには伝えてあるって」

「言ってたけど……信じられなかったもん。初めてでしょ」

「そうだな。でも、湊《みなと》なら大丈夫《だいじょうぶ》だ。秘密は守ってくれるよ」

超《ちょう》がつく真面目だからな、この美少女は。

「そんなのわかってるもんっ。信用できないのは、伊緒《いお》の方」

「ぐっ……お前、反論しにくいこと言うなよ……」

でも俺だって、今まで誰《だれ》にも言わなかったんだからな。今回も見破られただけだし。

「……もしかして、梨玖《りく》さんも」

そこで、湊《みなと》は言葉を切った。

梨玖《りく》がなにかを察したように、俺を見る。いや、わかってるよ。たぶん湊《みなと》は――。

「いや、梨玖《りく》にはないよ、ちからは」

「……そうなのね。ごめん、聞いてもいいのか、わからなくて」

「悪いな、気を遣《つか》わせて。この際だから言っとくと、有希人《ゆきと》にもないし、親父《おやじ》にもない。あるのは俺と……母さんだけだ」

「……お母さん」

慎重《しんちょう》な声で、湊《みなと》が繰《く》り返《かえ》す。

隣《となり》で、梨玖《りく》が驚《おどろ》いている気配がした。

まあ、俺だってここまで話すとは思ってなかったよ。

湊《みなと》はそれ以上、なにも追及《ついきゅう》してこなかった。たぶん、俺の声音《こわね》か表情か、とにかくそういうものから、辛気臭《しんきくさ》さを感じ取ってくれたんだろう。

ありがたい。それに、申し訳ない。

でもここから先は、また今度……いや、いつか気が向いたらにさせてくれ。

「で、梨玖《りく》。さっきの質問の答えは？」

「え……なんだっけ？」

「昨日好きだった人を、今日好きじゃなくなってる現象だ」

厳密にはちょっと違《ちが》うのかもしれないが、まあ細かいところはいいだろう。

「えぇー……喧嘩《けんか》？」

「そういうのじゃないって」

「な！　じゃあ先に言ってよ！　わかんないじゃん！」

「あー悪かったよ。もういい」

「ムキ――――っ！」

今度は妹がサルになってしまった。

まあ、梨玖《りく》にもわからないだろう。それに、もう今はわからなくてもいいしな。

「……ちからに、特別なルールみたいなものはないの？　前に話してくれたこと以外で」

パスタを食べ終えた湊《みなと》が、カチャリとフォークを置いてから言った。

「いや……ないよ。シンプルだからな。……ただ」

「……なに？」

続きを言う前に、俺は一度メロンソーダを口に含《ふく》んだ。

甘みと刺激《しげき》を確かめて、ゆっくり飲み込む。

なんだか今日は、自分のことをよく話す日だな。

「俺だってちからのことは、完璧《かんぺき》に知ってるわけじゃない。なにができて、なにができないのかは、あくまで経験で判断してるだけだ。だから今回みたいなパターンも、ホントは確実なことは、なにも言えない」

自分のちからの正確な詳細《しょうさい》なんて、確認《かくにん》はできない。

それはなにも、こういう特殊《とくしゅ》な能力に限った話じゃない。

才能とかセンスとか、そういうのは自分では……いや誰《だれ》にも、完全にはわからないからな。

「……そう。でも、たしかにそうよね。ごめん」

「いや、謝ることじゃないだろ。むしろ、無責任ですまん。ただでさえ変なちからなのにな」

まったく、困ったもんだ。じゃじゃ馬め。

「極端《きょくたん》なことといえば、鷹村《たかむら》と加奈井《かない》先生に対してだけは、このちからは正常に作用しない、なんて仮説だって、否定はできない。けどまあ、そういう線は考えてもキリないしな」

それに、たぶん違《ちが》うだろう。それこそ、経験則だけどさ。

「加奈井《かない》先生って、もしかして加奈井睦美《かないむつみ》さん？」

ちょうどハニーカフェオレを運んできた有希人《ゆきと》が、珍《めずら》しく聞いてきた。

「……なんで知ってるんだよ」

「だって、その人俺の先輩《せんぱい》。高校時代、っていうか、久世高《くぜこう》時代のね」

「あ、あぁ……あの人、久世《くぜ》高出身だったのか」

久世高《くぜこう》の教師にはOBやOGが多い、というのは、たしかに聞いたことがあった。が、加奈《かな》井《い》先生もそうだったとはな。

そして、有希人《ゆきと》も元久世高生《くぜこうせい》だ。加奈井《かない》先生とは、たぶんひとつ違《ちが》い。

「生徒会で書記やってたよ。俺が副会長のとき。字が綺麗《きれい》で人当たりがよくて、愛されキャラだった。そっか、教師になってたのか」

愛されキャラ、ね。そこはそのまま、今と同じだな。

「それより、お前生徒会だったのか」

「あれ、言ってなかったか？　でも、似合うだろ？」

わざとらしくスマートな仕草で、有希人《ゆきと》がウィンクをする。

「あー！　似合う似合う！」

と、梨玖《りく》。お前は有希人《ゆきと》に懐《なつ》きすぎだ。寂《さび》しいだろ、俺が。

「で、有希人《ゆきと》。さっきの梨玖《りく》への質問、お前はどう思う？」

「ん？　あー、昨日今日の、好きとか好きじゃないってやつか」

なんだ、やっぱり聞いてたのか、こいつめ。

「知らんね。っていうか、べつに普通《ふつう》だろ。恋《こい》はもともと、微妙《びみょう》な感情だ。なんでもかんでも、理解できると思わない方がいい」

「……わかってるよ、それは」

「じゃあ、もっとわかった方がいいね。今お前が思ってる、十倍くらいは見積っときな」

それっきり、有希人《ゆきと》はさっさと退散した。カウンターに入るなり、バイトの女子大生にお小言を言われている。ザマァ見ろ。

「……十倍、か」

たぶん、冗談《じょうだん》でもないんだろうな……。

舐《な》めてるつもりはないが、まあ、肝《きも》に銘《めい》じておこう。


「少しだけ、お話できませんか」

プルーフを出るときに、そう声をかけられた。

それも、伊緒《いお》の見ていないところで。

伊緒《いお》たちと別れてから、私は飲み物を買って、自分の駅の改札の前に座って、彼女を待った。

しばらくすると、ポニーテールを揺《ゆ》らした梨玖《りく》さんが、小走りでやってきた。

「すみません柚月《ゆづき》さん、いきなり……」

あの人の、妹さん。それだけで、年下でもやっぱり緊張《きんちょう》はする。

かわいくて、気が強そうな子。それから、伊緒《いお》にはあんまり似ていない。

仲がよさそうで、ちょっと羨《うらや》ましいな。

「それはいいの。だけど……どうしたの？」

ふたりで話すのは初めてだ。それに、こんなふうに会うほどの話題も、特に思いつかない。

少なくとも、私には。

けれど、断ろうとは思わなかった。

「あの……もしかして、柚月《ゆづき》さんは」

私の隣《となり》に座った梨玖《りく》さんが、さっそく切り出した。

お店で話していた時と違《ちが》って、深刻そうに見えた。

「……四季《しき》彩羽《あやは》さん、という方を、ご存じですか」

「えっ……」

四季《しき》、彩羽《あやは》さん。

ちょっとぶりに聞く、だけどたしかに覚えている、その名前。

ただ、どう答えるのが正解なのか、少し迷ってしまった。

「兄から聞いていませんか。もし心当たりがなければ……すみません、忘れてください」

「……ううん、知ってるわ。でも本当に、伊緒《いお》に聞いただけ」

「そう……ですか」

梨玖《りく》さんは心底、驚《おどろ》いているようだった。

難しそうな顔で俯《うつむ》いて、両手を握《にぎ》り締《し》めていた。

私は自販機《じはんき》に立って、梨玖《りく》さんの分の飲み物を買った。きっと、長くなるだろうから。

「カフェオレでよかった？」

「そ、そんな！　お金、払《はら》います！」

「いいの。先輩《せんぱい》だから、ご馳走《ちそう》させて。久世高《くぜこう》、来るんでしょう？」

「……ありがとうございます。実は、あんまり受かる自信ないんですけど……」

しょんぼりしたように、梨玖《りく》さんが言う。

自分でよければ、いつでも勉強を教える。そう言おうとして、断りづらいかなと思ってやめてしまった。それに、なんだか上から目線みたいで、気が引けた。

「どこまで……聞いていますか。大丈夫《だいじょうぶ》です。私は、全部知ってますから」

全部。

それは、どこまで？

その人が、もう亡《な》くなっているということまで？

それとも、伊緒《いお》がその人のことを……。

「好きだった……って。それに、たぶん」

「今も、変わらない」

梨玖《りく》さんが、私の言葉を引き継《つ》いだ。

胸《むね》の奥がズキッと痛んで、それがいやだった。

「そっか。お兄ちゃん……そこまで話してたんだ」

「どうして……私が聞いてそうだって？」

「ちからのこと……それに、ほかにもいろいろ、打ち明けてたので。でも、びっくりしてます。

柚月《ゆづき》さんはきっと……お兄ちゃんにとって、すごく特別なんですね」

「と、特別っ……!?」

恥《は》ずかしくなってしまって、大きな声が出た。

ああ、私はバカだ。うまく言えないけど、もうホントに、バカ。

「あ、すみません！　そんなこと一方的に言われても、困りますよね」

「こ、困るっていうか……ううん、困らないけど、でも……」

「……お兄ちゃん、あの人の話、滅多《めった》にしないんです。ましてや好きだなんて、なおさらです。

すごく大切で、でもたぶん……ちょっと、後ろめたいから」

「後ろめたい……ね」

不思議な言葉だな、と思った。

だけど、それがどういう意味なのか、なんとなくわかるような気もしていて。

梨玖《りく》さんがカフェオレの缶《かん》を、小さな両手で口へ運ぶ。

なにかに迷っているように、しばらく目を伏《ふ》せていた。

お店にいたときは、『伊緒《いお》』って呼んでいたのに。

今の梨玖《りく》さんは、彼のことを『お兄ちゃん』と呼んでいる。

かわいらしいな、なんて、そんなことを場違《ばちが》いに思った。

「……あの、柚月《ゆづき》さんは！」

「な……なに？」

ガバッと顔を上げて、梨玖《りく》さんが私をまっすぐに見る。

目元も、瞳《ひとみ》も、そこだけは伊緒《いお》によく似ていた。

「お兄ちゃんのこと、どう思いますか！　異性として！」

「……ふぇっ⁉」

それは……どういう……？

いや、ひとつしかない……とは思うのだけど……。

「あり、というか……なしじゃないですか？　と、友達としてでもいいんです！」

「え、えっと……その……」

頭が、明らかに働いていなかった。

どうしてそんなことを聞かれているのか。それに、なんて答えればいいのか。

おまけに、今自分がどんな顔をしてしまっているのか。

どれも、全然わかんない……っ！

でもこの質問は、詩帆《しほ》に同じようなことを聞かれたのとは、いろんな意味でわけが違《ちが》う。

返答が、ものすごく大事。

それだけは、なんとか理解できていた。

「お、お兄ちゃん、ちょっと……じゃなくて、かなりおバカで、しかもシスコンですけどっ！

顔はまあ、そこそこだし、たまに優《やさ》しいし……あ、あと身長も平均よりはあって……」

「……梨玖《りく》さん？」

「それに、真面目です！　勉強以外は！　そう、真面目！　親身になってくれるっていうか
……つまり……えっと……」

……知ってるわ、梨玖《りく》さん。

それは、よく知ってる。

「そんなに……まあ、悪くないと思うので！　バカですけど！」

「……うん」

「だから……もし、そんな機会があって、柚月《ゆづき》さんがいやじゃなければ！」

ずいっと身を乗り出して、梨玖《りく》さんが言う。

「お兄ちゃんを、助けてあげてほしいんです……！」

「……助ける？」

彼女のセリフは少しだけ、予想とは違《ちが》っていた。

安心したけれど、同時に、どういうことなのかが気になった。

「お兄ちゃん……たぶん困ってます。忘れられなくて……ずっと、あのときのままで……。自分でもわかってるのに、どうしようもなくて……」

「……」

「……私じゃダメなんです。こんなお節介《せっかい》しか、できません。だけど柚月《ゆづき》さんは、きっと特別です。具体的にどうすればいいかも、お兄ちゃんがどうしたいのかも、わからないけど……でも、前に進む手助けをしてあげたくて……だから」

梨玖《りく》さんの声が、だんだん小さくなる。

どうして彼女が、私を呼び出したのか。今、なにを頼《たの》まれているのか。

私にはそれが、やっとわかったのだった。

そして、私は……。

「……助けてもらったの」

「えっ……？」

きっとこれからも、ずっと忘れない。

伊緒《いお》の言葉も、声も、表情も。

「私が先に、すごく助けてもらった。本当に、人生が変わるくらい。だから……私も、できることはしてあげたいと思ってるわ」

「……柚月《ゆづき》さん」

恩返しがしたい。それが今の、私の伊緒《いお》への気持ちだ。

好きとか、恋《こい》とか、そういうのはまだ、やっぱりわからないけれど。

でも、この気持ちだけは絶対に、間違《まちが》いない。

「伊緒《いお》は……どう思ってるのかしら」

「……わかりません。それに、私が思っている方向が、ホントに前なのかも、わからない。だって……恋《こい》も過去も、その人のものだから」

恋《こい》と過去は、その人のもの。

伊緒《いお》が、私に言ってくれたのと同じだ。

偶然《ぐうぜん》、なのだろうか。もし違《ちが》うなら、このふたりは、やっぱり兄妹《きょうだい》だ。

「でも、有希人《ゆきと》は言ってました。早く忘れるべきだ、って。たぶん、本人にも言ってます。伊《い》緒《お》には厳しいんです、あの人。ううん、ホントは、それが優《やさ》しさなんだと思います」

「……そう、かもしれないわね」

私には、きっとできないけど。

「勝手なお願いして、すみませんでした」

梨玖《りく》さんが立ち上がって、ペコリと頭を下げる。

ポニーテールが横に流れて、ゆらりと揺《ゆ》れていた。

「ううん。ありがとう、そんな大事な話、してくれて」

「もっと、確かなことが言えたらいいんですけど……。こればっかりは、伊緒《いお》の気持ち次第《しだい》でもあるので」

「そうね……」

「でも、わかってくれる人がそばにいるだけでも、今の伊緒《いお》にはすごく、ありがたいと思います。もっといえば……」

「……？」

「あの……伊緒《いお》って、ホントにどうですか？」

「どっ！　……どうって……なによ」

この子……もしかしてちょっと、厄介《やっかい》……？

なんか、詩帆《しほ》に近いものを感じるような……。

「彼氏《かれし》に、です！　やっぱり柚月《ゆづき》さんは、もっと賢《かしこ》くて爽《さわ》やかで、カッコいい人が好みですか？　……あれ、そういえば、柚月《ゆづき》さんってもう彼氏《かれし》いるんですか？」

「い、いません！　だ、だけど、そういうのはもっと、当人同士でっていうか……そんなお見合いを勧《すす》める親みたいな……」

「うーん……たしかに、そうかも。でも、柚月《ゆづき》さんみたいな人が伊緒《いお》の彼女なら、私も嬉《うれ》しいなぁ、って。まあ、伊緒《いお》にはもったいないですけど」

そんなことを言いながら、梨玖《りく》さんは椅子《いす》に置いていたカバンを肩《かた》に掛《か》けた。

どうやら、落ち着いてくれたみたいだ。……よかった。

「それでは、今日は本当に、ありがとうございました。……あの」

「……どうしたの？」

「受験勉強……もし困ったら、ちょっとだけ教えてくれませんか？」

はにかむように目を細めて、梨玖《りく》さんが言う。

……そんなの、私だって。

いや、私の方こそ。

「困ってなくても、いつでも言って。勉強だけは得意だし、私も、受かってほしいから」

「……はい！　お願いします！」

最後にもう一度丁寧《ていねい》なお辞儀《じぎ》をして。

ついでにＬＩＮＥも交換《こうかん》してから、梨玖《りく》さんは帰っていった。

人のために、無茶をする。そういうところが、本当にあの人にそっくり。

それに、もうひとつ。

「たぶんあなたも、かなりのブラコンよ」

帰りの電車に揺《ゆ》られながら、私は彼女のＬＩＮＥアカウントを、もう一度開いた。

「……やっぱりアイコン、サメなのね」

第七章　花火が消えたそのあとで

後輩《こうはい》から、また電話がかかってきた。

『先輩《せんぱい》、追試の結果どうでした？』

瀬名《せな》の声は、予想に反してかなり、普通《ふつう》だった。

前にあんなことがあってから、まだ一度も話していない。

もうちょっと気まずくなるかと思っていたが、あっさりしたもんだ。

スマホを机に置いて、ベッドに仰向《あおむ》けになってから、俺は答えた。

「耐《た》えたぞ。丸暗記の力だ」

『なーんだ。おめでとうございます』

なんだとはなんだ。しかも、ちゃんと祝ってくれるのかよ。

「そっちは？」

『私も合格です。当たり前じゃないですか』

「俺たち補習組には、常識が通用しないからな」

日浦《ひうら》に言わせれば、補習自体がまず、あり得ないらしいし。

「……で、なんの用なんだ」

まだ、通話の用件を聞いてない。まさか、追試の合否を確認《かくにん》するのが目的じゃないだろう。

『すみませんでした、この前は』

「……」

『相談に乗ってもらってるのに、勝手に電話して、勝手に怒《おこ》って。自分でも引きました。あの日はダサい光莉《ひかり》ちゃんだったなぁって』

「いや……俺も悪かった。気にするな、光莉《ひかり》ちゃん」

『うわっ、やめてください。セクハラですよ』

「ギリギリ俺が負けそうだな、その主張」

世知辛《せちがら》い世の中だからな。

『じゃあ、これで仲直り』

「喧嘩《けんか》ってほどでもなかったけどな」

『そうですか？　先輩《せんぱい》、超怒《ちょうおこ》ってると思ってました』

「……怒《おこ》らないって」

むしろ……いや、もういいか。終わったことだ。

『先輩《せんぱい》は彼女とかできても、尻《しり》に敷《し》かれそう』

「……否定できん」

『あはは、よわ』

瀬名《せな》が、ケラケラと笑った。

いつもより、少しだけ乾《かわ》いた声だった。

『明日、花火ですね』

「そうだな」

『先輩《せんぱい》も行くんですか？』

「ああ。早めに行って、場所取りあるけどな」

『あ、もう尻《しり》に敷《し》かれてる』

「敷《し》かれてない、敷《し》きにいくんだ、シートを」

ってていうかそもそも、べつに女子が一緒《いっしょ》とは言ってないだろ。まあ、一緒《いっしょ》だけど。

「お前は、文芸部で行くんだったな」

『そうですよー。前に買った服、着ていきます。向こうで会ったら、写真撮《と》らせてあげますね』

「そのサービス精神は買うけど、いらん」

『うわー、ひど。いいもん、そのときは御影先輩《みかげせんぱい》に撮《と》ってもらうから。ツーショット』

「あいつとツーショットか……度胸あるな、瀬名《せな》」

『先輩《せんぱい》、それ普通《ふつう》に失礼なんですけど』

また、あははと笑う。

「……ところで、なんで御影《みかげ》もいるって知ってるんだ？」

『え？　だって、仲いいじゃないですか、ふたり』

「……そうか？」

『そうですよ。普通《ふつう》の男女の友達よりも、ちょっと。まさか、自覚ないんですか？』

そう、なのだろうか。日浦《ひうら》がいるせいで、そのへんの感覚が狂《くる》ってるのかもしれない。

「まあとにかく、そっちは頑張《がんば》れよ。鷹村《たかむら》にアピールするチャンスなんだろ？」

なにせあいつは今……あれだからな。

『あ、そうだ。そのことなんですけど』

なんでもないことのように瀬名《せな》が言う。

かすかにわざとらしい、その声。

自分がそういうものを感じ取れることが、少し意外で、でもそのあとすぐに、合点《がてん》がいった。

『私、もう恋愛《れんあい》相談やめますね』

「……」

ああ、そうだ。

——もう、相談はこれで終わり。

湊《みなと》に同じことを言われた、あのときの声に、似てるんだ。

——あとは、自分でなんとかするわ。

「……理由は？」

俺は身体《からだ》を起こして、スピーカーを切ったスマホを耳に当てた。

皮肉だな、と思った。

経験があるから、今回はあのときよりも、比較的《ひかくてき》落ち着いている。

「……まだ、あんまり役に立ててないってのは、自覚してる。けど……これからだろ」

『違《ちが》いますよ。明石先輩《あかしせんぱい》は、思ってたよりもずっと、頼《たよ》りになりました。それに、本気で考えてくれてたのも、わかってます』

「……じゃあ、なんでだよ」

あんなにしぶとく、相談したがってたろ。

絶対付き合いたいって言ったのは、お前だろ。

『もう決めたんです。天使の相談には、途中《とちゅう》でやめちゃいけないって条件は、ないですよね』

「それは……」

たしかに、その項目《こうもく》は用意してない。これからだって、付け加えるつもりもない。

けど……だからって……。

『大丈夫《だいじょうぶ》です。煌先輩《こうせんぱい》には明日、ちゃんと告白します』

「……明日？　いや、でもお前、それじゃあ──」

続きを言いかけて、慌《あわ》てて口を閉じた。

鷹村《たかむら》が、加奈井《かない》先生のことを好きかもしれない。

それを瀬名《せな》に言うかどうか、まだ考えはまとまっていない。

だって、もっと長い時間をかけるつもりだったんだ。鷹村《たかむら》のことも、瀬名《せな》のことも。

なのに、いきなりこんな……。

「考えは……変わらないのか？」

『はい。芯《しん》の強い女なので、私。あと、度胸もあります。好きな男の人に告白するタイミングくらい、自分で決められます』

そう……そうだな、瀬名《せな》。

お前は、そういうやつだ。

でも……だったらなおさら、今じゃない。

「……瀬名《せな》。実は俺、鷹村《たかむら》に――」

好きな人がいるかどうか、聞いたんだ。

嘘《うそ》でもいいから、今はそう言おうと思った。

あとでどれだけ罵《のの》られたって、嫌《きら》われたって、お前が悲しむよりはずっと、マシだから。

『大丈夫《だいじょうぶ》ですよ、先輩《せんぱい》』

「っ……」

『知ってますから。言ったでしょ。鋭《するど》いんですよ、私って』

そのまま、瀬名《せな》は通話を切った。

焦点《しょうてん》の合わない目で、スマホの画面を見つめる。

『ありがとうございました』という瀬名《せな》からのメッセージに、俺は既読《きどく》をつけられなかった。

◆　◆　◆

『びわ湖大花火大会』当日は、昼間から滋賀《しが》県が騒《さわ》がしかった。

今日は特別ダイヤで、京阪《けいはん》もＪＲも運行本数が増えている。

それでも、電車は普段《ふだん》より明らかに混んでいたし、浴衣《ゆかた》姿の人やカップルがやたらと多い。

たぶん、京都《きょうと》や大阪《おおさか》からの観客だろう。動員数三十万人越《こ》えは伊達《だて》じゃない。

今はこの程度だが、これから夕方、夜にかけては本当に、駅なんてまともに歩けたもんじゃなくなるからな。

特に、プルーフのあるＪＲ膳所《ぜぜ》駅付近は、花火の会場が近いこともあり、もう至るところに出店が立ち始めていた。

単純に気温が高いということもあるが、異様な熱気に包まれていて、本番は夜なのに今から落ち着かない。

「よっ、伊緒《いお》」

「おう」

プルーフの近くのコンビニで、薄着《うすぎ》の玲児《れいじ》と合流した。

場所取り用のビニールシートを入れた袋《ふくろ》を提《さ》げて、缶《かん》コーヒーを飲んでいた。

ちなみに、玲児《れいじ》は彼女と一緒《いっしょ》に行く予定が急遽《きゅうきょ》なくなって、こっちに混ざることになった。

「別れたから、俺も入れて」と言われたときは、呆《あき》れつつも、助かった、と思った。

なにせ、今日は。

「うちの四大美女は、あとで来るんだっけ？」

「ああ。今、藤宮《ふじみや》の家に行ってるらしい」

「そーかそーか。楽しみだなぁ。それにしても、よかったー俺もこっち来て。みすみす伊緒《いお》をハーレムにするところだった」

「正直俺も、さすがにそれは避《さ》けたかったよ」

日浦《ひうら》たちと京都《きょうと》に行ったときは、三対一でもけっこう目立ってたし……。

それから、俺たちは長いときめき坂を下って、県道を渡《わた》った。

増え始めている車と人に肩《かた》をすくめて、ふたりで琵琶《びわ》湖岸のなぎさ公園まで、また歩いた。

「おわ、もうけっこう埋《う》まってるなぁ」

なぎさ公園の芝生《しばふ》は、すでに大量のシートで埋《う》め尽《つ》くされていた。

打ち上げ場所もすぐ近くで、しかも座って見ることができる。つまり、人気スポットなのだ。

「あそこは？　六人くらいなら、入れそうだぞ」

「お、いいねー。じゃあ、そっちは頼《たの》んだ」

というわけで、見つけたスポットを、玲児《れいじ》と手分けして早めに押さえる。

俺は持ってきたペットボトルに水を汲《く》んで、シートが飛ばないためのおもしを作った。始まるまでずっとここにいるわけじゃないので、留守番役が必要なのだ。

「いい場所じゃん。あとは打ち上げを待つだけだなー」

「何時からだ？」

「七時半」

「で、八時半までか。日浦《ひうら》たちは五時頃《ごろ》に駅だと」

「おっけー。ならあと三時間は、伊緒《いお》とデートか」

それから、俺と玲児《れいじ》はふたりで、シートに座って琵琶湖《びわこ》を眺《なが》めた。

出店でなにか買うには早いし、腹も減っていなかった。

「伊緒《いお》と来るの、もしかして初めてだっけ？」

「だな。お前はいつも、彼女と来てたろ。もう顔も覚えてないけどな」

「あー、わかる」

「お前は覚えとけよ」

元カノ連中が聞いたら、刺《さ》されるぞ。

「そういや、どうなったんだ、瀬名《せな》ちゃんと鷹村《たかむら》」

「……べつに」

「わかりやすっ。なんかあったか、また」

「ニヤニヤすんな……。あと、またってなんだよ」

「まただろー。お前は美少女と絡《から》むと、大体トラブルになるからな」

「……俺のせいかな」

「バーカ。みんないろいろあるんだよ。お前だけじゃなくて、な」

……どういう意味だよ、それは。

「お前さー」

「ん」

「いい加減、彼女作れば」

「……無理だよ」

ってていうか、そんなに軽く言うなよ。

お前は、知ってるんだから。

「無理じゃないだろ、べつに」

「無理なんだよ。わかるだろ」

「……無理かー」

玲児《れいじ》の声が、ざぁっという波の音に吸い込まれた。

たまに、こいつはこの話をする。そのたびに俺が逃《に》げて、それで終わり。いつものパターンだ。

……そう、逃《に》げて終わり。俺はずっと、逃《に》げている。

誰《だれ》も最後までは追いかけてこないのを、いいことに。

それを自覚できないほど、悩《なや》んだ時間は短くない。

そしてだからこそ、俺はまだ、今のままなんだ。

「怒《おこ》んないって、あの子も」

「当たり前だろ。俺が勝手に……好きなだけなんだから」

「でも上書きしないと、ずっと見えたままじゃん。そんで見えてたら、余計忘れられない」

「忘れなきゃダメかよ」

思わず、語気が強くなった。

それを察知したのか、玲児《れいじ》は立ち上がって、ぐっと両腕《りょううで》を伸《の》ばした。

それから地面に落ちていた石を拾って、琵琶湖《びわこ》のそばまで歩いた。

「ダメでは、ないっ」

玲児《れいじ》が投げた石が、数度水面を跳《は》ねた。ちゃぷんと小さな音を立てて、水底に沈《しず》んでいく。

「だから、説得してる。けど、まあいいや。今日は花火だし。それに……」

こちらを振《ふ》り向《む》いて、玲児《れいじ》が薄《うす》く笑った。

悔《くや》しいけど、ときどき、本当にときどき、思う。

こいつがモテるのは、顔だけのせいじゃないんだろうな、と。

「こういうのはやっぱり、男の役目じゃないしな」

夕方になる頃《ころ》には、駅前はもう、大変なことになっていた。

「日浦《ひうら》たち、着いたって？」

「ああ。ただ、生きてるか？　これ……」

駅からぞろぞろ出てくる、人の大津波《おおつなみ》。俺と玲児《れいじ》は流されないように、近くの柱に摑《つか》まった。

まとまって来ることになっている、女子四人のお迎《むか》えだ。が、果たして無事だろうか……。

なにせあいつら、今日はただでさえ、歩きにくいだろうし。

「あ、いた。あれじゃね？」

背伸《せの》びをした玲児《れいじ》が、指を差す。

そのあたりに、たしかに見えた。人混みの中で、周囲と一線を画して華《はな》やかな、四人組が。

「……マジか」

無意識に、そんな声が出ていた。

向こうもこちらを見つけたようで、お互《たが》い手で合図を送りながら、なんとか道の端《はし》に移動する。

物陰《ものかげ》に入ると、ようやく少し落ち着いた。

「お待たせぇ」

「ごめんね、大変だったろう？」

「場所取りご苦労」

「こら。ありがとう、ふたりとも」

女子四人を内側に入れて、俺と玲児《れいじ》で人波側に立つ。

偉《えら》そうな日浦《ひうら》はともかく、湊《みなと》たちは口々に労《いたわ》ってくれた。

まあ、それはいいのだが。

「……」

「お――。みんな超《ちょう》いい感じじゃん。さすが」

悠々《ゆうゆう》と褒《ほ》める玲児《れいじ》に対して、俺は軽い衝撃《しょうげき》を受けていた。

浴衣《ゆかた》だ。四人とも。しかも玲児《れいじ》の言う通り……いや、これはもっと、すごい。

「うちのお母さんが、みんなの分レンタルしてくれたの」

「伊緒《いお》くん、どうかな？」

御影《みかげ》が代表するように前に出て、小さく腕《うで》を広げる。

白地に青紫《あおむらさき》の薔薇《ばら》が咲《さ》き乱《みだ》れる浴衣《ゆかた》を、二本の紐《ひも》がクロスになった黒い帯が、きゅっと引き締《し》めている。もともとの御影《みかげ》の雰囲気《ふんいき》によく合った、大人っぽくも華《はな》やかなデザインだ。

隣《となり》に並んだ藤宮《ふじみや》は、同じく白地。だがオレンジの金魚と赤い朝顔の模様がかわいらしく、薄《うす》いピンクの帯にリボン結びの帯締《おびじ》めも相まって、御影《みかげ》とはまた違《ちが》った可憐《かれん》さがあった。

「……大変けっこうです」

「ふふ、そっか。よかった」

「明石《あかし》、あたしも見ろ」

カンっと下駄《げた》の音を立てて、日浦《ひうら》が歩み出てくる。

相変わらず品がない、と思いつつ、それでも今日はなんというか……。

「お前……似合うじゃん」

濃《こ》い青緑の生地《きじ》に、白い大きな菊《きく》。控《ひか》えめに施《ほどこ》された金色の装飾《そうしょく》と、ベージュの帯に赤いブローチのワンポイント。日浦《ひうら》にしては上品だが、そこがまた、センスとギャップを感じる。

「だろ。惚《ほ》れたか」

「惜《お》しいな。あとは言動さえおしとやかなら」

「うが――――っ」

唸《うな》り声を上げて襲《おそ》いかかってくる日浦《ひうら》が、すぐに藤宮《ふじみや》に引っ張り戻《もど》される。そういうとこですよ、姫《ひめ》。

しかし、動きにくそうなのに俊敏《しゅんびん》だな。油断ならん。

……そして、最後は。

「……感想とか、いいから」

ぼそっとそう言って、湊《みなと》が身体《からだ》を斜《なな》めにした。

シックで深い紺地《こんじ》に、涼《すず》やかな水色の雪輪模様と桜が舞《ま》う。白い帯に花柄《はながら》のとんぼ玉がついた帯締《おびじ》めが、すっと目を引いた。浴衣《ゆかた》だけでもひたすら綺麗《きれい》だが、湊《みなと》はおまけに……。

「今日は髪《かみ》……上げてるんだな」

「……う、うん。詩帆《しほ》のお母さんが、張り切っちゃって」

青系の紫陽花《あじさい》モチーフがついた簪《かんざし》を、凜《りん》と挿《さ》して。

湊《みなと》はうなじを覗《のぞ》かせて、長い髪《かみ》をアップにしていた。

感想はいい、と言われたが……これはさすがに。

「……よく似合ってる、と思う」

「そっ……！　そう。ありがと」

本当に、似合っている。いや、湊《みなと》に浴衣《ゆかた》なんて、似合うに決まっていたのだろう。

張り切った、という藤宮《ふじみや》母の気持ちが、なんとなくわかる気がした。


それから、俺たちはできるだけ固まって、また湖岸までの道を歩いた。

だが昼間と違《ちが》い、歩きにくさも人口密度も半端《はんぱ》ではなく。

「すごい人だね……おっと」

体勢を崩《くず》した御影《みかげ》が、そばにいた日浦《ひうら》の肩《かた》に摑《つか》まった。

運動神経がここにも影響《えいきょう》しているのか、日浦《ひうら》は小柄《こがら》なのに安定している。

かっこいいな、こいつ。

「みんな気をつけてねー、特に女子」

そう言いながらも、玲児《れいじ》は苦笑《くしょう》気味だった。俺とふたりで四人娘《むすめ》を挟《はさ》んでいるとはいえ、
正直こっちも余裕《よゆう》はないからな……。押さないでくれ、見知らぬおっさんよ。

地元民として言わせてもらうと、正直、滋賀《しが》県のこのあたりなんてのは、大量の人間を入れるようには作られていない。

なにせ年に一度の今日以外は、普通《ふつう》の郊外《こうがい》だからな。どう考えても、街がキャパオーバーだ。

「……藤宮《ふじみや》と湊《みなと》は、平気そうだな」

京都《きょうと》組ふたりは、うまくバランスを取ってついてきているようだった。

むしろ、俺と玲児《れいじ》より安心感がある気がする。

「あ、うん。まあ私たちは、祇園祭《ぎおんまつり》でちょっと慣れてるから」

「祇園祭《ぎおんまつり》……かの有名なあれか」

「そういえば、今年は行けなかったわね」

「なんか忘れてたなぁ。忙《いそが》しくて」

「まさか、ここより多いのか、人」

「……どうかしらね。でも花火とかはないから、もうちょっと人は分散してるかも」

「あとは道路も広いからねー、あっちは」

なるほど。でもヤバそうだな、天下の京都《きょうと》だし。

「ねえ、伊緒《いお》くん」

無事シートまで辿《たど》り着《つ》けるだろうか。そう思っていると、御影《みかげ》がたどたどしい足取りでこっちに近づいてきた。

つらそうな様子に反して、歩くたびに鳴るカラカラという下駄《げた》の音が、なんとも雅《みやび》だ。

「おう、大丈夫《だいじょうぶ》か」

「うん……ちょっと、苦労しているよ。……もしよければ、腕《うで》を貸してくれないかな？」

「えっ……」

それは……つまり。

「坂道で、履《は》き物《もの》もこれだから、転ぶのが怖《こわ》くてね。……だめ？」

言って、御影《みかげ》がねだるように、少しだけ顔を寄せてくる。

やめろよそれ……。今は特に、ドキドキするだろ……。

っていうか、誰《だれ》かに見られたらわりとマズいのでは……。ただ、日浦《ひうら》に摑《つか》まってろ、なんてことはさすがに言えない……か。

「……まあ、裾《すそ》なら」

「ふふ、ありがとう。なるべく頑張《がんば》るね」

御影《みかげ》が嬉《うれ》しそうに言って、俺の服をぎゅっと摑《つか》んだ。自然、半ば密着状態になる。しかも、さっそく周囲の視線が痛い気がした。

思い出される、大阪《おおさか》での肩身《かたみ》の狭《せま》さ、だな……。

「この辺で、なんか食いもん買っとくかー」

やっと県道に差しかかったところで、玲児《れいじ》が言った。

「あ、賛成。私たませんがいいなぁ」

「私も食べるわ、たません」

「揚《あ》げアイス食わせろ」

「ああ、いいね揚《あ》げアイス。亜貴《あき》、見つけたら一緒《いっしょ》に行こう」

「んじゃ、いろいろ回るか。ほしいもんあったら、都度抜《ぬ》けていく感じで」

そんなわけで、俺たちは屋台を品定めしながら、県道近くを練り歩いた。

焼きそば、たこ焼き、お好み焼き。かき氷、だんご、りんご飴《あめ》。

お馴染《なじ》みのB級グルメが並ぶなか、たまにちょっと珍《めずら》しいものも見つかった。

「あ、ロールアイス売ってるよ」

「なぬっ」

日浦《ひうら》がすぐに食いついた。相変わらず、アイスに目がない。

「雪いちごもあるわね。……どうしよ」

「俺の口が求めてんだよなぁ、じゃがバターをなぁ」

やっぱり、みんな好みはバラバラだ。

いろいろ楽しみたい気持ちはあるが、時間や手間を考えると、まあ買えてもふたつだろうな。

なにせ、どの店もかなり並んでるし。

「ね、伊緒《いお》くん、たい焼きが食べたいな」

「……いいんじゃないか」

「もうっ。一緒《いっしょ》に並ぼう、ね」

「わ、わかったよ……」

やっぱりそうなるのか……。

「たい焼き！　あたしも行く！」

と、日浦《ひうら》が器用に人をすり抜《ぬ》けて歩いてきた。

結局どれなんだよ、お前は。

「……いや、やっぱやめた。明石《あかし》、カスタード、あたしの分も一個買っとけ」

「ん、あ、ああ……いいけど」

「よし。じゃ、あたしは揚《あ》げアイス探すから」

くるっと向きを変えて、日浦《ひうら》は去っていった。珍《めずら》しく玲児《れいじ》に合流して、人混みに消えていく。

見ると、湊《みなと》と藤宮《ふじみや》もいなくなっていた。

「なんか変だな、日浦《ひうら》のやつ」

まあいつも変だけど、今のはちょっと、普段《ふだん》と様子が違《ちが》った気がする。

この空気で、おかしくなったのか。

「亜貴《あき》は、優《やさ》しいね」

「突然《とつぜん》だな。俺、パシられたぞ」

「ふふ。さあ、行こう」

クイっと御影《みかげ》に引っ張られ、俺たちはたい焼きの店の列に並んだ。

合流が不安だが、まあふたりずつだし、大丈夫《だいじょうぶ》だろう。

「……御影《みかげ》、今はいいだろ、服掴《つか》まなくて」

「ん……あ、そうだね。忘れていた」

ぱっと俺の裾《すそ》を放して、御影《みかげ》は両手を浴衣《ゆかた》の帯の後ろに隠《かく》した。

照れたように笑って、身体《からだ》を左右に揺《ゆ》らしている。

なんか御影《みかげ》って、いつも平然としてるように見えて、けっこうあれだよな……。

「……それにしても、ヤバいな、人」

さっきより、さらに増えたように見える。いや、増えてるだろうな、時間的にも場所的にも。

「こんなに混んでいるところに来たのは初めてだよ。大変だけど、楽しいね。浴衣《ゆかた》も着せてもらえたし」

「気合入ってるよな」

「すごかったよ、詩帆《しほ》のお母様。さすが、あの子の親御《おやご》さんだね」

意味深なことを言って、御影《みかげ》がクスクス笑う。

「……ね、伊緒《いお》くんっ」

「ん？」

突然《とつぜん》、あたりをキョロキョロ見回してから。

御影《みかげ》はふいっと顔をそらして、頬《ほお》をこっちに向けるようにした。

そのまま手で、髪《かみ》をさらりと避《よ》ける。

すると、そこには……。

「選んでもらったイヤーカフ、してみたんだ。……どうかな？　浴衣《ゆかた》とは、ちょっと合わないかもしれないけれど……」

銀色のリングを耳に着けた御影《みかげ》が、少し不安げな声で言う。

だが、そんな心配がくだらないことに思えるほど、それは……。

「いや……そんなことないって」

「……じゃあ、どう？」

「どうって……似合ってるよ、当たり前だろ」

だから、もう許してくれよ……。

「そう……そっか。ふふふ、ありがとう」

途端《とたん》に笑顔《えがお》になって、御影《みかげ》はさっと髪《かみ》を戻《もど》す。

イヤーカフが見えなくなって、さっきまでと同じ、浴衣《ゆかた》だけの御影《みかげ》になった。

なんで隠《かく》してるんだよ、と思ったが、たしかにその方がいい気がして、言わないでおいた。

いや、それはそれで、なんか恥《は》ずかしいな……。

「……ん」

そのとき、学生らしいグループが、俺たちのそばをゆっくり通り過ぎた。

男女で合わせて、六人くらいだろうか。賑《にぎ》やかで、楽しそうだった。

「……」

気がつけば、俺は瀬名《せな》の姿を探していた。

結局あいつはいなかったけれど、心臓がにわかに、鼓動《こどう》を早めていた。

「瀬名《せな》さんに、聞いたよ」

御影《みかげ》が言った。

「今日、頑張《がんば》るんだね」

「……お前にも話したのか、あいつ」

「うん。ＬＩＮＥで報告と、お礼を言われた。決意は固そうだったね」

まあたしかに、今回は御影《みかげ》もけっこう関わってたしな。あいつなりのケジメだろう。

「瀬名《せな》も、このなかのどこかにいるんだな」

「心配？」

「正直……かなり気になってるよ」

「……そっか」

天使の相談では、告白してもフラれるってことは、少なくない。

御影《みかげ》に告白した志田創汰《しだそうた》も、湊《みなと》のときの牧野康介《まきのこうすけ》も、そうだった。

俺にとっては、告白すること自体が、結果よりも、なによりも大事だ。

けどそれは、そいつがフラれてもなんとも思わない、ってこととは全く違《ちが》う。

相手が自分を好きじゃない、ってことを知るのは……その悲しみは、俺にだってわかる。

鷹村《たかむら》が、加奈井《かない》先生を好きかもしれない。

直近では違《ちが》ったとはいえ、数日前はそうだった。

結局、どういうことだったのか。実際のあいつの心のうちは、まだ不明だ。

でも、鷹村《たかむら》が加奈井《かない》先生を好きだったとしても、その恋《こい》を叶《かな》えるのはきっと、難しい。

教師の、しかももうすぐ結婚《けっこん》するあの人を、自分の気持ちを、鷹村《たかむら》はどう思っているのか。

やめておけ、と言いたい気持ちだって、ゼロじゃない。

瀬名《せな》のことも、一度考えてやってくれ。そんな身勝手なことを、思ってしまう俺がいる。

だけどもう、俺にはなにもできない。

ただ、祈《いの》って待つことしか。

「天使の相談は、大変だね」

「……俺が至らないからな」

「ううん。伊緒《いお》くんは、とっても頑張《がんば》っていると思うよ。ただ……」

「……」

「恋《こい》は、複雑だからね」

「……そうだな」

それから、俺たちはやっと列の前まで進んで、たい焼きにありついた。

あんこひとつと、カスタードふたつ。一個は日浦《ひうら》の分だ。

「それじゃあまた、いいかな？」

「……どうぞ」

再び、御影《みかげ》が俺の服を掴《つか》む。はぐれないようにくっついて、人混みに戻《もど》った。

屋台の旗や看板の文字を流し見ながら、次に買うものを探す。

後ろにいる御影《みかげ》に歩幅《ほはば》を合わせてのんびりしていると、何人もの人に追《お》い抜《ぬ》かれていった。

「ねえ、伊緒《いお》くん」

御影《みかげ》が、喧騒《けんそう》に飲まれそうな囁《ささや》き声《ごえ》で、言った。

なぜだか、振《ふ》り返《かえ》ることができなかった。

「前に、大阪《おおさか》で教えてくれたね。……きみは、恋《こい》をしていると」

「……そうだったな」

御影《みかげ》の顔を見る勇気が、俺にはなかった。

それに、今の自分の顔を見せるのも、怖《こわ》かった。

御影《みかげ》と、大阪《おおさか》へ行った日。路上ライブを聞きながら、だっただろうか。

「その相手は……どんな人？」

「……大切な」

喉《のど》が詰《つ》まって、声が出なかった。

でもここでやめるのはいやで、深呼吸をしてから、もう一度言った。

「大切な人だよ。……けど、今はもう」

いないんだ。

正しい言葉を飲み込んで、俺は続けた。

「……遠くにいるよ。会えないんだ」

「……そっか。そうなんだね」

それ以上、御影《みかげ》はなにも言わなかった。

裾《すそ》を引っ張る力が少しだけ、強くなったような気がした。

なぎさ公園に着くと、芝生《しばふ》の上には人と荷物と靴《くつ》が、所狭《せま》しと並んでいた。

もう周りも暗くなって、取っていた場所を見つけるのに、少し苦労した。

「お、発見！　無事だったか、俺たちのシートくん」

隣《となり》の団体にちょっと重ねられつつも、シートは生きていた。

六人なら、なんとか座れるだろう。

「うわー、いいねぇ。けっこう前だ」

「なにせ、俺がいたからね。伊緒《いお》だけじゃこうはいかない」

「でも彼女にフラれたろ、お前は」

「辛辣《しんらつ》か」

と、くだらないやり取りもほどほどに、俺たちはうまく並んでシートに腰《こし》を下ろした。

隣《となり》に座った湊《みなと》はたませんと、それにラムネの瓶《びん》を持っていた。

「うわ、いいなそれ。買いそびれた」

「ラムネも好きなの？」

「花火の炭酸といえばラムネだ。せっかくだし、飲みたかった」

普段《ふだん》は、あんまり飲む機会ないしな。

「……ひと口」

「え……」

「……や、やっぱりだめ」

言って、湊《みなと》は自分の身体《からだ》に隠《かく》すように、ラムネを置いた。

間接キスにうるさいはずの湊《みなと》が、まさか一瞬《いっしゅん》でもそんな提案をしそうになるとは……。

そして、途中《とちゅう》で撤回《てっかい》してくれてよかった。

なんて答えればいいのか、わからないからな……。飲みたいのは飲みたいけども。

「……これ、どうやって開けるの？」

「知らないのかよ」

「は、初めてだもん……」

「……貸してみな」

俺が手を出すと、湊《みなと》は少し渋《しぶ》りながらも、結局瓶《びん》を渡《わた》してきた。

包装を開けて、玉押しをはずす。シートの上に瓶《びん》を置いて、俺はポンっとビー玉を落とした。

「わ……溢《あふ》れないの？」

「しばらく抑《おさ》えとけば、大丈夫《だいじょうぶ》だ。放すとアウト。シートはお陀仏《だぶつ》だな」

しゅわしゅわと音を立てて、ゆっくり泡《あわ》が引いていく。

懐《なつ》かしいような寂《さび》しいような、独特な感覚が、手に伝わってきた。

「ほら」

「……ありがと」

瓶《びん》を受け取って、湊《みなと》はさっそくラムネに口をつけた。

普段《ふだん》と違《ちが》う、髪《かみ》を上げた横顔。白い頬《ほお》と首筋が、月の光を受けてほんのりと、輝《かがや》いて見える。

数ヶ月前は、と、ふと思う。

あの頃《ころ》は、こいつと一緒《いっしょ》に花火を見るなんて、想像もしてなかった。

琵琶湖《びわこ》を背にして、俺の手を自分の頬《ほお》に当てて、泣いていた湊《みなと》。それが、今は……。

「な……なに？」

「いや……不思議な縁《えん》だな、と思って」

「……そうね」

なんのことだ、と湊《みなと》は聞かなかった。

俺の考えていたことが、伝わったのかもしれない。

ちらと周りを見ると、日浦《ひうら》は御影《みかげ》とたい焼きを交換《こうかん》して、玲児《れいじ》は最近別れた元カノのことを、藤宮《ふじみや》に問《と》い詰《つ》められていた。

俺と湊《みなと》だけじゃなく、みんな、こうして仲よくなっているなんて。

友達っていうのは、たぶんそういうものなんだろう。

だが、やっぱりどうしても、まだ実感が薄《うす》かった。

もちろん……よかったな、と思う。

湊《みなと》がもう、悲しそうな顔をしていない。それはものすごく、いいことなんじゃないだろうか。

だってこいつは、こんなに——。

「あ」

誰《だれ》かが、短い声を上げた。

ざわざわしていた周りの声が、一瞬《いっしゅん》しんっと静かになる。

空に、光の線が伸《の》びていた。

「花火」

弾《はじ》ける。

視界がぱっと明るくなって、光の粒《つぶ》がゆっくり落ちていく。

ドン、と遅《おく》れてやってきた音で、身体《からだ》の内側が痺《しび》れるように震《ふる》えた。

おぉー、という歓声《かんせい》と拍手《はくしゅ》が、だんだん広がっていった。

琵琶湖《びわこ》の花火が、始まった。

空に咲《さ》いた光の花が、湖面に反射して揺《ゆ》れていた。


花火には、波がある。

このびわ湖大花火大会では、一万発の花火を一時間かけて、空に打ち上げる。

だが、ずっと平坦《へいたん》に続くわけでは、もちろんない。

「綺麗《きれい》だねぇ」

「そうね。こんなに近くで見たの、初めてだわ」

藤宮《ふじみや》は湊《みなと》の肩《かた》に顔を乗せて、ニコニコ空を見上げていた。

御影《みかげ》は玲児《れいじ》と、花火中に動画撮影《さつえい》に夢中になることの是非《ぜひ》について話している。

いつの間にかこっちに移動してきた日浦《ひうら》が、俺の焼き鳥を勝手にかじった。

花火には、暇《ひま》な時間も多いのだ。

「なあ、日浦《ひうら》よ」

「にゃんだ」

にゃんだとはにゃんだ。

「どうだった、お泊《と》まり会」

「んぁ？　またそれか。まあ、悪くなかった」

「……そうか。そりゃよかったな」

言ってから、俺は日浦《ひうら》に手を差し出した。

素直《すなお》に渡《わた》されたはしまきの串《くし》をひと口食べて、また日浦《ひうら》に返した。

「うま、はしまき」

「ソースとマヨネーズで、大体なんでもうまいからな」

「まあ、たしかにな」

ところで、はしまきがあるのって関西だけか？　あとで調べとこ。

「お前とも長いな」

「んだよ、いきなり。つーか、まだ一年じゃん」

「一年って、長くね？」

「……長いか」

ふん、と頷《うなず》いて、日浦《ひうら》は昇《のぼ》っていく光の線を目で追った。

パラパラと炎《ほのお》が弾《はじ》ける音が、耳に心地《ここち》よく響《ひび》いた。

「よかったな、俺以外にもちゃんと、友達できて」

「あ？　べつに、作ってなかっただけだし」

「そうかそうか。なら、よくぞ作ったな」

「……ムカつく」

口を尖《とが》らせて、日浦《ひうら》が俺を睨《にら》んだ。

「来年も、一緒《いっしょ》に花火来ようぜ」

「うん」

「よし、約束な」

「あたしより、お前の方が破りそうだぞ、その約束」

いつものジト目でそう言って、日浦《ひうら》ははしまきの最後を食べた。

大丈夫《だいじょうぶ》だよ、日浦《ひうら》。

……俺は、絶対大丈夫《だいじょうぶ》だ。

音と光と、風と歓声《かんせい》と。

そんなものを浴びているうちに、花火も終わりが近づいていた。

たまに来る、ちょっとした大きな波。連続で打ち上げられる花火に何度か圧倒《あっとう》されて、それ以外は休み気味に。

そして、いよいよあと、ラスト五分だ。

「もうすぐ終わりかぁ。寂《さび》しいね」

「なんだか、あっという間だったわね」

湊《みなと》と藤宮《ふじみや》が、少し疲《つか》れ気味に話している。

浴衣《ゆかた》でずっと座っていたので、無理もないだろう。

「そういえば、柚月《ゆづき》ちゃんも藤宮《ふじみや》ちゃんも、来るの初めてだっけ？　あと、御影《みかげ》ちゃんもか」

「え、うん。去年はテレビで見てたけど」

「そーか。んじゃ、お前ら知らないんだな」

「知らないって……なにを？」

湊《みなと》がそう言った、そのとき。

ヒュ――――――――っ。

音が聞こえた頃《ころ》には、もう真上まで来ていた。

直後、あたり一帯がまるで昼間みたいに、パッと明るくなっていた。


「最後は、ヤバいぞ」


たぶん、日浦《ひうら》の声だった。

息を吞《の》んで、俺はその光景を見つめてしまっていた。

ドンドンドンという振動《しんどう》と、水面から湧《わ》き上《あ》がるような、光の激流。

大きさも色も、高さも形も様々な花火が、空を、いや、天を埋《う》め尽《つ》くす。

何度見ても……毎年見ているのに、相変わらず、自然と顔がにやけてくる。

すごい。ただ、その言葉しか出てこない。

毎年見ているのに、というのは、表現として正しくない。

俺はきっと、これを見るために、毎年ここに来ているんだろう。

湊《みなと》たちがどんな顔をしているのか、気になった。

けれど、目を離《はな》すのがもったいなくて、俺はそのまま最後まで、ずっと空を見つめていた。

弾《はじ》けて溢《あふ》れて、綺麗《きれい》だけど、すぐに消えていく。

それが寂《さび》しくて、少し泣きそうになる。

花火って、炭酸みたいだな、と思った。


「すご────い!! なにあれ! すごい!」

終了《しゅうりょう》のアナウンスが流れるや否《いな》や、藤宮《ふじみや》が興奮した様子で叫《さけ》んだ。湊《みなと》の腕《うで》をぶんぶん振《ふ》って、身体《からだ》を弾《はず》ませる。

いや、わかるぞ。語彙《ごい》力なくなるよな、これ。

「ホントに、すごかったわね……」

「うん。さっきまで、息をするのを忘れていた。感激だね」

「でしょー。場所がよかったなー、やっぱり」

「満足したか?」

「うむ、よい」

日浦嬢《ひうらじょう》もご満悦《まんえつ》なようで、上機嫌《じょうきげん》に頷《うなず》いていた。

こうして浴衣《ゆかた》でふんぞり返っていると、なんだか本当に、どこかの国の尊大な姫《ひめ》みたいだな。

家臣はさぞ、手を焼いていることだろう。

俺たちがワーワー騒《さわ》いでいるあいだにも、周りはさっさとシートを片付け、撤収《てっしゅう》を始めた。

正直、まだ少し夢見心地《ゆめみごこち》だ。できれば、もう少し余韻《よいん》を楽しみたい。

だが花火は、開始前よりも終了《しゅうりょう》後の方が、さらに混雑が激しい。

歩きにくい女子四人のためにも、早めに帰った方が賢明《けんめい》だ。

「日浦《ひうら》は、ひと足先に解散だな？」

「ん。出店見てから帰るけどな」

どうやら、まだ食べ足りないらしい。

まあこいつは家がこの辺だし、野生児だから、ほっといても大丈夫《だいじょうぶ》だろう。

「じゃあ、ほかの三人は任せたぞ、玲児《れいじ》」

「はいよ。きっちり護衛するから、安心しときな」

はっはっはと笑う玲児《れいじ》に、ゴミをまとめた袋《ふくろ》をぽいっと渡《わた》す。

湊《みなと》たちは電車だろうし、マジで頼《たの》むぞ。帰りの駅は、そりゃもう地獄《じごく》級に混むんだからな。

っていうか、駅まで辿《たど》り着《つ》くのがまずキツいし。

「……伊緒《いお》は、歩き？」

「いや、ちょっとひとりで、野暮《やぼ》用がな。気にしないでくれ。シートの片付けはやっとくよ」

「そう……。ありがと」

湊《みなと》はなにかを察したように頷《うなず》いて、うっすら笑ってくれた。後ろで、御影《みかげ》も小さく頷《うなず》いている。

ご存じの通り、俺の用なんて大抵《たいてい》は天使絡《がら》みだからな。言わずもがなってやつだ。

それから、俺は五人と別れて、芝生《しばふ》の上のシートをせっせと折りたたんだ。駅の方向をチラりと見ると、すでに殺人的な人混みが出来上がっていて、ちょっとゾッとした。

片付けが済んだあとで、久しぶりにスマホを開いた。

『待ち合わせ』

短い文面と、GPSの位置情報。

そのふたつだけが、後輩《こうはい》からLINEで送られてきていた。

さっき湊《みなと》にもらったラムネを、買っていってやろうと思った。


公園内を少し西へ行ったところで、瀬名光莉《せなひかり》はひとりでぽつんと座っていた。

アーチ状になった長いベンチの真ん中に腰掛《こしか》けて、横にはうちわが置いてあった。

サイドポニーの金髪《きんぱつ》が、月の光を受けて鈍《にぶ》く、輝《かがや》いていた。

「ほらよ」

下を向いている瀬名《せな》の視界に入れるように、俺はラムネを一本、差し出した。

瀬名《せな》はしばらく固まっていたけれど、ようやく瓶《びん》を受け取って、ビリビリと包装を破いた。

その音も、琵琶湖《びわこ》の波のさざめきも、そばの人混みから漂《ただよ》ってくる喧騒《けんそう》も。

どれも、寂《さび》しい音だな、と思った。

「ほお、開け方わかるのか」

ベンチに置いたラムネのビー玉を、瀬名《せな》は迷いもせずにポンっと落とした。

湊《みなと》は知らなかったのに。なんか、意外だな。

うちわをどかして、俺も隣《となり》に座った。少しあおぐと、ぬるい風が顔を撫《な》でた。

瀬名《せな》は、前に御影《みかげ》と三人で買った、パフスリーブと薄《うす》いクリンクルワンピースを着ていた。

今日のために選んだのだから当たり前だけれど、でも、本当によく似合っていた。

「失礼」

「……」

瀬名《せな》は、ひと言も喋《しゃべ》らなかった。

下を向いているせいで表情も見えないが、見てやろうとも思わなかった。

しばらくそうしていると、瀬名《せな》は突然《とつぜん》顔を上げて、ラムネを勢いよく飲んだ。

喉《のど》がかすかに動く。

瓶《びん》の中で、ビー玉が揺《ゆ》れる。

白い頬《ほお》を、涙《なみだ》が伝っている。

ごめんな、と言いかけて、やめた。

やめて、俺もラムネを飲んだ。花火を見ながら飲んだそれよりも、炭酸がキツい気がした。

「フラれましたぁ」

軽い声で、それでも語尾《ごび》を震《ふる》わせて、瀬名《せな》が言った。

俺も瀬名《せな》も、まっすぐ前を向いていた。

結果はわかっていた。

そうでなきゃ、瀬名《せな》は今、俺を呼び出したりしないだろうから。

「ムカつくんですよ。『お前にはもっといい相手がいる』なんて、そんなこと言ったんです、あの人」

「……そうか」

「失礼ですよね。私が真剣《しんけん》に考えて、この人しかいないって思ったんだから、それが正解なんです。なにも知らないくせに、なにも……。ホント、ムカつくっ……！」

瀬名《せな》が話すたびに、琵琶湖《びわこ》の向こうに広がる夜景の光が、不安げに揺《ゆ》れるようだった。

昨日の電話から、今まで。

それなりに時間があったのに、俺には瀬名《せな》にかける言葉が、なにひとつ見つかっていなかった。いや、その言葉を考えるのが、いやだった。

俺には、聞くことしかできない。

だから、どんなことでもしっかり、聞いてやろうと思った。

「こんなにかわいくて、性格もいいのに。私なら、煌先輩《こうせんぱい》のダメなところだって、全部許してあげるのに。それに……楽しいことだって、いっぱい、一緒《いっしょ》に……っ」

「そうだな」

瀬名《せな》はゴシゴシと、ハンカチで目を拭《ぬぐ》った。

それから、何度かずずっと鼻を鳴らして、またラムネを飲んだ。

「明石《あかし》先輩《せんぱい》は、普通《ふつう》にみんなで花火見て、終わりですか」

「……まあな。平和なもんだったよ」

「ふーん、呑気《のんき》ですね。大切な後輩《こうはい》が、頑張《がんば》ってたのに」

「でも、応援《おうえん》してたよ。ここにだって、すぐ来たろ。お土産《みやげ》つきでさ」

「……そうですね。まあ、合格点上げます。ギリギリですけど」

「ありがとよ」

そこで、ふっと瀬名《せな》の肩《かた》から、力が抜《ぬ》けたように見えた。

ただ、膝《ひざ》の上で握《にぎ》った拳《こぶし》は、まだ開きそうになかった。

「……私、実は知ってたんですよねー」

瀬名《せな》が言った。

俺は昨日の電話で、瀬名《せな》に聞いたセリフのことを思い出した。

――鋭《するど》いんですよ、私って。

「煌先輩《こうせんぱい》って、加奈井《かない》先生のことが好きなんですよ。それも、たぶんけっこう前から」

「……えっ」

想像していた通りだった。あくまで、前半だけは。

けっこう前から。

瀬名《せな》は今、たしかにそう言った。

それは、俺がちからの結果から推測していたのとは、まるで違《ちが》う。

「でも、あの人真面目ですから。先生で、もう彼氏《かれし》もいる人に恋《こい》してる自分が、いやだったんだと思います。あれで、けっこう顔に出ますからね、煌先輩《こうせんぱい》は」

「……」

「それに部活でも、全然先生と話さないんですもん。女の子苦手っていっても、あれは露骨《ろこつ》すぎです。……まあ、好きだから話せなかったのかもしれないですけど」

「そう……だったのか」

つまり、顔に触《さわ》るたびに結果が変わったのは、鷹村《たかむら》が自分で、恋心《こいごころ》を消そうとしていたから。

そしてそれが、完全にはうまくいっていなかったから。

そういうこと……なのだろうか。

瀬名《せな》の解釈《かいしゃく》と合わせても、たしかに筋は通る。

だけど……そんなこと……。

だって、恋心《こいごころ》は……。

——だが……興味がない、で済むものでもない、か。

あの日鷹村《たかむら》が、本屋で言っていたこと。

それがなぜだか、頭の中に浮《う》かんだ。

「ちょっと前に、婚約《こんやく》したじゃないですか、加奈井《かない》先生。それで、チャンスだなって思ったんです。今なら、私のことも見てくれるかなって。そんな叶《かな》いもしない恋《こい》はやめて、私にすればいいんだって。要するに、弱ってるところにつけ込む作戦ですね」

「……なるほどな」

なんとも瀬名《せな》らしい、強《したた》かなやり方だ。

卑怯《ひきょう》だ、なんてまったく思わない。

恋《こい》にはタイミングが重要で、重要なものは、逃《のが》すべきじゃないからだ。

「やれることは、全部やりたかったんです。だから天使にも相談したかったたし、御影先輩《みかげせんぱい》やほかの人のアドバイスだってほしかった。……でも、ダメですあの人。まだ、先生のこと好きです」

そこまで言って、瀬名《せな》はすっくと立ち上がった。

また、何度か鼻をすする音がした。

「ううん……ダメなのは私、ですね」

「……そんなことない」

「ありますよ。ホントに、ダメダメでした。ダサくて、バカで、それに……」

「……」

「あー、好きだったなぁ」

最後は消えてしまいそうな声で、瀬名《せな》が言った。

肩《かた》を震《ふる》わせて、溢《あふ》れそうになるものに必死に、耐《た》えているようだった。

「大好きだったなぁ。それに、長い恋《こい》でした。でも二年だから、そんなことないですかね？

体感だと、すごく……すごく」

「いや、長いよ」

だってお前は、頑張《がんば》ったから。

高校まで追いかけるために、苦手な勉強をして。チャンスを掴《つか》むために、俺のところに来て。

自分で覚悟《かくご》を決めて、こうして気持ちを伝えたんだから。

そんなの、長く感じるに決まってる。

「悲しいです、明石先輩《あかしせんぱい》」

声に、涙《なみだ》が混じる。

「……おう」

「つらいです、寂《さび》しいです。私の恋《こい》は、ダメでした」

ああ、今度はマズイな。

そう思ったときには、もう遅《おそ》かった。

「……なんで、明石先輩《あかしせんぱい》まで泣くんですか」

瀬名《せな》が言った。

「悲しいからだよ」

俺は答えた。

さっきから、ずっと我慢《がまん》していた。

でも、気丈《きじょう》に話そうとするこいつの声が、態度が、そうさせてくれなかった。

「わかるんですか、先輩《せんぱい》に」

「……ああ、わかるよ」

わかるよ、瀬名《せな》。

好きな人が、自分のことを好きじゃないんだ。

それがもう、わかってしまったんだ。

こんなに悲しいことなんて、ないだろ。

それに俺は、きっとお前と同じ道を進んでた。

先輩《せんぱい》を追いかけて進学して、高校のあいだに、どこかで告白をして、そして、フラれてた。

それは結局、俺には起こらなかったけれど。

でも、わかる。

お前は、別の俺だ。

「……そうですか」

瀬名《せな》は、俺に理由を聞かなかった。

ただひと言そう呟《つぶや》いて、そのままぐずぐずと泣いていた。

まだ帰っていなかったらしい花火の客が、気まずそうに俺たちを見て、通り過ぎていった。

次に瀬名《せな》がなにか言うときまでには、涙《なみだ》を止めておこう。

そう思ったけれど、ちょっと自信がなかった。

中学の頃《ころ》、彩羽《あやは》にちからを使って、部屋で泣いたのを思い出した。

それから、数日前に見た夢のことも思い出した。

どうして今回に限って、こんなにはっきり覚えているのか。

恨《うら》めしかったけれど、でも彩羽《あやは》の顔が浮《う》かんで、苛立《いらだ》ちも消えてしまった。


「あ――――――――っ!!」


突然《とつぜん》、瀬名《せな》が叫《さけ》んだ。

周りの目も気にせず、頬《ほお》もぼろぼろに濡《ぬ》らして、掠《かす》れる声で叫《さけ》んでいた。

それから、すとんとベンチに座り直して、ぶんぶんと首を振《ふ》った。

こっちを向いた瀬名《せな》は、もう泣いていなかった。

「はい、切《き》り替《か》えました。この恋《こい》は、もう終わりです」

「いいのか……？」

一度フラれたって、この先どうなるかわからないだろ。

なんて、そんなことはさすがに言えなかった。

その話は、俺と瀬名《せな》のあいだでは、すでに終わっているのだから。

「だって、仕方ないじゃないですか」

瀬名《せな》がグイッと、ラムネを飲む。

まるで、気持ちも一緒《いっしょ》に飲み込むみたいに、豪快《ごうかい》に。

「まだ好きですけど、叶《かな》いそうにないなら、割り切ってさっさと次に行く。そうしないと、いつまでもこのままです。私が今日、告白することにしたのは、もともとこうしてケジメをつけるためですから」

「……そうか」

叶《かな》わない恋《こい》は、いつまで恋《こい》にしておけばいいのか。

あの日、瀬名《せな》は俺にそう聞いた。

加奈井《かない》先生を好きで、相手が婚約《こんやく》してもそのままな鷹村《たかむら》に、自分から見切りをつける。

それが、瀬名《せな》が選んだ道。

あの問いに対する、こいつの答え。

つまり、そういうことなんだろう。

「諦《あきら》められるくらいの恋《こい》だった、なんて思ってるなら、ホントに怒《おこ》りますからね」

「……ああ。わかってるよ」

俺だって、そこまでバカじゃない。

「そもそも、私に靡《なび》かないなんて、見る目ないですよ。そんな人、こっちから願い下げです」

「……だな。間違《まちが》いない」

「そうです。それに、わかってますか？　先輩《せんぱい》」

瀬名《せな》が、ニッコリと笑う。

強がりを隠《かく》そうともせず、最後のひと粒《つぶ》を目尻《めじり》に溜《た》めて。

それでも、ひたすら自分の言葉を信じようとするように、言った。

「もしかしたら新しい恋《こい》は、今回の恋《こい》よりももっと、素敵《すてき》かもしれないんですよ？」

◆　◆　◆

瀬名《せな》の家は、同じ中学出身の日浦《ひうら》同様、徒歩圏内《けんない》らしかった。

送るぞ、という俺の提案もあっさり断り、瀬名《せな》はひとりでさっさと帰っていった。

「先輩《せんぱい》に家知られたくないですもん」なんて言えるんだから、まあ、元気になったんだろう。

周りを見ると、もうずいぶんと、人影《ひとかげ》もまばらになっていた。
ただ、駅までの道はまだ混んでいて、まさに祭りのあと、という感じだった。
「……」
瀬名《せな》には送るって言ったくせに、俺はしばらくのあいだ、ベンチから動けなかった。
理由はわかっている。
ごまかそうとしたって、明らかだ。
「割り切って、次に行く。……そうしないと、いつまでもこのまま、か」
瀬名《せな》の言葉が、頭の中でぐるぐると、渦《うず》を巻いていた。
きっと、あいつの言う通りなのだろう。
簡単なことじゃない。だけど、そうするべきだ。
……そんなのは、わかってる。
でも……本当に、そうか？
「……はぁ」
ため息が、今までにないくらい重かった。
無理やり脚《あし》を動かして、駅まで歩くことにした。
考えるのがいやだった。
考えたって、結局なにもわからない。今までだって、そうだったんだから。

人のあいだをすり抜《ぬ》けて、なんとか県道に出た。

ときめき坂を登っていると、瀬名《せな》から『ラムネご馳走様《ちそうさま》でした』とＬＩＮＥが来た。

そんなの、すっかり忘れてた。余裕《よゆう》というか、やっぱり、あいつは強いんだろうな。

駅の前には、電車に乗るための行列ができていた。

予想通りだが、実際に見るとかなりうんざりした。

「……まあ、しょうがないか」

うちの最寄《もよ》りまではひと駅だ。けれど、歩く気にはなれなかった。

列に並びながら、湊《みなと》たちのことを思った。

あいつらは、無事に帰れただろうか。

電車、乗れても満員だろうし、心配だな。玲児《れいじ》がいるから、大丈夫《だいじょうぶ》だとは思うが……。


「伊緒《いお》」


そのとき、列の外から、突然《とつぜん》名前を呼ばれた。

暑い夜の空気をすっと撫《な》でるような、透《す》き通《とお》った声だった。

「……湊《みなと》？」

紺色《こんいろ》の浴衣《ゆかた》に、白い帯が夏の雪のように、ぼんやりと光っている。

色の深い黒髪《くろかみ》の中で、簪《かんざし》の紫陽花《あじさい》が涼《すず》しく咲《さ》いていた。

俺と湊《みなと》は、ふたりでまた坂を下って、県道のそばまで引き返した。

そして、閉店間際《まぎわ》の屋台で安くなっていたかき氷を、ひとつずつ買った。

俺がコーラで、湊《みなと》がブルーハワイだった。

「花火、終わったな」

「……そうね」

道路の隅《すみ》の柵《さく》に寄りかかってかき氷を食べながら、俺たちはなんでもない話をした。

どうして、湊《みなと》がまだ駅にいたのか。なぜだか、その話題は出なかった。

少し離《はな》れたところで、ハッピを着た人たちが忙《いそが》しそうに、屋台を片付けていた。

「明日から、また課題か……」

「大丈夫《だいじょうぶ》なの？　私、けっこう本気で心配なんだけど」

「……まあ、なんとかなるだろ。補習も終わったしな」

最悪、徹夜《てつや》でもなんでもするさ。あとは、日浦塾《ひうらじゅく》もな。

なにせまだ、抱《かか》えてる天使の相談がある。それに、新しく手紙を出したい相手もいるからな。

やることは山積みだ。

「もうすぐ半分よ、夏休み」

「うわ……そうか。鬱《うつ》だ」

長期休暇《きゅうか》は、時間が経《た》つのが早すぎる。

二学期には文化祭も体育祭もあるし、その時期はまた、相談が忙《いそが》しくなりそうだ。

高校生活なんて、こうしてるあいだにすぐ終わってしまうのだろうか。

まあ……それはそれで、ありがたい気もするけれど。

「湊《みなと》」

「……うん」

「なんで、待ってたんだ？」

さすがに、聞かないわけにはいかなかった。

そうしないと、きっと俺たちは、帰れないから。

「なんとなく……そうした方がいいんじゃないかって、思って。それに伊緒《いお》、ちょっと様子、変だったから……」

「……そうか」

それで、わざわざひとりで残っててくれたのか。

俺が駅を使うのかどうかも、それがいつになるのかも、わからなかったのに。

さっきまで俺がなにをしていたのか、それだって、言ってなかったのに。

「……なら、次からはちゃんと、ひと言連絡《れんらく》してくれ」

「そうやって気にかけてくれるのは……ありがたいからさ。それで行《い》き違《ちが》いになるのとか、いやなんだ。言ってくれたら、そのつもりで会いにいくよ」

「……うん。わかった」

湊《みなと》は頷《うなず》いて、頰《ほお》をかすかに緩《ゆる》めた。

思わず目をそらしてしまいそうになるような、ひたすらに綺《き》麗《れい》で、艶《つや》っぽい笑《え》顔《がお》だった。

「まあ、またこういうことがあるかどうか、わかんないけどな。っていうか、ないことを祈《いの》る」

「結局、なにしてたの？」

「例によって、天使の相談絡《がら》みだよ。今日、告白したやつがいて……それで、様子見てきた」

「……そう」

湊《みなと》の表情は、暗かった。

それが誰《だれ》のことなのか、結果が、どうだったのか。

おそらく湊《みなと》には、もう察しがついているのだろう。

俺が様子を見にいくってことは、普《ふ》通《つう》に考えれば、相手は天使の正体を知っているやつだ。

そして、告白がうまくいったのなら——。

「伊《い》緒《お》……大丈夫《だいじょうぶ》？」

こうして、湊《みなと》に心配されるような状態にはなってない。

「そりゃつらいけど、よくあるからな。ただ……今回はちょっと、いつもよりキツかった」

瀬名《せな》とは、今日までにもいろいろあった。

それに、フラれた直後の相手と話すっていうのは、やっぱり精神的にも負担が大きい。

なによりあいつの状況《じょうきょう》は……俺に少し、近すぎたから。

「お疲《つか》れ様《さま》」

「……ありがとよ。でも、それも踏《ふ》まえて、好きでやってることだ」

「そうね。だけど、疲《つか》れるのは変わらないでしょう。正直、いつも感心するわ」

言って、湊《みなと》がざくざくと、かき氷の山を崩《くず》した。

俺も同じようにして、大きめのひと口を食べた。

身体《からだ》の奥がスッと冷たくなって、目が覚めるような気分だった。

「……それだけ？」

「……えっ」

湊《みなと》が、まっすぐこっちを見ていた。

「今、伊緒《いお》がそんな顔してるのは……ホントに、相談の結果だけが理由？」

「……」

今日は、もう考えないつもりだった。

湊《みなと》に会ったんだから、なおさらだ。しばらく気が紛《まぎ》れて、助かる。

そう、思っていたのに。

「ほかにも……なにかあったでしょ」

「……ああ、あったよ」

気づけば、そう答えていた。

そのことが自分でも驚《おどろ》きで、でもちょっとだけ、気が楽になるのもわかって。

「……話したいなら、聞くわ。だけどいやだったら、もうひとつだけなにか食べて、そのまま一緒《いっしょ》に帰ろ」

遠くを流れる人波に投げるように、湊《みなと》が言った。

この女の子は、俺にとってのなんなんだろう。そんなことを思った。

湊《みなと》のうちで、ふたりで昔話をしたあの日。

あれは、交換《こうかん》だった。

俺は湊《みなと》のことが知りたくて、その一心で、自分のことを話した。

聞いてほしかったわけじゃなかった。

助けてほしかったわけじゃ、なかった。

でも、今は——。

「彩羽《あやは》のことが、まだ好きなんだ」

自分の声じゃ、ないみたいだった。

けれどやっぱり、そんなことはなくて。

声も、言葉も、心も。全部紛《まぎ》れもなく、俺自身のものだった。

「……でも、あいつはもういなくて……絶対に会えないのに、叶《かな》わない恋《こい》なのに……ずっと、好きなままだ」

左手のかき氷は、だんだん溶《と》けて、水になり始めていた。

シロップで染まった氷の塊《かたまり》が、カップの底に沈《しず》んでいる。

かき氷のコーラには、炭酸がない。

当たり前のことなのに、それが今はどうにも、悲しかった。

「……覚えてるか？　前に俺が、お前の家で」

「覚えてる」

すぐに、湊《みなと》が言った。

「全部、ちゃんと覚えてる。だから、聞かせて？」

小さく首を傾《かし》げて、湊《みなと》が促《うなが》す。

ありがとうも、ごめんも、どっちも違《ちが》うような気がして、言えなかった。

「長いこと……考えてたんだよ。俺は、どうするべきなのかって」

この子は、俺にとってのなんなのか。

もう一度思う。

俺の過去と気持ちを、知っている人。

俺が自分から、二度もそれを話した女の子。

「好きな人が死んで……もう会えなくて、でも、忘れられなくて……。そんなの、俺には難しかったから。ホントに、ずっと考えてた」

「……そっか」

時間だけは、たっぷりあったから。

悩《なや》めることには、全部悩《なや》んだ。

それに、埋《う》まらない穴を受け入れるのだって、ずいぶんうまくなった。

「……けど、有希人《ゆきと》に言われたんだ。前に進めって」

――悲しいことは、忘れたっていいんだよ。お前は、生きていかなきゃいけないんだ。

ズキンと、頭が痛んだ。

きっと、かき氷のせいじゃない。

「いや……あいつに言われなくたって、わかってた。もう終わったことだ。取り返しはつかない。だから、悲しみに慣れるだけじゃなく、諦《あきら》めて、前を向く。その方が、いいに決まってる」

「伊織《いお》……」

「……でもさ」

持っていたカップを、地面のアスファルトに置いて。

ひどい脱力感《だつりょく》を振《ふ》り払《はら》うように息を吐《は》いてから、俺は続けた。

「ホントに……そうかな？」

湊《みなと》が驚《おどろ》いたように、目を丸くした。

それから、ほんの少しだけ口を開けて、でも、なにも言わなかった。

「忘れた方が、いいのかな。もちろんあいつが言ったのは、彩羽《あやは》のこと自体を忘れるとか、そういう意味じゃないと思う。そんなの、絶対無理だから。けど……この気持ちだって」

彩羽《あやは》のことを、好きだという気持ち。

あいつが恋《こい》しくて、愛《いと》しくて、どうしようもないこの気持ちは。

もう届かないからって、叶《かな》わないからって、忘れた方がいいのか？

本当に、そうか？

「……誰《だれ》にも、迷惑《めいわく》かけないだろ？　死ぬまであいつを好きでいたって、なにも悪いことないだろ？　俺さえそれでいいなら……このままでも構わないだろ？」

なあ、違《ちが》うか、有希人《ゆきと》。

俺は、進みたくなんてないよ。

ずっと、いつまでも、あいつを好きなままでいたいよ。

何度も、何度も考えた。
なにが正しいのか、どうするのが正解なのか。
でも、そんなものないんだ。
どうするべきかなんて、他人に決められてたまるか。
この気持ちも、彩羽《あやは》との記憶《きおく》も、俺だけのものなんだから。
……。
「なんて……そんなふうに思ってたんだよ、今日まではさ」
そう、今日まで。
いや……さっきまで。
いつの間にか、膝《ひざ》に置いていた手に、冷えた感触《かんしょく》があった。
湊《みなと》の細い指が、俺の手《て》の甲《こう》に重なって、ほんの少しだけ震《ふる》えていた。
「今は、どうなの？」
湊《みなと》が言った。
俺の頭の中に、またあの言葉が蘇《よみがえ》ってきていた。
「……瀬名《せな》が」
言ってしまってから、失敗したな、と思った。
あいつの名前は、伏《ふ》せておくべきだった。

ただ、湊《みなと》は少しも驚《おどろ》いた様子を見せず、黙《だま》ってひとつ頷《うなず》いた。

俺が会っていたのが瀬名《せな》だって、やっぱりわかっていたんだろう。

「あいつ……かっこよかったんだよ」

「……」

「……フラれたあとで、思いっきり泣いて、それから、笑って言ったんだ。まだ好きでも、叶《かな》わないなら、割り切って次に行く。でなきゃ、いつまでもそのままだ。そして、新しい恋《こい》はもっと……」

「うん」

「もっと……素敵《すてき》かもしれませんよ、って」

「……そう」

ああ、あらためて思う。

瀬名《せな》、お前はすごいよ。お前に教えることなんて、俺にはなにひとつなかった。

それどころか、俺が。

俺の方が、ずっと。

「それで……ますますわからなくなった」

柵《さく》にもたれるのをやめて、俺はゆっくりと、一歩前に出た。

どうして自分が、湊《みなと》から離《はな》れたのか。

そんなことをぼんやり考えながら、俺はできるだけ軽く聞こえるように、言った。

かわいそうな人。
目の前で、泣いているような顔で笑う伊緒《いお》を見て、思った。
人のことをそんなふうに言うのは、もちろんおこがましい。
だけどそれでも、思ってしまった。
伊緒《いお》は、かわいそうだ。
「どうすりゃいいんだろうな、俺」
さっきまで彼に触《ふ》れていた手に、じんとした熱が残っている。
火傷《やけど》したみたいにヒリヒリして、でも、消えてしまいそうなほど弱い。
梨玖《りく》さんは、わかっていたのだろうか。
今日ここで、私が彼と、こんなふうに話すということを。
「行ったり来たりで……ちょっと疲《つか》れたよ」
……ううん、そんなわけない。
ここへは、私が自分の意志で来たんだ。

彼を助けたくて。

的外れでも、万が一でも、なにか、支えになりたくて。

「……ごめんな。こんなこと言われても、困るだろ」

「っ……困らないっ」

いや、違《ちが》う。

本当は、すごく困ってる。

だけど私は、困らせてほしい。もっと頼《たよ》ってほしい。

私にあなたを、助けさせてほしい。

だって最初は、あなたが私を――。

「悪かったよ。……帰ろう、湊《みなと》」

「……やだ」

「……もう遅《おそ》いし、そろそろ駅も」

「やだっ！」

ダメだ。ここでやめたら、なんにもならない。

せっかく、話してくれたんだから。

今さら聞くだけ聞いて、それで気持ちが楽になるなんて思わない。

伊緒《いお》は、ずっと悩《なや》んでいたんだ。

私がそうだったように、長いあいだ、心の底から。
前に進むべきなのか。どっちが、前なのか。
それがわからなくて、決められなくて、苦しんでいる。
だったら、私にできることは。
私が、したいことは。
「伊緒《いお》」
声に出して、彼の名前を呼ぶ。
喉《のど》が、焼けるように渇《かわ》いている。
でも、言える。
ううん。今言えなきゃ、私は本当のバカだ。
息を吸って、一歩前に出た。

「好きなままだって、いいじゃない」

一歩先に立つ彼を見据《みす》えて、言い放つ。
呆気《あっけ》に取《と》られたように、伊緒《いお》が目を見開いた。
——柚月《ゆづき》さんはきっと……お兄ちゃんにとって、すごく特別なんですね。

あのね、梨玖《りく》さん。

正直いうと、私には、自信がないの。

本当に伊緒《いお》に、そう思ってもらえてるのかどうか。

だってきっと、もっと特別な人が、伊緒《いお》の中にはいるから。

私はまだ彼に、なにもしてあげられてないから。

だけど……だけどひとつ、私がほかの人と、違《ちが》うところがあるとすれば。

それは、私がずっと。

「彩羽《あやは》さんのこと、忘れろって、その方がいいって、明石《あかし》さんや、瀬名《せな》さんが言ったの？　たしかに、それが正しいのかもしれない。かっこいいのかもしれない。でも、あの人のこと好きなままだって、それで新しい恋《こい》ができないなんて、そんなの嘘《うそ》よ！」

「……湊《みなと》」

本気でそう思ってるなら、私の前で、もう一度言ってみなさい。

私の今までの恋《こい》は、そんな単純なものじゃなかった。

「忘れなくていい。そのままでいい。同時に何人も好きだった私が言うんだから、間違《まちが》いない。それに、恋愛《れんあい》感情はコントロールできないって、だから気にするなって、そう言ってくれたのは、伊緒《いお》でしょ？」

だって、あなたは。

私が相談したときも、一度も惚《ほ》れ癖《ぐせ》を非難しなかった。

ただ、私がいやだったから。つらいって言ったから、助けてくれただけだった。

「ねぇ、伊緒《いお》」

手を伸《の》ばす。

彼の腕《うで》を摑《つか》んで、引き寄せる。

お互《たが》いの顔が、すぐ近くに来る。

今、どう思ってる？

あなたは、どう感じてる？

「別なのよ、伊緒《いお》」

私は、願っている。

優《やさ》しいあなたが、幸せに、元気になれることを、心から。

「彩羽《あやは》さんへの気持ちを大切にするのと、前に進むのは、きっと全然、違《ちが》う話なの。だから、あなたは今のままでいい。これから変わっていくかもしれない、変わらないかもしれない自分を、焦《あせ》らないで、見守ってあげて。……もし、それが難しかったら」

そんな権利が、果たして私にあるのだろうか。

……でも、まあいいわ。

いやなら、この人はそう言うでしょ。

「代わりに、私が見てる。そばで、ずっと。だから、私の惚《ほ》れ癖《ぐせ》がまた出ないかどうか、あなたも見てて」

なんだか、抱《だ》きしめられてるみたいな距離《きょり》だ。

それに、すごく恥《は》ずかしいことを言っている気がする。

声に気づいた人が、遠くからこっちを見ている。

でも今は、そんなのどうだってよかった。

「……湊《みなと》、俺」

「うん」

ああ、ほっぺた、熱いな。

「たぶん、しばらく全然、無理だ」

「いいわよ」

私今、どんな顔してるのかな。

「彩羽《あやは》のこと好きなままで恋《こい》なんて、失礼じゃないかな」

「私よりマシでしょ」

伊緒《いお》の目……綺麗《きれい》だな。

「死ぬまでダメだったら、どうしよう」

「だったら、死ぬまで見てる」

「……ははっ、そりゃ無理だろ」

「わかんないじゃない。なにするってわけでもないし、今は、スマホだってあるんだから」

それに、あなた。

私がどれだけ感謝してるか、知らないでしょ。

「……なら、飽《あ》きるまででいいから、頼《たの》むよ。できるだけ、迷惑《めいわく》かけないようにするけどさ」

「わかった。じゃあ飽《あ》きるまで、ね」

伊緒《いお》、笑ってる。

私もたぶん、笑ってるわよね？

「でも私、しつこいから」

伊緒《いお》の頬《ほお》に、そっと触《ふ》れてみる。

あなたはダメだけど、私はいいでしょ。

「知ってるよ。それで一回、痛い目見てるしな」

「……うるさい」

―― エピローグ ――

花火大会が終わって、滋賀《しが》には静けさが戻《もど》ってきた。

来年の今頃《いまごろ》までは、またこののんびりした空気が続くのだろう。

やっぱりこれくらいの方が、この県にはよく似合う。

「……ご注文は？」

ただ、俺のバイト先は残念ながら、今日も騒《さわ》がしかった。

「黒糖ラテ！　あとチーズケーキとー……あ、抹茶《まっちゃ》プリンっておいしいですか？　でもモンブランもいいなぁ。そうだ、明石《あかし》先輩《せんぱい》。かわいくて傷心の後輩《こうはい》に、奢《おご》りとかないんですか？」

制服を着た瀬名《せな》光莉《ひかり》が夕方、店にやって来た。

そして、いつものテーブル席に我が物顔《ものがお》で座って、勝手なことを言う。

傷心にしては元気だな。まあ、いいことだけどさ。

「……じゃあ、あとで伝票よこせ」

「え、ホントに！　やったー！　さすが明石《あかし》先輩《せんぱい》！」

都合のいいやつめ……。

飲み物と、デザートふたつ……いや、三つか？　まあ、あと三時間働く分で帳消しだろ。

それに、頑張《がんば》ったのは間違《まちが》いないからな。

「店員さーん、シフト何時までですか？　このあと時間あります？」

「うち、そういう店じゃないんで」

「えー。先輩《せんぱい》ノリ悪い」

「うるさいな……。もうすぐ休憩《きゅうけい》だから、待ってろ」

「はーい」

素直《すなお》に手を上げて、瀬名《せな》はそれっきり、おとなしくひとりで本を読み始めていた。

やっぱり、一応は文芸部員なんだな。


「で、なんの用だ」

休憩《きゅうけい》時間になってすぐ、俺はエプロンをはずして、瀬名《せな》の前に座った。

テーブルには結局、大量のデザートがずらりと並んでいた。

「いやー、べつにないんですけどね、用。ただ、先輩《せんぱい》が私に会いたいかなって」

「ないのかよ……。そして、特に会いたくはなかった」

「うわ、サイテー。御影先輩《みかげせんぱい》に言っちゃお」

「ぐっ……やめろって……。っていうか、なんで御影《みかげ》なんだよ」

「だって、いやでしょ？　先輩《せんぱい》」

「……まあ、いやだけどさ」

たぶん、一番バラされたくない。

怒《おこ》られそうだしな、普通《ふつう》に。

でも、ふっかけてきたのはそっちだぞ……。

「学校、行ってたのか？」

「はい、部活です」

部活……ね。

それは、なんというか……。

「煌先輩《こうせんぱい》も来てましたよ。あと、加奈井《かない》先生も」

なんでもなさそうな声で、瀬名《せな》が言う。

それから、モンブランのデカいひと口を、パクリと食べた。

「……どうだ？　その……あれから」

「どうもこうも、言ったじゃないですか。切《き》り替《か》えました。あんな人、もう好きじゃありません。光莉《ひかり》ちゃんは、すでに先の恋《こい》を見据《みす》えているのです」

「……そうか。そうだったな、すまん」

「ホントですよね。デリカシーがないんですから、先輩《せんぱい》は」

言って、瀬名《せな》はふんっと頬《ほお》を膨《ふく》らませた。

今、瀬名《せな》の顔に触《ふ》れたら、どうなるんだろう。

ふと、そんな疑問が浮《う》かんだ。

……いや、それこそデリカシーがないな。

こいつが好きじゃないって言うなら、きっとそれが正しいんだろう。

「私は、煌先輩《こうせんぱい》みたいにはなりません」

「……あいつみたいに？」

「そうです。想《おも》ってても無駄《むだ》なのに、報《むく》われないのに、いつまでも忘れられない。それを自分でもわかってて、あんなつらそうな顔するんですよ。私は……いやです、そういうの」

瀬名《せな》はまるで、わざと冷たい言葉を選んでいるかのようだった。

けれど、気の毒そうな声音《こわね》のせいで、優《やさ》しさが隠《かく》しきれていなかった。

悪いな、瀬名《せな》。

お前はたしかにすごいし、かっこいいと思う。

けど俺には、あいつの気持ちの方が、よくわかるよ。

「……鷹村《たかむら》、か」

そういえば、三度目に顔に触《ふ》れて以来、あいつとは話していない。

セミナーも終わったし、夏休み中はもう、会うこともないかもしれない。

ただ……あいつがホントに難しい恋《こい》をしてるんだとしたら、正直、気になる。

これは、天使として。それに、友達として。

……俺に、なにかできることはあるだろうか。

そんなことを考えている自分に気がついて、思わず笑ってしまった。

これはもう、職業病だな。

俺と瀬名《せな》の見当違《けんとうちが》いだって可能性も、まだ全然あるのにさ。

「あ、そうだ。前から思ってたんですけど」

ちょうど、俺の休憩《きゅうけい》が終わる頃《ころ》。

デザートを食べまくって満足げな瀬名《せな》が、店を出る間際《まぎわ》にそう切り出した。

「なんだよ」

ニヤッと、意味深な笑《え》みを浮《う》かべて。

瀬名《せな》は俺の耳元に手を当てて、いつかと同じように、囁《ささや》くように言った。

「人のことばっかりじゃなく、先輩《せんぱい》は自分のことも考えた方がいいですよ。主に、恋《こい》について」

「……くすぐったいんだよ」

「あはは。先輩《せんぱい》は耳が弱点。これも、御影先輩《みかげせんぱい》に報告ですね」

「おい」

なんでまたあいつなんだ……。そして、今度はマジでやめろ。

「じゃ、さようなら。先輩《せんぱい》からの恋愛《れんあい》相談は、この天使光莉《ひかり》ちゃんが、いつでも受け付けてますからね」

最後にそんなことを言って、瀬名《せな》はサイドポニーを楽しげに揺《ゆ》らしながら、軽い足取りで去っていった。

余計なお世話だし、真似《まね》するな。

大変なんだぞ、恋愛《れんあい》相談ってさ。

「……けど、まあ」

もしもいつか、そんなときが来たら。

そのときは、ちょっと本気で、頼《たよ》ってみようか。

なあ、強い後輩《こうはい》。

そして、失恋《しつれん》の先輩《せんぱい》。

◆◆◆

「……水族館？」

その日の夜。

電話がしたい、と言われたので、俺はまた課題をやりながら、スピーカーで通話を繋《つな》いだ。

最近多いな、電話。まあ、手っ取り早くて嫌《きら》いじゃないけれど。

天使の相談でも、俺は通話派だし。

『うん。京都駅《きょうと》から、歩いて行けるみたいなんだ。だから……どうかな、一緒《いっしょ》に』

御影《みかげ》の声は相変わらず、電話越《ご》しでもやたらと澄《す》んでいた。

話し方も相まってか、やっぱり独特な雰囲気《ふんいき》がある。

ただ、今はそんなことよりも。

「……また急だな」

『だめ？　楽しそうだよ。オオサンショウウオも見られるし』

「オオサンショウウオかよ。ペンギンとかじゃないのか」

『ペンギンもいいね。ほかにもアザラシとか、クラゲも見たいな。……ねえ、行こう？』

ねだるように語尾《ごび》を上げて、御影《みかげ》が言う。

顔が見えていないのにドキッとさせられるのは、御影《みかげ》の恐《おそ》ろしいところだな……。

そして、こう直球で言われると、なんとも断りづらい……。

「……まあ、べつにいいけど」

『本当？　やった！　じゃあいつにしよう。私はずっと空いているから、なんなら明日でも』

「え、いや、ちょっと待て。ふたりか……？」

俺はてっきり、またいつものメンバーか、そのうちの何人かで行くのかと……。

『うん。だって、話してたじゃないか。前にＬＩＮＥで』

「な……なんて？」

『もうっ。夏休みはふたりでも遊ぼうね、って。忘れたのかな』

「……そういえば、そんなこともあったか」

俺が記憶《きおく》を探《さぐ》っていると、トーク画面にポンっと、例のメッセージのスクショが貼《は》られた。

ご丁寧《ていねい》にどうも……。

『ほら、約束したよ。それに少人数の方がゆっくりできて、水族館には合っていると思うな』

「……けど、誰《だれ》かに見られたら面倒《めんどう》だぞ。お前、彼氏《かれし》いることになってるんだから」

瀬名《せな》と買い物に行ったのや、花火を見たのとは、やっぱりちょっと事情が違《ちが》う。

完全にふたりだと、言い訳が立たないからな。

『うーん……それじゃあ、変装でもするよ。サングラスとか、あとは髪型《かみがた》も変えたりして』

「……まあ、それなら」

なんだか、湊《みなと》と京都《きようと》に出かけたときのことを思い出す。あっちは、眼鏡とマスクだったたか。

水族館自体には興味もあるし、季節的にも涼《すず》しげだ。

課題と天使の相談はあるが、例によって、たぶんなんとかなるだろう。

……なるかな。

「でも、明日はダメだ。予定確認《かくにん》して、また連絡《れんらく》する。それでいいか？」

『うんっ。じゃあ、待ってるね』

御影《みかげ》は声を弾《はず》ませて、ふふっと笑った。

まったく、お出かけ大好き少女め。

「……で、もういいのか？」

『あ、ああ、そうだね。えっと……』

「？」

『……あの日、花火のあと……湊《みなと》には会えた？』

「えっ……」

それまでと違《ちが》う、控《ひか》えめな声だった。

知ってたのか、と思ったが、考えてみれば当たり前だ。

湊《みなと》に限って、なにも言わずに抜《ぬ》けてきた、なんてことはないだろうし。

……。

「まあ……会えたよ。安くなってたかき氷食って、帰った」

嘘《うそ》じゃない。けれど完全にホントでもない。

でも、なにがあったか説明する方が、変だろうと思った。

「危《あや》うく、入《い》れ違《ちが》いになるとこだったけどな。駅まで行って、正解だった」

『……そっか。それはよかった、本当に』

言って、御影《みかげ》はまた嬉《うれ》しそうに笑った。

あの穏《おだ》やかで深い笑顔《えがお》が目に浮《う》かぶような、そんな声だった。

御影《みかげ》は、やっぱりすごい。

なぜだかわからないけれど、そう思った。

「ありがとよ」


「……伊緒《いお》」

通話を切ったあと、俺は飲み物を入れようと、一階に下りた。

すると、サメ柄《がら》のパジャマ姿の梨玖《りく》が、台所までやって来た。

「なんだ。ほしいのか、キリンレモン」

「違《ちが》うし……」

違《ちが》うらしい。うまいのにな、炭酸界の重鎮《じゅうちん》。

「……なんかあった？　最近」

俺の横でグラスに豆乳を注ぎながら、梨玖《りく》が言った。

前にも、同じようなことを聞かれた覚えがある。

なにやら、兄の近況《きんきょう》をよく気にするやつだ。

「なんかって？」

「……なんか、いいこと」

それはまた、曖昧《あいまい》だな。

「ちょっと……すっきりした顔してるから」

「……そうか」

すっきりした顔、ね。自分じゃ、気づかなかったな……。

「あったよ、いいこと」

「……ふぅん。そっか、よかったじゃん」

それっきり、梨玖《りく》はなにも聞かなかった。

俺もなにも言わないで、入れた炭酸をひと口飲んだ。

変な会話だ。はたから見れば、きっとそう思うだろう。

けれど、俺たちにはこれでいい。

なにせもう十五年も、一緒《いっしょ》に生きてきたんだから。

「今度柚月《ゆづき》さんに、勉強見てもらう」

「ほお、贅沢《ぜいたく》だな。いよいよ受かるしかないぞ、それは」

「……うん」

「まあ、お前なら大丈夫《だいじょうぶ》だろ。俺でも受かったんだから」

「……そうだね」

「そうなのかよ」

それから、ちょっとだけタイミングをずらして、俺たちはそれぞれ自室に戻《もど》った。
湊《みなと》には今度、俺からも礼を言っておこう、と思った。
「……ん」
そのとき、枕元《まくらもと》に置いていたスマホがブブッと震《ふる》え、画面が光った。
LINEだ。それも、玲児《れいじ》から。
珍《めずら》しいなと思いながら、ロックを解除して、トーク画面を開く。
あいつが個人LINEを送ってくることは、実はそこまで多くない。
しかも大抵《たいてい》は、彼女の愚痴《ぐち》とか、宿題の確認《かくにん》とか、そんなくだらない用。
けれど今回は、なぜだかいやな予感がしていた。
『日浦《ひうら》、ヤバいかも』
ふざけた様子のない、簡潔な文面だった。
息が止まって、背中に冷《ひ》や汗《あせ》が滲《にじ》んだ気《が》がした。
『学校で、呼び出し食らったらしい。部活絡《がら》みで』
玲児《れいじ》への返信もせず、俺はすぐに、日浦《ひうら》に電話をかけていた。
今の俺にとっては、それがなによりも、大事なことだった。

俺たち高二の夏休みは、まだ半分も残っている。

あとがき

こんにちは、パソコンはスリープにしかしない、丸深《まろみ》まろやかです。

嘘《うそ》です。たまにシャットダウンもします。

三巻までお付き合いくださっている読者のみなさん、またお会いできて本当に嬉《うれ》しいです。

どうお過ごしですか。丸深《まろみ》はのんびりしています。のんびりが好きです。


さて、さっそくですが、謝らなければいけないことがあります。それも、ふたつ。

まずひとつめ。

今回伊《い》緒《お》たちが七章で出かけた、『びわ湖大花火大会』。本編でも書きましたが、滋賀《しが》県が誇《ほこ》る、それはそれは素《す》敵《てき》なイベントです。

花火は信じられないほど綺《き》麗《れい》です。屋台も賑《にぎ》やかで、関西の人々の夏の思い出として、昔から深く愛されています。

ただ、私は本文の中で、ひとつ嘘《うそ》をつきました。

それは、あの日は本当は、スマホの電波なんてほとんど通じない、ということです。

人が多すぎて、通信は滞《とどこお》ります。一緒《いっしょ》に来ている人とはぐれたら、連絡《れんらく》は簡単には取れません。本来なら、伊《い》緒《お》と光莉《ひかり》はＬＩＮＥでやりとりするのは難しかった、ということですね。

ですので、もし本作を読んで、行ってみたいな、と思ってくださった方は、それだけご注意をお願いします。おすすめスポットや混み具合は本当なので、参考にしてくださいね。

そして、ふたつめ。こちらは少しだけ、深刻なことです。

今巻は、玲児《れいじ》から伊緒《いお》に、メッセージが届いたところで終わります。それは日浦亜貴《ひうらあき》が、学校で呼び出しを食らった、というものでした。

つまり、次回の『天使は炭酸しか飲まない』は、彼女と、伊緒《いお》と彼女の関係についてのお話である、ということです。ありがたいことに、日浦《ひうら》は読者さんからの人気も高いようで、待ってくださっていた方も少なくない、のかもしれません。

——ただ。ただ、それをみなさんにお届けするのは、現状では難しいかもしれません。

それはもちろん、ビジネス的なことが理由です。大好きな作品なので、作者の私自身には、執筆《しっぴつ》のモチベーションも構想もあります。

ですがこればっかりは、それだけでどうにかなるものではありません。私は、レーベルさんから依頼《いらい》を受けて初めて、本を出版できる立場だからです。

続きが出せないかもしれないなら、ここで綺麗《きれい》に終わらせようか、とも考えました。

ですが、実際には伊緒《いお》たちのお話はまだまだ終わらないし、日浦《ひうら》と伊緒《いお》の関係は、語られるきっかけだけでも書いておくべきだと思いました。

そしてなにより、本来物語が想定していたのと違《ちが》う展開やエンディングを、ビジネス的な都合で無理やり与《あた》える、というのは、作家としてやっぱりいやでした。

煮《に》え切《き》らない思いをさせてしまうかもしれません。もしそうなったら、みなさんに会えるのはここが最後になるので、今のうちに、ごめんなさいと、謝らせてください。

もちろん、この先このシリーズになにがあるのかは、誰《だれ》にもわかりません。みなさんの応援《おうえん》次第《しだい》では、もしやということもあります。たしかなことがなかなか言えないのが、この世界の難しいところでもあり、いいところですね。

もしまたお会いできたら、こんなに嬉《うれ》しいことはありません。ほんのちょっとだけ期待しながら待っていますので、みなさんもほんのちょっとだけ、気にかけてくだされば幸いです。


さて、最後に謝辞を。

担当編集の仲嶋《なかじま》さんと中島《なかじま》さん、三巻でも大変お世話になりました。いつになれば恩をお返しできるでしょうか。機会が来ることを祈《いの》ってます。

イラストのＮａｇｕさん、素敵《すてき》すぎるイラスト、今巻でも見惚《みと》れていました。大好きです。

そして読者様方、みなさんのおかげで、私も私の作品も幸せです。ありがとうございます。

それでは、続きをお届けできることを願って。

二〇二二年九月　丸深《まろみ》まろやか

◉丸深まろやか著作リスト

「天使は炭酸しか飲まない」（電撃文庫）
「天使は炭酸しか飲まない2」（同）
「天使は炭酸しか飲まない3」（同）

本書に対するご意見、ご感想をお寄せください。

ファンレターあて先
〒102-8177　東京都千代田区富士見2-13-3
電撃文庫編集部
「丸深まろやか先生」係
「Nagu先生」係

本書は書き下ろしです。

電撃文庫

天使《てんし》は炭酸《たんさん》しか飲《の》まない3

丸深《まろみ》まろやか

2022年9月10日　初版発行

発行者　青柳昌行
発行　株式会社KADOKAWA
〒102-8177　東京都千代田区富士見2-13-3
0570-002-301（ナビダイヤル）
装丁者　荻窪裕司（META＋MANIERA）
印刷　株式会社暁印刷
製本　株式会社暁印刷

●お問い合わせ
https://www.kadokawa.co.jp/（「お問い合わせ」へお進みください）
※内容によっては、お答えできない場合があります。
※サポートは日本国内のみとさせていただきます。
※Japanese text only

※定価はカバーに表示してあります。

ISBN978-4-04-914536-6　C0193　Printed in Japan

電撃文庫　https://dengekibunko.jp/

電撃文庫創刊に際して

文庫は、我が国にとどまらず、世界の書籍の流れのなかで〝小さな巨人〟としての地位を築いてきた。古今東西の名著を、廉価で手に入りやすい形で提供してきたからこそ、人は文庫を自分の師として、また青春の想い出として、語りついできたのである。

その源を、文化的にはドイツのレクラム文庫に求めるにせよ、規模の上でイギリスのペンギンブックスに求めるにせよ、いま文庫は知識人の層の多様化に従って、ますますその意義を大きくしていると言ってよい。

文庫出版の意味するものは、激動の現代のみならず将来にわたって、大きくなることはあっても、小さくなることはないだろう。

「電撃文庫」は、そのように多様化した対象に応え、歴史に耐えうる作品を収録するのはもちろん、新しい世紀を迎えるにあたって、既成の枠をこえる新鮮で強烈なアイ・オープナーたりたい。

その特異さ故に、この存在は、かつて文庫がはじめて出版世界に登場したときと、同じ戸惑いを読書人に与えるかもしれない。

しかし、〈Changing Times,Changing Publishing〉時代は変わって、出版も変わる。時を重ねるなかで、精神の糧として、心の一隅を占めるものとして、次なる文化の担い手の若者たちに確かな評価を得られると信じて、ここに「電撃文庫」を出版する。

1993年6月10日
角川歴彦